岩 波 文 庫
32-233-2

嵐　が　丘

（下）

エミリー・ブロンテ作
河 島 弘 美 訳

岩波

Emily Brontë

WUTHERING HEIGHTS

1847

目次

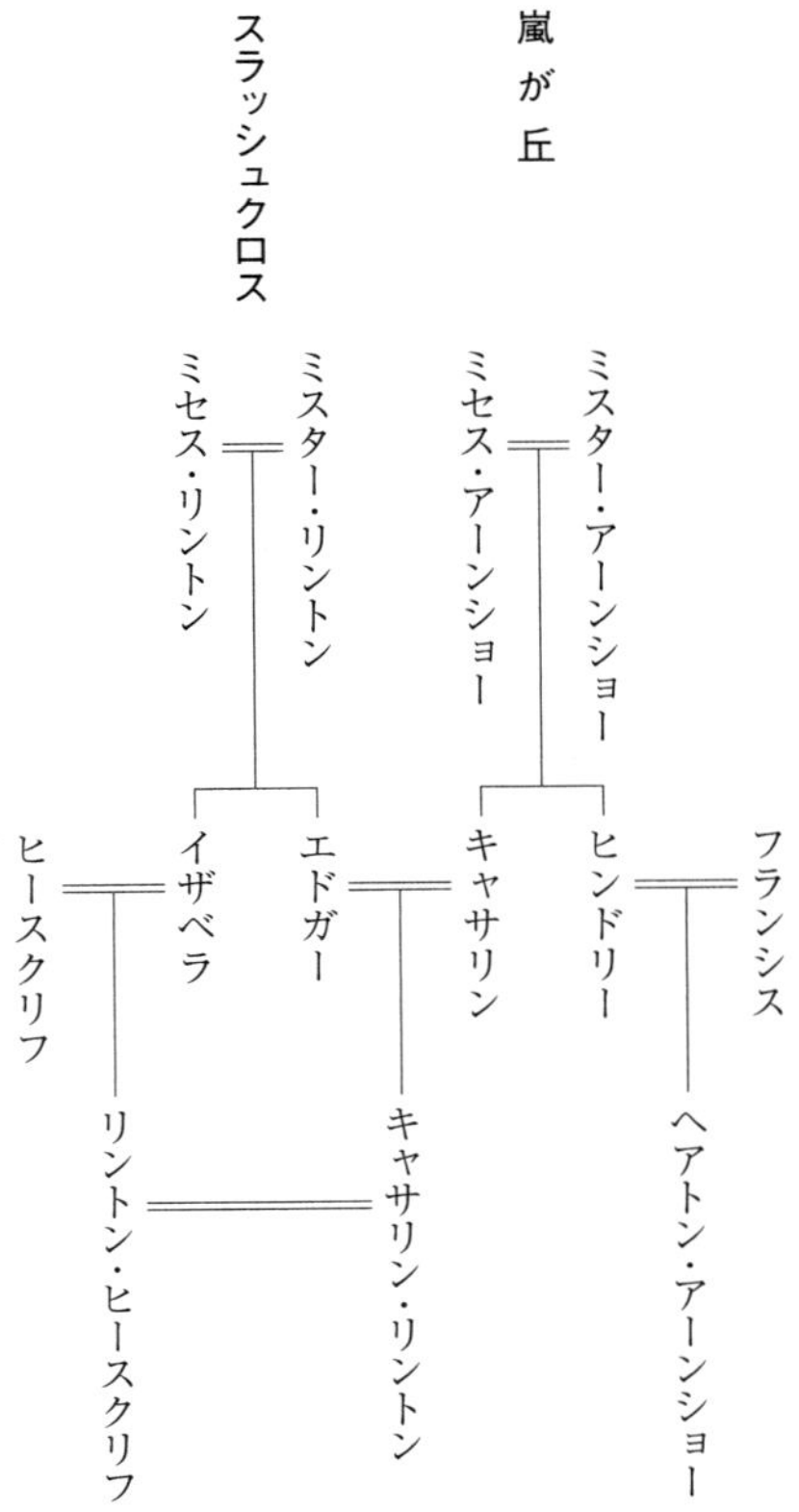

嵐が丘
スラッシュクロス
ミスター・アーンショー
ミセス・アーンショー
ミスター・リントン
ミセス・リントン
フランシス
ヒンドリー
キャサリン
エドガー
イザベラ
ヒースクリフ
ヘアトン・アーンショー
キャサリン・リントン
リントン・ヒースクリフ

嵐が丘

第二部

第一章

また一週間が過ぎ、ぼくはその分だけ健康と、そして春とに近づいたことになる。家政婦のディーンさんが他の用事の合間に来ては少しずつ話してくれたので、隣人ヒースクリフ氏についてはすっかり聞いてしまった。多少要約するところはあっても、ほぼディーンさんの言葉通りに続けることにしよう。ディーンさんは概して話上手で、ぼくが手を加えたからといって、よりよくなるものでもなさそうだから。

その晩、つまりわたしが嵐が丘を訪ねて来た晩にも、姿こそ見えなかったものの、ヒースクリフがお屋敷の近くにいるのはわかりました。預かった手紙は、まだポケットの中です。顔を合わせてまた脅《おど》されたり、しつこく頼まれたりするといやなので、外に出るのを控えていたのです。

手紙を受け取ってキャサリンがどうなるかわからなかったので、旦那さまがどこかへお出掛けになる時までお渡ししないつもりでした。それでそのまま三日が過ぎまして、四日めの日曜日、家中が礼拝に行ったあと、お部屋にお持ちしたのでございます。

下男が一人残って、わたしと留守番をしておりました。いつもは礼拝の間はドアに鍵をかけておくのですが、その日はお天気も良く、暖かでしたので、どこもあけはなしておきました。誰が来るかわかっていますので、約束を果たすため、下男にこう言いつけました――奥さまがオレンジをとてもほしがっていらっしゃるから、急いで村まで行ってて買ってきておくれ、お金は明日払うからね。下男が出て行くと、わたしは二階へ上がりました。

キャサリンはゆったりした白い服を着て、軽いショールを肩に掛け、いつものように、開いた窓から少し奥まった位置にすわっていました。長い豊かな髪は、病気のはじめの頃に少し切ったものの、今は流れのままに櫛《くし》を入れ、こめかみやうなじのあたりに自然に垂れさがっています。ヒースクリフにも話したとおり、容貌《ようぼう》は昔と変わっていましたが、こういう穏やかな時には、その変化にこの世のものとは思えない美しさが感じられました。

目のきらめきは夢見るような物憂《ものう》い優しさに変わり、もはやまわりのものを見ているようには思えません。遠い、遠いはるか向こう、まるでこの世の果てでも見つめているかのようです。一時こけた頰《ほお》がいくらかふっくらして、やつれた印象こそ消えていましたが、顔は青白く、それが今の精神状態を反映する異様な表情とあいまって痛々しくはあるものの、胸を打つほどの魅力を深めていました。そして、わたしはもとより、他のどなたの目にも同じように映ったと思うのですが、回復の徴候は目に見えてもあてにはならず、このまま衰え、去って行く運命の人なのでは、という思いを抱かせるのでした。

前の窓枠に本が一冊開いてのせられ、かすかな風が時折ページをひらひらとめくっていました。旦那さまがそこに置かれたに違いありません。キャサリン自身には、読書に限らず、何かをして楽しもうという気がまったくなく、以前好きだったことになんとか注意を引けないものかと、旦那さまが辛抱強く試みていらっしゃったのです。

キャサリンも旦那さまの意図に気づいていて、機嫌がよい時にはおとなしく言うことを聞いていています。ただ、時々うんざりしたようなため息を抑えるようにして、旦那さまの努力も無駄だということを示し、ついにはとても悲しそうに微笑しながらキスをして、やめさせてしまうのでした。機嫌がよくない時だと、すねたように顔をそむけて両手で顔をおおったり、怒って旦那さまを押しのけたりすることもございました。そんな時は旦那さまも自分のしていることが役に立たないと悟り、奥さまをそっとしておくようになさるのでした。

ギマートン礼拝堂の鐘がまだ鳴っていました。谷間を流れる豊かな小川の優しい水音が耳に快く聞こえてきます。それは夏の木の葉のささやきが始まるまでの季節の、心地よい調べでした。木々に葉が繁ると、このお屋敷のまわりでは葉音にかき消されて聞こえなくなってしまいます。嵐が丘でしたら、雪解《ゆきど》けやまとまった雨のあとの静かな日には、いつも流れの音が聞こえました。今キャサリンが水音を聞きながら考えていたのは嵐が丘のことだったでしょう――もっともそれは、聞いたり考えたりしていたとすればの話です。その時のキャサリンは、さっきもお話ししたように、ぼんやりと遠くを見つめるような表情で、目や耳が現実をとらえている様子は全然ありませんでした。

「奥さま、お手紙ですよ」膝《ひざ》に置かれた手に手紙をそっと渡しながら、わたしは声をかけました。「すぐにお読み下さいね。お返事がいりますの。封をあけましょうか?」

「ええ」キャサリンは視線の向きも変えずに答えました。

そこでわたしは封をあけました。とても短い手紙でした。

「さあ、読んで下さいませ」

キャサリンが手を引っ込めたので、手紙は落ちてしまいました。わたしはそれをもう一度お膝に置いて、そこに立ったまま、目を通されるのを待ちましたが、なかなか読もうとしません。とうとうわたしは申しました。

「わたしが読みましょうか？　ヒースクリフさんからですよ」

キャサリンはぎくりとしました。不安そうに記憶をさぐり、考えをまとめようと苦心する様子がうかがえます。それから手紙を手に取って読んでいたようで、署名までくるとため息をつかれました。でも、内容がわかってはいなかったのです。わたしがお返事をお聞かせ下さいと申しても、署名のところを指さして、何か聞きたそうな、悲しげな目でじっとわたしを見つめるだけでしたから。

「ええ、ヒースクリフさんがお目にかかりたいとのことです」わたしは説明の必要を感じてそう申しました。「きっともうお庭まで来て、どんなお返事がいただけるか、待ちかねているでしょう」

そう言いながら窓の外を見ますと、日のあたる芝生で寝そべっている大きな犬が、いったんは両耳を立ててほえそうになり、それからすぐにその耳を伏せて、尾を振り始めました。やって来たのが見覚えのある人間である証拠です。

キャサリンは身を乗り出すようにして、息を殺し、耳をすませました。まもなく、玄関を通る足音がしました。お屋敷が出入り自由に開け放されているのを知って、ヒースクリフも入らずにはいられなかったのでしょう。わたしが約束を守らないのではないか、と考え、それならいっそ思いきった行動をとろう、と決心したのかもしれません。

キャサリンは緊張した面持《おもも》ちで、部屋の入口をじっと見つめて待ちました。ヒースクリフにはこの部屋がすぐにはわからず、まごまごしている気配でしたので、案内するようにとキャサリンはわたしに合図しましたが、わたしがドアまで行かないうちにヒースクリフは部屋を見つけ、大股でキャサリンに近づくと両腕で抱きしめました。

五分ほどの間、ヒースクリフは一言も言わず、腕をゆるめようともしないでキャサリンにキスをし続けました。生まれてからそれまでにしたキス全部の数より多かったでしょう。でも、はじめにキスをしたのはキャサリンでした。わたしにははっきりと見てとれたのですが、ヒースクリフは激しい苦悩のために、キャサリンの顔をまともに見ることができないのでした。キャサリンを一目見た時に、ヒースクリフもわたしと同じ思いに打たれたに違いありません——全快の見込みはないのだ、きっと死ぬだろう、そう運命づけられている、と。

「ああ、キャシー、いとしいキャシー！　ぼくには耐えられない」ヒースクリフは口を開くと、絶望を隠そうともせずに言いました。

そして今度は、キャサリンをまじまじと見つめました。激しさのあまり目に涙が浮かんでくるのではないかと思うような凝視の仕方でしたが、その目は苦悩に燃え上がり、涙など見せないのでした。

「それで、どうだって言うの？」キャサリンは上体をうしろにそらせ、急に顔を曇《くも》らせてヒースクリフを見つめ返しました。キャサリンのご機嫌は、くるくる変わる気まぐれそのままの、風見鶏《かざみどり》のようなものでした。「ヒースクリフ、あなたとエドガーが、わたしに胸の張り裂ける思いをさせたのよ！　それなのに二人とも、自分たちこそかわいそうなんだと言わんばかりに、わたしに泣きついてくるのね。かわいそうだなんて思うものですか、絶対に。わたしを殺しておいて、自分はますます元気――なんて強いんでしょう。わたしが死んだあと、何年生きるつもり？」

キャサリンを抱こうと、それまで片膝《かたひざ》をついていたヒースクリフは立ち上がろうとしました。でも、キャサリンはその髪をつかんでおさえたままです。そして激しい言葉を続けました。

「わたしたちが二人とも息絶えるまで、こうしてあなたをおさえておければねえ！　あなたがどんなに苦しんだってかまわないわ。わたしの知ったことですか。苦しむのが当然じゃないの。わたしが苦しんでいるんですもの。わたしが土に入ったら、あなたは幸せ？　わたしのこと、忘れてしまう？　二十年もたったらこんなふうに言うんじゃないかしら——『あれがキャサリン・アーンショーの墓だよ。ずっと昔、おれはあいつを愛していて、死なれた時にはこたえたが、それも昔のことさ。あれからいろいろな女を愛した。今ではあいつより子供たちのほうが大事に思えるよ。死ぬ時が来ても、あいつのところへ行けて嬉しいとは思わないだろう。子供たちをあとに残して行くのを悲しいとは思うだろうが』って。そう言うんでしょう、ヒースクリフ」

「苦しめないでくれよ。ぼくも気が狂ってしまう！」ヒースクリフは頭を振りほどき、歯ぎしりして叫びました。

冷静な傍観者の目に映る二人の姿は、異様で恐ろしいものでした。肉体とともに精神も捨てるのでない限り、キャサリンが天国を一種の流刑地と考えるのも無理はありません。青白い頰、血の気のない唇、きらきらする目——キャサリンの顔には荒々しい復讐《ふくしゅう》心があらわれていました。指にはさっきまでおさえていた相手の髪がひと握り、今も握りしめられたままです。一方、ヒースクリフのほうは、片手で身体《からだ》を起こす時にもう片方の手でキャサリンの腕をつかんだのですが、病人を優しく扱うという心配りなどありませんから、手をはなしたところを見ると、青白い肌に四本の指のあとがはっきりと紫色に残っていました。

「死にかかっているのにそんな言い方をするとは、悪魔にとりつかれているのか？」ヒースクリフは激しい調子で続けました。「そういうきみの言葉はぼくの記憶に焼きついて、きみがいなくなってからも永遠に、ますます深く心に食い入ってくるということがわからないのか。ぼくが殺したなんて嘘《うそ》だと知っているね、キャサリン。それに決してきみを忘れるはずがないことも、きみはよく知っている。きみが安らかに眠っている時にぼくが地獄の苦しみにもがいていると思えば、いくらわがままなきみでも満足するんじゃないかい？」

「安らかになんて眠れやしないわ」キャサリンはうめくように言いました。興奮のために心臓が不規則に、しかも目に見え、音が聞こえるほど激しく打ち始めたことに気づいて、肉体の衰弱を思い起こしたのでしょう。

発作のおさまるのを待つと、キャサリンは前より優しい口調で言葉を続けました。

「わたし以上にあなたが苦しむようになんて願ってはいないわ、ヒースクリフ。二人の別れる時が来ませんように、と思うだけよ。わたしの言葉が一つでもあなたを悲しませたら、わたしも地下で同じ悲しみを味わっていると思ってね。そして、わたしのために許して！　さあ、もう一度ここへ来て膝をついてよ。あなたは今まで、一度だってわたしを傷つけたことなんかない。あなたが心に怒りを抱けば、それはわたしのとげとげしい言葉よりもつらい思い出になってしまうわ。もう一度こっちへ来てくれない？　さあ！」

ヒースクリフはキャサリンの椅子《いす》のうしろへ行き、上体をかがめましたが、強い感情のために土気色《つちけいろ》になった顔を見られないようにと浅くかがんだだけでした。キャサリンが顔を見ようと振り向くと、見られまいとしていきなり向きを変え、暖炉に歩み寄ってこちらに背を向けたまま、何も言わずに立っていました。

キャサリンはいぶかしげにヒースクリフを目で追いました。ヒースクリフの動作一つ一つで感情が揺れ動くのです。しばらく黙って見つめたあと、失望と憤慨のこもった口調でわたしに話しかけました。

「ほら、ネリー、わたしをこの世に引きとめておくためにちょっと優しくするのさえいやがるのよ、この人！　あれでわたしのことを愛してるんですって！　でも、かまわない！　あれはわたしのヒースクリフじゃないんだもの。わたしはわたしのヒースクリフをずっと愛して、一緒《いっしょ》に連れて行くから。わたしの魂の中にいるヒースクリフをね。それに」キャサリンは考え込むように続けました。「わたしが一番いやなのは、このこわれかかった牢獄みたいな肉体よ。こんなところに閉じ込められているのはもううんざり。あの輝く世界へ早く逃げ出して、ずっとあそこにいたいものだわ。涙を通して遠くかすかに眺めたり、うずく心の壁越しにあこがれたりしているのじゃなくて、ほんとうにそこに行って、中に入りたい。ネリー、あんたはわたしより好運で幸せだと思っているでしょうね。健康だし丈夫だし、わたしのことをかわいそうだと思っているわね。でも、もうすぐ逆になるのよ。わたしがあんたをかわいそうだと思うようになるの。わたしははるか遠く、みんなより高いところに行くんですもの。ヒースクリフは、どうして来ようとしないのかしら」キャサリンは独《ひと》り言《ごと》のように言いました。「来たがっていると思ったのに。ねえ、ヒースクリフ、怒らないで。こっちにいらっしゃいよ、ヒースクリフ」

キャサリンは我を忘れて立ち上がり、椅子の肘掛《ひじか》けで身体を支えました。この真剣な訴えにヒースクリフも振り向きましたが、もうどうなってもいいという様子でした。濡《ぬ》れた目をぎらぎらと見開いてキャサリンを見すえ、胸を大きく波打たせています。二人は離れたままで、一瞬向かい合っていたのですが、それがどんなふうに近づいたのか、ほとんどわたしの目にも止まらないほどでした。ともかく、キャサリンが飛び込んだのをヒースクリフが受けとめ、二人はしっかりと抱き合いました。これではキャサリンはとても生きては離してもらえまいと思われるほどで、実際わたしの目には、すぐに気を失ったように見受けられたのです。ヒースクリフは一番近くの椅子に勢いよくすわり、奥さまが気絶なさったのでは、と駆け寄るわたしに向かって、まるで歯をむいて泡を吹く狂犬のような剣幕で怒りました。そして、奪われてはなるまいと、キャサリンを必死で抱きしめます。その様子は、自分と同じ人間とは思えないほどでした。話しかけてもわかってもらえそうもないので、わたしは途方に暮れて、黙って立っておりました。

まもなくキャサリンが身動きするのを見て、わたしもほっとしました。キャサリンは片手を上げてヒースクリフの首にまわし、抱かれたままの姿勢で頰を相手の頰に寄せました。ヒースクリフは狂おしい愛撫とともに、夢中で言うのでした。

「きみがどんなに残酷だったか、これでわかったよ。残酷で不誠実だ。いったいどうしてぼくを軽蔑《けいべつ》したりしたんだ？　なぜ自分の心に背《そむ》いた？　キャシー、慰めの言葉なんかない。これが当然の報《むく》いだもの。きみは自分で自分を殺したのさ。そうやってぼくにキスをして泣けばいい。ぼくからもキスと涙をしぼり取ればいい。ぼくのキスと涙は暗い影になってきみをおおい、ほろぼすことだろう。ぼくを愛していたくせに、なんの権利があってぼくを捨てたんだ？　どんな権利か、答えてくれ。エドガーのやつに気まぐれな恋心を感じたからかい？　不幸も堕落も死も、いや、神や悪魔が我々に負わせ得るどんなものも、ぼくたち二人を引き離すことはできない。だから、きみが、それも自分自身の意志で引き離したんだ。きみの胸を引き裂いたのはぼくじゃない。きみだよ。そして、自分の胸と一緒にぼくの胸まで引き裂いた。ぼくは身体が頑強だから、かえってつらいよ。生きていたいなんて思うもんか！　どんな人生があるっていうんだ、もしきみが——ああ、だめだ！　きみなら生き長らえたいと思うかい、魂を墓に送ったあとまで」

「もういい、言わないで」キャサリンは涙にむせびながら言いました。「わたしが悪かったとしても、そのために死んでいくんですもの、それで充分でしょう。あなたもわたしを捨てたけど、わたしは責めない。許してあげるわ。わたしのことも許して」

「とてもつらいよ、許すのも、きみのその目を見つめ、やつれた手に触れるのも。もう一度ぼくにキスをして、でもその目は見せないでくれ！　きみがぼくにしたことは許す。ぼくを殺した人をぼくは愛しているんだ。しかし、きみを殺した人間となると——憎むしかない」

二人は黙りました。顔を寄せ合い、お互いの涙で頬を濡らして。二人とも泣いていたと、わたしは思います。さすがにヒースクリフのような人でも、こんな時に流す涙くらいはあるらしいと思われましたから。

そのうちにわたしは、落ち着いていられなくなって参りました。午後の時間は刻々と過ぎてゆき、お使いに行かせた下男も戻りましたし、谷間の上を西に傾いてゆく日の光で、ギマートンの礼拝堂の前に、中から出てきた人たちが増《ふ》えるのが見えます。

「礼拝が終りました。旦那さまは三十分でお帰りになられます」とわたしはお知らせしました。

ヒースクリフはうめくように悪態をついて、キャサリンをますます強く抱きしめました。キャサリンはじっとしたままです。

ほどなく、召使いたちが一団となって、台所のある棟のほうに歩いてくるのが見えました。旦那さまは少しうしろで、ご自分で門をあけてのんびり歩いてこられます。夏のようなそよ風の午後を楽しんでいらっしゃるのでしょう。

「さあ、旦那さまが戻ってみえましたよ」わたしは大声を上げました。「お願いです、早く下へ。表の階段なら誰にも会わないでしょう。急いで下さい。旦那さまがお屋敷の中に入ってしまわれるまで、木の間に隠れているようにね」

「キャシー、ぼくはもう行かないと」ヒースクリフはキャサリンの腕をふりほどこうとしながら言いました。「でも、命があったら、きみが眠る前にもう一度会いに来る。きみの部屋の窓から五ヤードと離れはしないからね」

「行っちゃだめ！　絶対に行かせない」キャサリンは全力ですがりついて引きとめました。

「一時間だけだから」ヒースクリフは、なんとか説得しようとします。

「一分でもだめよ」

「いや、そうはいかないんだよ。エドガーがもう上がってくる」ヒースクリフは動揺しながら説得を続けました。

立ち上がってキャサリンの指をふりほどこうとするのですが、キャサリンはあえぎながら、しっかりしがみついていました。表情には狂おしい決意の色が見えます。

「いやよ！　行っちゃだめ！」キャサリンは悲鳴のように叫びました。「これが最後なの！　エドガーはわたしたちに何もしないわ。ねえ、ヒースクリフ、わたし、死ぬの！　もう死ぬのよ！」

「ちくしょう、来たぞ」ヒースクリフは大声でそう言うと、もとの椅子にすわりこみました。「しっ、静かに。静かにして、キャサリン。ここにいるからさ。もしここであいつに撃たれたら、ぼくは祝福の言葉を唱えながら息を引き取るよ」

二人はまた、しっかりと抱き合いました。階段を上ってくる旦那さまの足音が聞こえ、わたしの額には冷汗が流れました。身の毛のよだつ思いです。

「うわごとにずっと耳を貸しているつもりなんですか？」わたしは激しい口調になって、そう言いました。「奥さまはご自分の言っていることがおわかりじゃないんですよ。正気を失って無力な人間を破滅させようっていうんですか？　立って下さい！　振り放そうと思えば、すぐに振り放せるでしょうに。まったく、こんな悪魔みたいにひどいことをするとはね。これでみんなおしまいですよ――旦那さまも、奥さまも、召使いも」

わたしが両手を握りしめて大きな声を出したので、それを耳にした旦那さまは足を早めて、急いでやって来られます。わたしは興奮していましたが、キャサリンの両腕が力なく落ち、首も垂れるのを見て、良かったと思いました。

「気絶したのか、死んでしまったのか、とにかくこのほうがいい。ずっとまわりの重荷になって、人を不幸にするくらいなら、むしろ死んだほうが、はるかにましだわ」とわたしは思ったのでございます。

旦那さまは驚きと怒りで真っ青になられ、招かれもせずに押しかけた相手に飛びかかっていかれました。どうなさるおつもりだったのか、わかりません。ところがヒースクリフはその旦那さまの腕に、死んだようにぐったりしたキャサリンの身体をいきなり預けてしまい、こう言ったのでした。

「さあ、いいか、鬼でもなけりゃ、まずキャサリンの介抱だ。話があればあとで聞く」

ヒースクリフは客間へ行って腰をおろし、旦那さまはわたしをお呼びになって、二人がかりで大変な苦心の末、なんとか奥さまの意識をとり戻すことに成功しました。でも奥さまはとても混乱なさっていて、ため息とうめき声ばかり、わたしたちの顔さえ見分けがつかないのでございます。旦那さまは心配のあまり、憎いヒースクリフのこともお忘れでしたが、わたしは忘れたりいたしません。手があくとすぐにヒースクリフのところへ行き、奥さまはよくなってきていらっしゃいますから帰って下さい、今夜の様子は明日の朝、必ずお知らせしますから、と申しました。

「外へは出るが、庭までだな。明日のその約束をきっと守ってくれよ、ネリー。いいか、おれはあのカラマツの下にいるからな。守らなかったら、エドガーがいようがいるまいが、おれはまた来る」

半開きのドアから中をちらっと見て、わたしの言葉が嘘ではないらしいと納得したのか、ヒースクリフはその不吉な姿をお屋敷から消しました。

第二章

その夜十二時頃生まれたのが、嵐が丘でお会いになったキャサリンでございます。七ヵ月で誕生した、小さな赤ちゃんでした。そしてその二時間後、母親のキャサリンは意識を充分回復することなく、ヒースクリフに会いたがることも、旦那さまのお顔を見分けることも二度とないまま、亡くなられました。

奥さまを亡くされた旦那さまの激しいお嘆きのご様子は、痛ましくてここで詳しくお話することなど、とてもできません。どれほど深いお悲しみだったか、後の成り行きを見てもよくわかるのでございます。

その上、跡取り《あとと》りの息子なしで奥さまに先立たれたことはいっそうの不幸だと、わたしには思われました。母もなく、か弱い赤ん坊を眺めていると悲しくて、リントンの大旦那さまが財産の相続人として、エドガーに息子なき場合イザベラへと指定されたことを、親として当然の思し召《おぼめ》しとわかっていながら、つい心の中で恨んだりいたしました。

かわいそうに、歓迎を受けない赤ちゃんでした。生まれて数時間の間は、たとえ死ぬほど大泣きしても、誰ひとり気にかけてくれなかったことでしょう。後になってその埋め合わせはいたしましたが、この世での初めの時には一人ぼっちでした。最後を迎える時もそうなるのかもしれません。

翌朝、外は気持ちよく晴れておりました。静かな部屋に朝の光がよろい戸越しにそっと差し込み、寝椅子とその上にいる方を柔らかな輝きで優しく包みました。

旦那さまは枕に頭をのせ、目を閉じていらっしゃいました。その整った、若々しいお顔は、かたわらに横たわる人のお顔と同じように動かず、ほとんど死んだように見えました。けれども、旦那さまのは苦悩の尽き果てた末の静けさ、奥さまのは永遠の安らぎなのでした。奥さまのお顔は、なめらかな額に、閉じたまぶた、唇にはかすかな微笑が浮かんで、天国のどんな天使も及ばぬほどの美しさでした。その無限の静けさをわたしまで共にするようで、神聖な安息にひたる、安らかな姿を見ておりますと、それまで経験したことのないほど清らかな気持ちになるのでした。そして、何時間か前にその口から聞いた言葉を、わたしは思わず繰り返しました。

「はるか遠く、わたしたち皆より高いところ、と言われた通りね！　まだ地上なのか、もう天国へ行かれたか、どちらにせよ、この方の魂は神さまのもとで安らいでいるんだわ」

普通とは変わっているかもしれませんが、わたしは亡くなられた人のお部屋にすわって番をしていますと、幸せな気持ちになります。狂ったように取り乱したり嘆いたりする人が一緒にいる時は別ですが。現世にも地獄にも犯されることのない安息を見て、闇《やみ》のない永遠の世界の存在を感じるのです。死者の行った永遠の世界——そこでは命に終りはなく、愛は共感によって迎えられ、喜びも無限です。いまや地上をはなれ、そんな祝福された世界にいるキャサリンのことを嘆かれるとは、旦那さまほどの方の愛情にもなんとたくさんの利己的なところがまじっているものか、とその時わたしは思ったものでした。

確かに、あんなにわがままで気まぐれな一生を送ったキャサリンのような人が、永遠の安息所に行けるのかと疑う人もいるかもしれません。冷静に考えれば疑いは生まれましょう。ですが、ご遺体を前にしては、疑う余地はありません。ご遺体は静謐《せいひつ》そのもので、そこに宿っていた魂にも同じ安らかさが約束されている印に思われるのでした。

ああいう方もあの世で本当に幸せになれるものでしょうか、ロックウッドさま。ぜひ知りたいと存じます。

ぼくはディーンさんの言葉がどこか異端的に思えて、答えを避けた。ディーンさんは話を続けた。

キャサリン・リントンの一生を振り返ってみますと、どうもあの方があの世でお幸せとは思えませんが、キャサリンのことは神さまの手にお任せいたしましょう。

旦那さまは眠っていらっしゃるように見えましたので、日が出るとすぐにわたしはそっと部屋を出て、さわやかな澄んだ空気の戸外へ行きました。長いお通夜のあとの眠気を払うためと召使いたちは思ったことでしょう。けれども一番の目的は、ヒースクリフに会うことだったのです。もし一晩中カラマツ林にいたとすれば、ヒースクリフの耳にはお屋敷の騒ぎは聞こえなかったはず――聞こえたとしても、ギマートンへ行く使者の乗った馬の蹄《ひづめ》の音くらいだったでしょう。でも、もしもっと近くに来ていたら、早足で行き来する明かりの動きや表戸の開け閉めから、お屋敷の様子がおかしいと、たぶん気づいているはずです。

わたしはヒースクリフの姿を見つけたいと思いながらも、顔を合わせるのを恐れてもおりました。おそろしい知らせを伝える役目を早くすませたいと願いつつ、どう言えばよいか、見当もつかないのでございました。

ヒースクリフはいました。猟園へ数ヤードは入ったところで、帽子をとったまま、一本のトネリコの老木によりかかっています。芽吹いた枝にたまった露がぽたぽたと落ちてくるので、髪がぐっしょり濡れていました。ずっと長いことそうして立っていたらしく、巣作りに忙しいクロウタドリのつがいが、三フィートも離れていないところを往復しながら、そばにいるヒースクリフを立木くらいにしか思っていない様子なのです。わたしが近づくと小鳥たちは逃げ、ヒースクリフは目を上げて口を開きました。

「死んだんだな！　聞かなくてもわかる。ハンカチなんかしまうんだ。おれの前でめそめそ泣くのはやめろ。ちくしょう！　おまえたちの涙なんか、あいつはいらないんだから」

わたしはキャサリンのためだけでなく、ヒースクリフのためにも泣いていたのでございます。自分にも他人にも何の感情も持たない人間――そんな相手でもわたしたちは、時には同情するものです。ヒースクリフの顔を見たとたんに、悲報を知っているのはわかりました。そして、地面にじっと目を落として唇を動かしているところを見ると、ヒースクリフも心をしずめて祈っているのかと、馬鹿なことを考えました。

「ええ、亡くなられました」わたしはすすり泣きをおさえ、両頰の涙を拭《ふ》きながら言いました。「きっと天国へいらしたことでしょう。いずれわたしたちも皆、あちらでご一緒になれますわ、教えを守って悪の道を離れ、善の道を行けば」

「じゃ、あいつも教えを守ったのか？」ヒースクリフは冷笑を浮かべようとしました。「聖人のように死んだというのか？　さあ、本当の話をしてくれ。どんなふうに……」

ヒースクリフはキャサリンの名を言おうとするのですが、どうしても言えず、口を固く結びました。内心の苦悩と無言で戦いながら、わたしの同情など寄せつけまいと、凶暴な目つきでこちらをにらみつけます。

「どんなふうに死んだんだ？」やっとのことで続けましたが、あの大胆不敵なヒースクリフが木で身体を支えなくてはいられない始末です。さきほどの内心の苦闘の末、指先までぶるぶる震え出していましたから。

かわいそうに、とわたしは思いました。あなたにだって人と同じ心と神経があるんじゃないの。どうして躍起《やっき》になって隠そうとするのかしら。偉そうにしたって神様の目はごまかせないわ。神意をためすようなことをしていると、屈服の涙を流す破目になりますよ――そんなふうに心で考えながら、わたしは次のように答えました。

「子羊のように静かな最期《さいご》でした。ひとつため息をついて伸びをされた様子は、目をさました子供がまた寝入ってしまう時のようでした。五分してわたしが手を当てますと、心臓が小さく一度鼓動するのが感じられ、それが最後でした」

「それで――おれのことは何か言ったか?」そう訊《たず》ねる口調にはためらいがありました。聞くに忍びない臨終の詳細を聞かされるのでは、と恐れているかのようでした。

「意識は最後まで戻らず、あなたが出て行かれてからはどなたのお顔もわかりませんでした。今は優しい微笑を浮かべて眠っていらっしゃいます。最後の思いは、楽しかった子供時代へと戻られていたのでしょう。穏やかな夢の中で生涯を閉じられました。どうかあの世でも、穏やかにお目ざめになりますように!」

「もだえ苦しんで目をさませばいい!」ヒースクリフはものすごい激しさで叫びました。激情の発作をおさえきれず、足を踏み鳴らしてうめいていました。「そうさ、最後まで嘘《うそ》つきだった。今どこにいるって? いや、あそこなんかじゃない。天国じゃないぞ。どこかにいるはず。どこなんだ? おれが苦しんだってかまわない、ときみは言った。よし、おれの祈りはただ一つだ。舌がこわばるまで繰り返すぞ。キャサリン・アーンショーよ、おれがこうして生きている限り、安らかに眠ることのないように！　おれが殺した、ときみは言った。それなら亡霊になって、おれのところに出てくるがいい。殺された者は殺したやつに取りつくものだ。地上をさまよう亡霊がいるのは確かだよ。いつもそばにいてくれ。どんな姿形でもいい。おれの気を狂わせてくれ。ただ、おれをこのどん底に――きみが見えないところに置きざりにだけはしないでほしい。ああ、神よ！　言葉では言えない！　おれの命なしで生きるなんてできない。おれの魂なしで生きるなんて無理だ」

ヒースクリフは節くれだった幹に頭を打ちつけたかと思うと、目を上げて、人間とは思えないような声でほえました。刀剣や槍《やり》を突き立てられて死にかけている野獣のような声です。

見れば木の幹に何ヵ所か血しぶきのかかったところがあり、手も額も血まみれでした。夜中にも同じことを何度も繰り返していたのでしょう。わたしの胸に同情の念は湧かず、愕然《がくぜん》とするだけでしたが、そのまま放っておく気にもなれずにいました。すると、我に返ってわたしの視線に気づいたとたん、ヒースクリフはわたしに向かって、どこかへ行け、とどなりましたので、命令に従いました。わたしがしずめたり慰《なぐさ》めたりできるような状態ではありませんでしたもの。

キャサリンの葬儀は金曜日に行われることになりました。それまで棺《ひつぎ》は、花や香りのよい葉を入れて蓋《ふた》をとったまま、広い客間に置かれ、旦那さまが夜も昼も不寝《ねず》の番をなさいました。そして、わたししか知らないことでしたが、外でヒースクリフもまた、毎晩眠らずに番をしているのでした。

言葉をかわしたわけではありませんが、機会があれば中に入りたい、という気持ちなのはわかっておりました。火曜日の夕暮のことです。たいそうお疲れの旦那さまが二時間ほどご自分のお部屋で休まれることになり、わたしはその隙に窓を一ヵ所開けておきました。ヒースクリフが辛抱強いのに胸を打たれたので、熱愛の的キャサリンが永遠に去る前に、最後のお別れをする機会を与えてやりたいと思ったのでございます。

ヒースクリフは機会を逃しませんでした。とてもすばやく、物音一つ立てずにこっそりと行動したので、来たことがわからないほどでした。わたしが気づいたのは、遺体のお顔にかけてある布が乱れ、銀の糸で結んだ、巻き毛の金髪が床に落ちていたからです。手にとってよく見ると、それはキャサリンの首にかけたロケットから出されたものに間違いありません。ヒースクリフがロケットを開けて中身を出し、かわりに自分の黒い髪を入れたのです。わたしは両方をより合わせて、一緒にロケットにおさめました。

ヒンドリーは、もちろん妹の葬儀に招かれましたが、理由も言わずに欠席でした。ですから会葬者は、旦那さま以外には小作人と召使いだけでした。イザベラは招かれませんでした。

キャサリンの埋葬場所は、礼拝堂内にあるリントン家の、彫刻のほどこされた墓碑の下でもなければ、外にある生家の墓所でもなかったので、村の人たちは驚きました。教会の墓地の隅の、緑の斜面を掘ったのです。そこは塀が低いため、荒野のヒースやコケモモが塀をのりこえ、泥炭質の土が塀をほとんど埋めてしまっています。旦那さまも今では同じ場所に眠っておられます。お墓だとわかるように、それぞれ上のほうに飾らぬ墓石が、下のほうに普通の大きな石が置かれているだけの質素なお墓でございます。

第三章

その金曜日で、一ヵ月の好天は終りました。夕方にお天気が急変し、風が南から北東に変わるとともに降り出した雨は、みぞれから雪になったのです。

翌朝には、それまで三週間夏のような陽気が続いたことなど信じられないくらいでした。サクラソウやクロッカスは雪に埋まり、ひばりは歌をやめ、木々の若葉は黒くいたんでしまいました。わびしく寒々とした暗い一日がなんとのろのろとすぎていたことでしょう。旦那さまはお部屋にこもられたままです。わたしはさびしい居間を占領して育児室にし、泣くだけのお人形のような赤ちゃんを膝にのせて優しくゆすりながら、カーテンのない窓に吹きつけ、つもる雪を眺めておりました。するとドアが開いて、息を切らしながら笑い声を上げて入ってきた者があります。一瞬わたしはそれが女中の一人だと思い、驚きよりも怒りのほうが大きくて、強い調子でたしなめました。

「おやめ！　よくもそんなにふざけたりできるものね。旦那さまのお耳に入ったら、一体なんとおっしゃるか」

「ごめんなさい。でも兄さんがふせっているのはわかっていたし、わたし、笑わずにはいられないのよ」それは聞き覚えのある声でした。

声の主はまだ息をはずませ、脇腹を手でおさえながら暖炉に近づいて来ました。そして一息つくと、続けて言いました。

「嵐が丘からここまで、ずっと走って来たの。時々は宙を飛ぶみたいにして。何回ころんだかわからない。ああ、身体(からだ)じゅう痛いわ。心配しないで。用がすんだら説明するから。でも、まずはギマートンへ行く馬車を頼んできて。それから女中に命じて、衣装戸棚のわたしの服を少し出させてほしいの」

イザベラ・ヒースクリフでした。その様子はとても笑い事ではありません。髪は両肩に垂れて、雪や水滴がしたたり落ちていますし、洋服はいつもの子供っぽいもの——年齢的にはよくても、一家の奥さまにふさわしいとは申せません。襟《えり》ぐりが深く、短い袖《そで》ですのに、ショールもお帽子もなし、薄い絹地のドレスが濡れて身体にまつわり、足には薄い室内ばきをはいているだけです。その上、片方の耳の下に深い傷があり、寒さのせいでなんとか大出血がくいとめられているにすぎません。白いお顔はかき傷とあざだらけですし、疲れきってほとんど立っていられないくらいでした。こうしてその姿をよく見る余裕ができても、はじめの驚きがたいしておさまったわけではないのがわかっていただけるでしょう。

「まあ、何をおっしゃるやら！　わたしは一歩も動きませんし、お指図《さしず》も受けませんよ、濡れたものを全部脱いで、乾いたものに着替えて下さるまではね。それに、今夜ギマートンにいらっしゃるなんて、もってのほかです。馬車の支度《したく》は必要ありませんね」

「いいえ、行きます。歩いてでも馬に乗ってでも。ただ、きちんとした服を着ることに異存はないけど。それに――あら、こんなに血が首を伝っているわ。火にあたるとずいぶんうずくこと」

わたしが言いつけに従うまでいっさい手は触れさせない、とイザベラは言い張りました。それでわたしは、御者《ぎょしゃ》に馬車の用意をさせ、必要な衣類の荷造りを女中に命じてから、ようやく傷の手当てと着替えのお手伝いをさせてもらえることになったのです。

「さあ、エレン」イザベラは、お茶のカップを前にして炉辺の安楽椅子に落ち着くと、仕事を済ませたわたしに声をかけました。「そちらにすわって。キャサリンの赤ちゃんは向こうにやってね。わたし、見たくないの。入ってきた時に馬鹿みたいな振舞《ふるま》いをしたからって、キャサリンのことをなんとも思ってないなんて考えないでよ。わたしだって、さんざん泣いたんだから。誰よりも泣きたい理由があるの。ほら、キャサリンとは仲たがいしたままで別れたでしょう。ほんとに悔やんでいるのよ。でも、だからってあの男に同情するつもりはなかった。野蛮な獣《けだもの》だもの！　あ、その火かき棒を貸して。いま身につけているものであいつがくれたのは、もうこれだけ」イザベラは薬指から金の指輪を抜き取ると床に投げつけ、「つぶしてやる！」と言って、恨《うら》みを晴らそうとする子供のように棒でたたきました。そして次には「燃してやるんだ！」と言いながら、あわれな指輪を、燃え盛る石炭の中に放り込むのでした。「さあ、あいつ、わたしを連れ戻したら指輪は買い直すのね。わたしをさがしに来て、エドガーをいじめかねないやつよ。そういう悪巧《わるだく》みをするといけないから、わたし、ここにいたくないの。それにエドガーもわたしに優しくしてくれなかったでしょう？　だから助けは求めないし、これ以上の迷惑はかけないわ。どうしようもなくてここに逃げてきたけど、エドガーが部屋にこもっていると知らなかったら、顔を洗って暖まるためにちょっと台所に寄って、いるものをあんたにとってきてもらうだけで、すぐに出て行くつもりだった——あの大嫌いな、人間の顔をした悪鬼につかまる心配のない遠くへね。あいつ、かんかんに怒ってたから、つかまったらどうなることか！　ヒンドリーの力でもあいつにかなわないのが残念よ。もしヒンドリーに力があったら、逃げてきたりしないで、あいつがやっつけられるところを見物してやったんだけどねえ」

「そう早口でまくしたてないで下さいな」とわたしは話をさえぎって申しました。「お顔に巻いてあげたハンカチがゆるんで、傷からまた血が出てしまいますよ。お茶を飲んで一休みして、笑うのはやめていただきたいですね。今のお屋敷には場違いですし、お嬢さんもそれどころではないでしょう？」

「本当にその通りね」イザベラも同意しました。「まあ、あの赤ちゃんの声！　ずっと泣き通しね。どこか声の聞こえないところにやって。一時間くらいでいいのよ、それ以上長くはいないから」

わたしはベルを鳴らして女中に赤ちゃんを預けると、イザベラに向かって、なぜそんな状態で嵐が丘を逃げ出す破目になったのか、また、お屋敷を出てどこへ行くつもりなのか訊《たず》ねました。

「わたしだって、ここにいたいし、いるべきだとも思うわ。エドガーを慰めたり、赤ちゃんの面倒を見たりして。それにここは実家ですもの。だけど、あいつが許しておくもんですか！　わたしがふくよかに陽気になるのを見て黙っているわけはないし、わたしたちが平穏に暮していると知ったら、ぶちこわさずにはいないやつよ。わたしの姿を見たり声を聞いたりするだけで我慢できなくなるほどわたしを嫌っているのは、よくわかっているの。わたしを見ると顔の筋肉が自然にゆがんで、憎しみの表情になることに、わたし、気がついているわ。あいつを憎むだけの充分な理由がわたしにあるのを知っているせいもあるし、もともとわたしが嫌いなのよね。だから、うまく逃げ失《う》せれば、そんなに嫌ってるわたしをイギリスじゅう追いかけてくることは、まずないでしょう。どうしても遠くに逃げなくちゃ。はじめはあいつに殺されたいと思ったけど、もうそんな気持ちはなくなったの。あいつこそ自殺でもすればいい！　あいつにわたしが抱いた愛情を残らず消してくれたから、今では気持ちが楽よ。愛していた頃を思い出せるし、愛し続けていられるかもしれないわ、もし――いいえ、だめ、だめ。たとえあいつがわたしに夢中だったとしても、悪魔みたいなあの性格は、どこかで表れていたでしょうよ。キャサリンもまったくおかしな趣味を持っていたものね。あいつをよく知っていながら、あんなに高く買うなんて。あいつは怪物よ！　宇宙からも、わたしの記憶からも消え失せればいい！」

「しーっ、おやめなさい！ あの人だって人間です」とわたしは申しました。「もっと思いやりを持たなくては。あれより悪い人もいるんですからね」

「人間じゃありません。それにわたしの思いやりを受ける権利なんか、あいつにはないわ。わたしが心を捧げたのに、あいつはそれをとって、ひねりつぶして、投げ返したのよ。人間は心で感じるものでしょ、エレン、わたしはその心をあいつに砕かれてしまったんだもの、あいつを哀れむなんてできないし、するつもりもない。たとえあいつが、今から死ぬ日まで苦しんで、キャサリンのために血の涙を流したとしてもね。ええ、絶対に、絶対に同情なんかしないいんだから」そう言うとイザベラは泣き出しました。が、すぐに涙をはらい、言葉を続けました。

「なぜ逃げ出すことになったのか、ってさっき聞いたわね？ 逃げるしかない事態だったの。あいつの怒りを、いつもの水準以上にかき立てるのに成功したもんでね。赤く焼けたやっとこで神経を引き抜くには、頭をなぐりつけるより冷静さが必要よ。でも、わたし、それをやったわ。あいつ、日頃自慢にしている悪魔的な用心を忘れるほど興奮して、激しい暴力をふるい始めたの。あんなに怒らせることができて、嬉しかった。そして嬉しさのせいで防衛本能に目ざめて、なんとか逃げ出してきたってわけ。今度つかまったら、ひどい仕返しをされること請合《うけあ》いだわ。

きのう、ほら、ヒンドリーはお葬式に呼ばれていたでしょう。出席するつもりでお酒は控えていて——まあ少なくとも、いつもより控え目にしていたのは確かね。狂ったみたいになって朝の六時にお休み、酔っぱらったまま十二時ご起床っていうわけじゃなかったから。それで起きてきた時のヒンドリーは、自殺しそうなほど沈み込んで、ダンスはもちろん、教会にも行けそうもないほど。で、お葬式へ行くかわりに暖炉のそばにすわって、ジンかブランデーか知らないけど、タンブラーであおり始めたの。

ヒースクリフは——ああ、名前を言うだけでぞっとするわ——日曜から今日までめったに見かけないの。天使が食べさせてくれたのか、悪魔のおかげなのか、わからないけど、一週間近く、一緒に食事をしたこともないし。明け方に帰ってきて、二階へ上がると部屋に閉じこもるのよ。そばにいたいと言って押しかける人もいないでしょうに、鍵までかけて。そしてメソジスト派みたいに祈り続けるんだけど、あいつが祈りを捧げているのは変わりはてた故人だし、本当に神さまに呼びかける時にも、妙な具合に悪魔とごちゃまぜになっているしね。声がかれて出なくなるまでこのけっこうなお祈りを続けて、それが終るとまた出て行くわけ——まっすぐスラッシュクロス屋敷へ。よくまあエドガーも、あいつをつかまえてもらわなかったものね。わたしだってもちろん、キャサリンのことは悲しかったけど、あいつのひどい暴力から解放される時には、まるで休暇をもらったみたいに、ほっとせずにはいられなかったの。

それでわたしは元気になって、ジョウゼフの果てしないお説教を泣かずに聞いていられるようになったし、家の中を歩きまわる時も、こそ泥みたいにびくびくした足取りが前よりましになったわ。ジョウゼフに何か言われて泣くほどのことはないだろうと思うでしょうけど、ジョウゼフやヘアトンときたら、ほんとうに憎らしい相手よ。『ちっちゃい旦那』とその忠実なお守《も》り役をつとめる、あのいやなじいさん——あの二人と一緒にいるくらいなら、ヒンドリーのそばにすわって恐ろしい文句を聞くほうがましね。

ヒースクリフが家にいると、わたしは台所に行ってあの二人を我慢するか、それがいやなら湿気のこもった空き部屋でおなかをすかせているかだけど、今週のようにヒースクリフが留守の時には、居間の暖炉に近い片隅に椅子とテーブルをすえて、ヒンドリーが何をしていても気にかけないの。向こうもわたしのすることに干渉しないわ。誰かが怒らせたりしない限り、昔よりおとなしくなったようで、前よりむっつりしてふさいでいるけど、怒り狂うことは減ったし。すっかり人が変わった、とジョウゼフは言ってるの。神さまが旦那の心に触れたもうて、『火より逃《のが》れ出《い》ずるごとく』救われた、って。望ましい変化の徴候を見て、わたしも不思議に思ってるんだけど、わたしには関係ないことね。

昨日の晩十二時近くまで、わたしはいつもの隅で古い本を読んでいたの。二階へ上がるのが恐ろしかった――外は吹雪《ふぶき》だし、教会の墓地や新しいお墓がどうしても心に浮かんでしまうんですもの。ページから目を離すと、たちまちそんな陰気な情景が浮かぶもんだから、ほとんど目を上げることができなかったのよ。

ヒンドリーは向こうにすわって、頬杖《ほおづえ》をつき、同じことを考えていたのかも知れないわ。わけがわからなくなる少し手前でお酒を飲むのはやめていて、二、三時間も黙ったまま、身動きひとつしないの。家中が静かで、聞こえるものといえば、時々窓をゆする風のうなり声、石炭のはじけるかすかな音、それに、長くなったろうそくの芯を時々私が切る時の、芯切りばさみの音だけ。ヘアトンとジョウゼフはベッドでぐっすり眠っていたんでしょうね。とっても悲しい気分で、わたしは本を読みながらため息をついたの。喜びのすべてがこの世から消え去ってしまって、二度と戻らないように思えたのよ。

ついにその陰鬱《いんうつ》な静けさを破ったのは、台所の掛け金の音――ヒースクリフが不寝《ねず》の番から戻ったの。いつもより早かったのは、お天気が急にくずれたせいだと思うわ。台所口は閉まっていたので、他の入口へまわる音がしたの。わたしが立ち上がって、胸のうちを思わず口にすると、じっと入口を見つめていたヒンドリーが、こちらをふり向いてわたしを見ました。

『五分ほどあいつに締め出しを食わせてやる。異存はないだろう?』ヒンドリーは大声でそう言ったわ。

『ええ、一晩中でもわたしはかまわないわ。さあ、鍵をかけて閂《かんぬき》をおろして』

ヒースクリフが正面へまわらないうちにヒンドリーはそれを済ませてしまったわ。戻ってくると、わたしのテーブルの反対側に椅子を寄せて身を乗り出し、憎しみに燃える目でわたしの目をのぞきこむの。自分の憎しみに共鳴する色はないかと探して。ヒンドリーはまるで殺し屋みたいな様子だったから、そんな激しい憎しみへの共鳴なんか見つからなかったはず。でも、話は聞いてもらえると思ったのでしょう。わたしにこう言ったの。

『外にいるあの男には、あんたもおれも、それぞれ大変な借りがあるわけだ! 二人とも臆病でないんなら、ひとつ協力して清算してやろうじゃないか。それともあんたは、兄貴と同じ意気地なしか？　じっと耐えるだけで、仕返し一つしようとしないのか？』

『耐えるのは、もううんざり。こっちの身に報いがはね返ってこない仕返しなら、喜んでするわ。でも、裏切りと暴力って両端がとがった槍《やり》みたいなもの。敵よりこっちのほうがひどい傷を負うからね』わたしがそう答えると、ヒンドリーは大声で言うの。

『裏切りと暴力には、裏切りと暴力を返せばいいんだ！　ヒースクリフの奥さん、あんたに何かしてくれと頼むつもりはない。じっとすわって、黙っていてくれればいい。どうだ、できるか？　あの畜生の最期《さいご》を見届けるのは、あんたもおれと同じくらい愉快に違いない。こっちが先にやらない限り、あんたは殺され、おれも破滅だ。ちぇっ、どうしようもない悪党め、もうここの主人になったみたいに、偉そうに戸をたたきやがって！　さあ、黙っていると約束してくれ。そうすりゃ、あの時計――今一時三分前だな――あれが一時を打つ前にあんたは自由の身になる』

いつか手紙に書いたわね？　あの凶器を胸ポケットから取り出すと、ヒンドリーはろうそくの火を小さくしようとしたけど、わたしはろうそくをひったくって腕をおさえたの。

『黙ってなんかいないわ！　あいつに手を出しちゃだめ。戸を閉めたまま、静かに！』

『いやだね。もう決めたんだ。必ずやってやる!』ヒンドリーはやけになって叫ぶの。『あんたがどうしようと、おれはあんたを助け、ヘアトンも不当な扱いから救ってやる。あんたはおれのことを心配なんかしなくていい。キャサリンは死んだ。おれがたった今のどをかき切ったところで、悲しんだり恥じたりする人間は、この世に一人もいないだろう。このへんでけりをつけてもいい頃だ』

態とと とっくみ合うか、狂人の相手をするほうがましなくらいだったわ。わたしにできるのは、格子窓のところに走って行って、待ち受ける危険についてヒースクリフに知らせることだけだったの。

『今夜はどこか他へ行って泊まるといいわ』わたしは勝ち誇った声になって、外に呼びかけました。『無理に入ってこようとしたら撃ち殺してやるって、ヒンドリーさんが言ってるから』

『戸を開けるがいい、この――』続けてわたしに向かって投げつけられた言葉の品のいいこと、とても繰り返せないわ。

『わたしは関《かかわ》り合いは持たないわ。入りたかったら入って、撃たれればいい! わたしの義務は果たしました』

そう言うだけ言うと、わたしは窓を閉めて、暖炉のそばの自分の席に戻ったの。夫の身が危ないからと心配するふりができるほど、偽善者じゃないんですもの。

ヒンドリーはかんかんに怒って、あんた、まだあの悪党が好きなのか、情けない女だ、あきれたやつだ、とか言って、ひどくののしったわ。わたしはひそかに、しかも良心のとがめなんかちっとも感じないで思ってたの——もしヒースクリフがヒンドリーの悲惨な暮しをひと思いに断ち切ってやったら、ヒンドリーはどんなに幸せか、もしヒンドリーがヒースクリフを然《しか》るべき先、地獄に送り込んでくれれば、わたしはどんなに幸せか、とね。考えながらすわっていたら、うしろの窓がヒースクリフの一撃でバタンと床にたたき落とされて、黒い顔がいきなりのぞくじゃありませんか。両側の柱の間隔がせまくて肩を入れるのは無理だったから、わたしはにっこりして、これなら平気ね、と思ってたの。髪も服も雪がかかって白いし、食人種みたいな鋭い歯が寒さと怒りでむき出しになって、闇の中で光ってた。

『中に入れるんだ、イザベラ！　入れないと後で思い知らせてやるぞ』その言い方、ジョウゼフの言葉だと『がなる』っていうやつね。

『人殺しはしたくないのよ。弾《たま》をこめた、ナイフつきピストルを持って、ヒンドリーさんが見張っているんだから』

『じゃ台所口から入れろ』

『わたしより先にヒンドリーが行くでしょうよ。だいたい、吹雪で帰ってくるなんて、あなたの愛情も知れたものね。夏のような月が出ている間だけは、わたしたちも安心して眠らせてもらえたけど、冬の風が一吹きしたら、さっさと逃げ帰ってくるわけ？　もしわたしがあなたならね、ヒースクリフ、キャサリンのお墓に突っ伏して、忠犬みたいに死ぬわ。もうこの世に生きてる甲斐《かい》もないでしょう？　あなたの人生でキャサリンこそ喜びのすべてだとしか思えないふるまいをしてきたくせに、あの人がいなくなった今、よくもこの先永らえるつもりになれるものね』

『あいつ、そこにいるんだな』ヒンドリーが窓のところに走り寄って叫んだの。『腕が出せれば撃ってやる』

ねえ、エレン、わたしのことを本当に悪い女だと思うかもしれないけど、あんたが知らない事情だってあるんだから、決めつけないでね。たとえあんなやつの命でも、それを殺そうという企《たくら》みをあおったり助けたりは、とてもできやしない。だけど、死んでくれたらと願いはするの。だから、ヒースクリフがヒンドリーのピストルにとびついて、手からもぎとった時にはとてもがっかり。そして、さっきあんなふうに嘲《あざけ》るようなことを言ったのを思い出して、こわくて縮み上がりました。

はずみでピストルは暴発、ナイフがしまってヒンドリーの手首をはさんだの。ヒースクリフが力一杯引っ張ったので、肉がすぱっと切れてナイフから血が滴《したた》っていたけど、あいつはそれをかまわずポケットに入れて、石を拾うと、窓と窓の間の仕切りをこわして飛び込んできたわ。ヒンドリーは激痛で意識をなくして倒れたまま、動脈かどこかの血管が切れて血の海なの。

それをヒースクリフは、蹴《け》ったり、踏んだり、頭をつかんで何度も敷石にたたきつけたり――その間もずっと片手でわたしをつかまえていて、ジョウゼフを呼びに行かせないのよ。

完全に息の根を止めるのを控えたのは、超人的な自制心だったでしょうね。息が切れてやっと乱暴をやめると、死んだようなヒンドリーの身体を引きずって行って、木のベンチに寝かせました。

そしてヒンドリーの上着の袖を裂いて、手荒く傷口をしばったけど、その間も、さっき蹴った時と変わらない勢いで、唾《つば》は吐くし、ののしるし……。

わたしは自由になるとすぐに、ジョウゼフを呼びに行きました。わたしの早口の説明を聞いてようやくわけがわかると、ジョウゼフは階段を二段ずつ駆けおりて、あえぎながら駆けつけたわ。

『どうなっとるんじゃ？　いったいどうなっとる？』

『どうもこうもない』とヒースクリフはどなったの。『おまえの主人が気が狂っただけだ。あと一ヵ月生きてりゃ、精神病院に入れてやるぜ。しかし、どうしておまえはおれを中へ入れなかったんだ、この歯抜け犬めが！　そんなところに突っ立って、ぶつくさぬかしてるんじゃない！　さあ、おれはこいつの面倒なんかみないぞ。その赤いのをきれいにしろ。ただ、ろうそくの火には気をつけろよ。血の半分はブランデーまじりだからな』

『あんた、旦那を殺そうとしてたのか』ジョウゼフは叫んで、怯《おび》えたように両手を上げて天を仰ぐの。『こんなことになるとは！　ああ、神さま』

ヒースクリフはジョウゼフを突き飛ばし、血だまりに膝をつかせてタオルを一枚放ったの。でもジョウゼフったら、血なんか拭《ふ》かずに両手を合わせてお祈りを始めるのよ。その文句がおかしくて、思わず笑い声を立ててしまったわ。あの時のわたしは、何があっても平気だっていう心理状態——絞首台の下に引き立てられてきて、すっかり肝《きも》が据《す》わった犯罪人みたいな気持ちになっていたのね。

『ああ、おまえを忘れてた』とヒースクリフが言ったの。『おまえが拭くんだ。さっさとやらんか。こいつと手を組んでおれにさからうのか、この性悪女《しょうわるおんな》め！　おまえにぴったりの仕事じゃないか』

ヒースクリフはわたしの歯がガタガタ鳴るほど乱暴にゆさぶって、ジョウゼフの横にすわらせたの。ジョウゼフのほうはと言えば、しっかりお祈りをすませて立ち上がると、今すぐスラッシュクロスのお屋敷に行って参ります、リントンさんは治安判事だ、たとえ五十人の奥さんに死なれたところにせよ、こういう件はちゃんと調べていただかんとな、ってきっぱり言ったわ。

とめても聞かずに、行くと言い張るので、事の次第をかいつまんでわたしの口から話させるのが良いとヒースクリフも考えたみたい。ジョウゼフの質問に答えてわたしがしぶしぶ説明する間、ジョウゼフは憎悪で乱れた息遣いで、前に立ちはだかっていたのよ。

ヒースクリフから攻撃を仕掛けたんじゃないってことをジョウゼフに納得させるのは一仕事だったわ。なにしろ、はかばかしい返事を返さないわたしですもの。でも、まもなくジョウゼフもヒンドリーは死んだわけじゃないとわかって、急いで気つけのお酒を飲ませたので、それがきいてヒンドリーは身動きし、意識をとり戻したの。

　気を失っている間にどんな目にあったか知らない様子なのを見ると、ヒースクリフはヒンドリーに向かって、あんなに暴れるとはずいぶん飲んだもんだな、おまえのあきれた振舞《ふるま》いはこれ以上とがめ立てしないが、もう寝たほうがいい、って言うの。嬉しいことに、ヒースクリフはこの親切ぶった忠告を残して出て行ってくれたし、ヒンドリーは炉辺で横になってしまうしで、わたしも部屋に上がりながら思ったの——こんなにやすやすと逃《のが》れられたなんて、信じられないくらい、って。

　今朝の十一時半頃、わたしが下へ行くと、ヒンドリーはとても具合が悪そうに火のそばにすわっていて、ヒンドリーにとりつく悪霊ヒースクリフも、同じようにやつれて青ざめた顔つきで暖炉にもたれかかっている始末。二人とも食事をする気になれないようで、テーブルの上のものがみんな冷たくなるまで待った末に、わたしは一人で食べ始めたの。

　食欲の妨《さまた》げになることなんかないからたっぷりいただきながら、無言の二人に時々目をやると、一種の満足感と優越感を覚えたわ。心にやましさがないのも、いい気持ちだった。

食事がすむと、わたしは普段と違う思いきった態度で暖炉に近づき、ヒンドリーの椅子をまわって、その近くの隅に膝をついたの。

一方、ヒースクリフはこちらに目も向けません。わたしは、石像になった顔でも見るみたいに大胆に、その顔を下からじっと見上げたわ。昔はとても男らしいと思った額――今ではまるで悪魔だと思うんだけど、その額は暗くくもって、射すくめるような目にも輝きはなくて。寝不足のせい、それにもしかすると泣いていたからかもしれない。まつ毛が濡れていたもの。口元にもいつものものすごい冷笑はなくて、言いようのない悲しみの印に、唇は固く結ばれているし。もし他の人がこんなに悲しそうにしていたら、わたしは顔をおおったでしょう。でもヒースクリフの場合は嬉しかった。倒れた敵をいじめるのは恥ずべきことでしょうけど、矢を射込むこんなチャンスを逃すなんてできなかったのよ。あいつの仕打ちにお返しをする楽しみが味わえるのは、弱っている時だけなんですもの」

「まあまあ、お嬢さんったら、なんてことを！」とわたしは口をはさんで申しました。「生まれてから聖書を一度も開いたことのない人みたいじゃありませんかね。神さまが敵に苦しみを与えて下さったら、それで充分と思うべきです。その上に自分でももっと苦しめてやろうなんて、卑劣で僭越《せんえつ》な態度ですよ」

「普通ならその通りだと認めるわ、エレン。でも、自分が手を下してなければ、ヒースクリフがどんなにひどい目にあったって、わたしは満足できない。わたしの手で苦しめてやって、わたしのせいだとわからせてやれるのなら、与える苦しみは減ってもかまわないの。ああ、あいつには山ほどの借りがあるのよ。許してやるとしたら条件はひとつ。それは、目には目を、歯には歯を――わたしの受けた苦しみ一つ一つについてお返しをして、あいつをわたしと同じところまで引きおろすことよ。あいつが先にひどいことをしたんだから、先に許しを乞えばいい。そうなった時――そうよ、エレン、そうしたらわたしも寛大なところを少しは見せられるかもしれないわ。だけどね、復讐なんて絶対に無理。だから許すことはできません。そのうちにヒンドリーが水をほしがったので、わたしはコップの水を手渡しながら、具合はどうか、聞いてみたの。

『もっと悪けりゃいいと思うよ。しかし、腕は別として、身体中、どこもかしこも痛くてたまらん。まるで小鬼の大軍と一戦交えたみたいだ』

『そうでしょうねえ』とわたしは答えて言ったわ。『よくキャサリンが得意そうに言ってたものよ――兄さんに危害を加えられないように守ってるのはわたしよ、って。つまり、キャサリンの機嫌をそこねるのを恐れて手出しをしない人たちがいるんだということね。死んだ人がお墓から出てくるなんてことはないからいいけど、さもなかったら、ゆうべキャサリンはひどい騒ぎを見せられたわけじゃない? で、胸や肩に打ち身や切り傷はない?』

『さあ、わからんな。だが、それはどういう意味なんだ? おれが倒れてる時に、あいつ、おれをなぐったりしたのか?』

『踏みつけて、蹴って、床にたたきつけたわ』とわたしは小声で答えたの。『食いちぎらんばかりによだれまでたらして。だってあいつは、半分しか人間じゃないんですもの。いいえ、半分以下ね』

ヒンドリーもわたしと同じように、目を上げてわたしたち共通の敵の顔を見たわ。ヒースクリフは悲しみにひたっていて、まわりのことにまったく気づかない様子――そこに長く立っていれば立っているほど、内面の暗さが表情にあらわれてくるようだった。

『死ぬ間際《まぎわ》のもがきでもいい、あいつを絞め殺すだけの力を神が与えてくれさえしたら、おれは喜んで地獄へ行くものを』ヒンドリーはもどかしそうにうめいて、なんとか立とうとあがいてみたものの、とても戦う力はないことを悟って、がっくりと椅子に倒れ込んだの。

『いいえ、あいつに一人殺されたんだから、もう充分よ』とわたしははっきり声に出して言いました。『ヒースクリフがいなかったらキャサリンは今も生きていたのに、ってスラッシュクロス屋敷ではみんなそう思っているんだから。結局、あいつに愛されるなら憎まれるほうがましだっていうわけね。あいつが戻ってくるまで、わたしたちがどんなに幸せだったか、キャサリンがどんなに幸せだったか、それを思うとあの日を呪いたくなるのよ』

たぶんヒースクリフは、言ったわたしの気持ちより、言葉の中の真実を認めたのでしょう。耳を傾けていたらしく、灰に涙をこぼして、苦しそうなため息を何度もついたの。

わたしはその顔をじっと見て、嘲《あざけ》り笑ったわ。くもった地獄の窓みたいな目が、わたしを見て一瞬ぴかっと光ったけど、いつもならそこにのぞいている悪魔が涙に隠れてよく見えないので、もう一度嘲笑《ちょうしょう》するのも平気だったのよ。

『立て。消えろ』ヒースクリフは、嘆きながらもわたしに言ったわ。

よく聞きとれなかったんだけど、少なくともわたしにはそう聞こえたわけ。

『お言葉ですけどね、わたしもキャサリンを愛していたのよ。そのお兄さんに介抱が必要なんだから、キャサリンのために、わたしは介抱します。キャサリンが亡くなってみると、ヒンドリーに面影が見えるの。目なんか生き写しよ。えぐり出そうとして、あなたがあざや傷をつけていなければね。それに…』

『立てよ、この馬鹿！　踏み殺すぞ！』ヒースクリフがどなって迫ってくるので、うしろにさがらずにはいられなかったけど、いつでも逃げられる構えで、言葉を続けました。

『でも、もしキャサリンがあなたを信頼して、ヒースクリフ夫人だなんていう、不名誉で情けない、ばかげた名前になっていたとしても、やっぱりわたしと同じことになってたでしょうよ。あなたのひどいやり方を、キャサリンだったらおとなしく我慢するはずはないわ。いやだと思えば、必ずはっきりそう言ったでしょうね』

ヒースクリフとわたしとの間にヒンドリーがいて、椅子の背も邪魔になっていたため、ヒースクリフはわたしをつかまえるかわりに、テーブルから食卓ナイフをとって、わたしの顔めがけて投げたの。それが耳の下にあたって、わたしは言いかけだった言葉を続けられなくなったけど、ナイフを抜きとってドアに走りながらもう一言《ひとこと》投げつけました。

あいつの投げたナイフより深く刺さっているといいけど。

最後にちょっとふり返った時、ヒースクリフはすさまじい勢いでこっちへ突進しようとしてヒンドリーに抱きとめられて、二人からみ合ったままで炉辺に倒れたところだったわ。

台所を駆け抜けながら、すぐ旦那さまのところへお行き、とジョウゼフに命じ、戸口のところでは、椅子の背に子犬をつるして遊んでいたヘアトンにぶつかりながら、まるで煉獄《れんごく》を逃れてきたみたいに幸せな気持ちで、飛びはねながら急坂を駆けおりたのよ。そして、曲がりくねって続く街道はやめて、まっすぐ荒野を横切り、ころがるように土手を越え、沼地を渡ったの。このスラッシュクロスの明かりをめざして、とにかく大急ぎでね。もう一度嵐が丘の屋根の下で一晩過ごすくらいなら、永久に地獄に住めと申し渡されるほうがはるかにましよ」

イザベラは話を終えると、お茶を飲みました。それから立ち上がり、さあ、わたしのボンネットをつけて、あんたの持ってきてくれた大きなショールをかけてちょうだい、とわたしに言われます。あと一時間くらいいて下さいと頼みましたが、耳を貸してくれません。椅子に上がってエドガーとキャサリンの肖像にキスし、わたしにも同じ挨拶《あいさつ》をすると、犬のファニーに送られて馬車に乗りました。ファニーは久しぶりに会えた嬉しさで、甲高《かんだか》い声でさかんに鳴いていました。こうして去って行ったイザベラは、二度とこの土地へ戻っては来ませんでした。でも、事態が落ち着いてからは、エドガーの旦那さまとお手紙の往復が習慣になったのでございます。

新しい住まいは南の方で、たしかロンドンの近くだったと思います。逃げて行って数ヵ月後に男の子が生まれ、リントンと名づけられました。はじめから病気がちで気むずかしい子だと、イザベラの手紙には書かれておりました。

ある時ヒースクリフと村で会って、イザベラの居所を聞かれたことがあります。教えられません、とわたしは申しました。するとヒースクリフは、居所はどうでもいいが、兄貴のところへは行かないように、おれが養うことになっても、とにかく兄貴のところはいかん、と言うのです。

わたしは何も教えませんでしたが、ヒースクリフは他の召使いたちから、イザベラの居所や子供が生まれたことなどを聞き出していました。それでも困らせるような手出しはしませんでしたので、嫌われていてよかった、とイザベラはありがたく思ったかもしれません。

わたしを見かけると、ヒースクリフはよく赤ちゃんのことを訊ねました。リントンという名前だと話した時には、すごみのある笑いを浮かべて言いました。

「赤ん坊までおれに憎ませようっていうつもりなんだな？」

「赤ちゃんとはとにかく関《かかわ》りなしでいてほしいって願っていると思いますよ」

「いや、ほしくなったら自分のものにする。覚悟しているがいいぜ」

幸い、そんなことが起きる前に、母イザベラは亡くなりました。キャサリン死去から約十三年後のことで、リントンは十二歳くらいになっていました。

さて、イザベラが突然お屋敷に来たあの日の翌日になっても、わたしは旦那さまにお話しする機会がありませんでした。旦那さまは人との会話を避けておられ、何かをじっくり話し合うお気持ちにはなれないご様子でした。ようやく耳を貸していただいてお話ししますと、イザベラがヒースクリフのところを出たのをお喜びのようでした。あんな穏やかなお人柄では考えられないほどの激しさで、ヒースクリフを忌《い》み嫌っておいでなのです。どこまでも深く、神経質な反感のため、ヒースクリフに出会いそうな場所、うわさを聞かされそうな場所へは外出をいっさい控えられました。そんなお暮しと悲しみとで、すっかり世捨て人のようになってしまわれ、治安判事の職もおやめになり、教会にもいらっしゃいません。どんな理由があっても村へ行かれることはなく、猟園と敷地の中だけで、完全にひきこもっての毎日――時々お一人で荒野を散歩されたり、キャサリンのお墓にいらしたりするだけが例外でしたが、それもたいてい夕方か早朝の、まだ人が出歩かない時刻に限られるのです。

でも旦那さまは立派な方ですから、いつまでも悲しみに溺《おぼ》れたままではありませんでした。亡霊になって出てきてくれとキャサリンの魂に頼んだりなどなさるもんですか。時とともにあきらめが、そして、平凡な喜びより素晴らしい憂愁が訪れたのです。熱烈で優しい愛情で亡き妻を思い、天国にいると信じて、天上の世界にあこがれをお持ちでした。

それに旦那さまには、地上の慰めと愛情もおありでした。妻の忘れ形見に数日間は関心を向けられなかったようだと申しましたが、その冷たさも四月の雪のようにあっという間に解《と》け、片言《かたこと》やよちよち歩きの始まる前に、赤ちゃんは旦那さまの心をすっかりとりこにしてしまったのでございます。

赤ちゃんのお名前はキャサリン――でも旦那さまはその子をキャサリンとは決してお呼びになりませんでした。亡くなった奥さまのほうは必ずキャサリンと、これはたぶん、ヒースクリフが昔からキャシーと短く呼んでいたからでしょう。生まれた赤ちゃんはいつもキャシーとお呼びになり、それによって奥さまと区別なさると同時に、つながりもできるというわけです。旦那さまにとって赤ちゃんは、自分の子供だからというよりも、亡くした奥さまのお子だからという理由で、大事な存在に思われるようでした。

よくわたしは旦那さまとヒンドリー・アーンショーを比較して、似たような境遇にありながらなぜ行いが正反対なのか、満足のいく説明がつかずに当惑したものです。どちらも優しい夫で、子供もかわいがっていました。それなのに、善《よ》かれ悪《あ》しかれ、同じ道をたどらないのが不思議でした。まあ、わたしが思いますに、ヒンドリーのほうが頭がしっかりしているように見えて、実は不幸にも、弱くて劣った人間だったということでしょう。船が座礁《ざしょう》した時、船長のヒンドリーは持ち場を離れ、乗組員たちも船体立て直しの努力をするどころか混乱して騒ぐだけ、船は不運にも見捨てられてしまいました。一方、リントン船長は、誠実で高潔な人らしい、本当の勇気を発揮し、神さまを信じて、神さまから慰めを得られたのです。一人は希望をいだき、一人は絶望したわけで、それぞれ自分の運命を選びとり、それに耐えていく定めでした。

まあ、ロックウッドさま、わたしの偉そうなたとえ話など、お聞きになりたくないでしょうね。こんなことはご自分でちゃんと判断おできになりますでしょう。少なくとも、なさるおつもりはおありでしょうから、結局同じことです。

ヒンドリーの最期《さいご》は予想されたとおりでした。妹キャサリンの死から六ヵ月もたっておりませんでした。スラッシュクロスのわたしたちは、亡くなる前の様子について、簡単な話すら聞いていませんでしたし、わたしもお葬式のお手伝いに行って初めて、詳しいことを知った次第です。旦那さまに知らせを持って来たのは、ケネス先生でした。

「やあ、ネリー」ある朝ケネス先生が、中庭に馬で入って来られました。それがあまりに早い時刻でしたので、悪い知らせでは、とすぐに不吉な予感がしたのです。「今度はあんたとわしが喪《も》に服す番だ。誰が逝《い》ったと思うかね?」

「誰ですの?」わたしはうろたえました。

「いや、当ててみなさい」先生はそう言って、馬をおり、戸口の脇の鉤《かぎ》に手綱をひっかけました。「そして、エプロンの端をつかんで用意するといい。涙を拭くものがいるだろうから」

「まさかヒースクリフさんじゃないでしょうね」わたしは声をあげました。

「なんと! あいつのために流す涙もあるってわけかね? いや、ヒースクリフは丈夫な若者だ。さっき会ったところだが、達者でぴんぴんしとるよ。奥さんに逃げられてから、また急に肉がついてきたな」

「それじゃ、誰なんです、ケネス先生」わたしはもどかしくなって聞きました。

「ヒンドリー・アーンショーさ。あんたの幼友達《おさなともだち》のヒンドリー、わしの悪友でもあった。もっとも、だいぶ前からわしには手に負えなくなっていたがね。そうら、きっと涙を流すと言っておいただろう。元気をお出し。あの男らしい死に方だよ、ひどく酔っぱらって。かわいそうにな。わしも悲しい。古い仲間がいなくなるのは寂しくていかんよ。普通思いもつかぬほど悪い癖があって、何度もひどい仕打ちをされた相手ではあるがね。やっと二十七くらいだろう。あんたとおない年か。とても信じられないが」

本当を申しますと、わたしにとってこの知らせは、キャサリンの死よりも大きな打撃でした。昔の思い出の数々が胸に浮かんで、消えようとしません。わたしは出入口にすわって、肉親を亡くしたように泣きました。そして、旦那さまへの取り次ぎは他の召使いにさせて下さいとケネス先生にお願いしました。

「不審な死に方をしたのではないかしら」——この疑問が頭を離れず、何をしていても気になって、考えずにはいられません。どうしようもないので、嵐が丘へ行ってお葬式のお手伝いをするお許しを求めることに決めたのです。旦那さまはなかなか承知して下さいませんでしたが、わたしも雄弁をふるってお願いにつとめました。ヒンドリーは友人知人のない人ですし、わたしにとって元の主人で乳兄弟《ちきょうだい》ですから、今の旦那さまに対しての義務同様にお世話の義務がございます、それに、ヘアトン坊やは亡き奥さまの甥《おい》、ほかにもっと近い親族がいないとなれば、旦那さまが後見人として遺産の状況を調べ、義兄にあたる人亡きあとの問題の整理にあたられなくてはいけないのではございませんか、と申し上げたのです。

お聞きになった旦那さまは、今の自分にそんなことはできそうもないので、弁護士に相談するように、とおっしゃり、ついにわたしが嵐が丘へ行くことも許して下さいました。旦那さまの弁護士はヒンドリーの弁護士でもありましたから、わたしは村へ行って、一緒に来てくれるように頼みました。するとその人は首を振って、ヒースクリフのことはそっとしておくがいい、すべてをはっきりさせるとヘアトンはこじき同然なのが明らかになってしまうから、ときっぱり言うのです。

「あの子の父親は借金を残して死んで、全財産が抵当に入っています。跡継《あとつ》ぎの坊やにできる唯一のことは、貸主の心情に訴えて、寛大な取り計らいをする気になってもらう——それだけですな」という話でした。

わたしは嵐が丘に参り、すべてがきちんと運ぶようにお手伝いに来ました、と申しました。かなり困っていたらしいジョウゼフは喜びましたが、ヒースクリフのほうは、別にあんたに来てもらう必要などなかった、まあ帰れとは言わん、したければ葬式を取り仕切るがいい、とうそぶきました。

「本来から言えば、あんな馬鹿は葬式なんかいっさいせずに、自殺者扱いで十字路に埋めればいいんだ。昨日の午後、おれが十分くらい目を離した隙《すき》に、あいつは居間の入口二ヵ所とも鍵をかけておれが入れないようにしておいて、一晩じゅう飲んでいた。死ぬつもりの勢いだぜ。今朝になって馬のようないびきが聞こえるから、皆でドアをこわして入ってみると、あいつは木のベンチで横になって、生皮をむいても頭の皮をはいでも起きそうになかった。医者を呼びにやると来てくれたんだが、その時はもう、あいつは死骸《しがい》になっていたのさ、死んで冷たくこわばって。それ以上、あいつをどうこうしようったって無駄だった。そうだろう?」

ジョウゼフもそうだと認めましたが、小声でぶつぶつ言っておりましたよ。

「ヒースクリフさんが自分でお医者を呼びに行けばよかったんだ。旦那さまの世話はわしのほうがうまくできたし、それにわしが出て行った時は、まだ死んじゃおられなかったんだからなあ、まったくなあ」

お葬式は立派にしなくては、とわたしは申しました。するとヒースクリフは、好きなようにすればいい、ただし費用は全部おれの財布から出るんだ、忘れないでくれよ、と答えました。

ヒースクリフは非情で無関心な態度を保ち、喜びも悲しみも見せませんでしたが、しいて言うなら、何かめんどうな仕事をうまくすませたという、残酷な満足感があらわれていました。実際わたしは、その顔に勝ち誇った喜びが満ちるのを一度見たのです。ちょうどお棺がお屋敷から運び出される時のことで、ヒースクリフも神妙に会葬者らしく振舞っていたのですが、ヘアトンと一緒に列に加わる前に、孤児になったかわいそうなヘアトンをテーブルの上に抱き上げて、妙に嬉しそうにつぶやきました。

「さあ、かわいい坊や、お前はおれのものになったぞ。前の木をねじ曲げた、その同じ風で、今度の木も曲がるかどうか、やってみるとしよう」

何も知らないヘアトン坊やは、こう言われて機嫌よくヒースクリフの頬ひげをいじって遊んだり、頬をなでたりしていましたが、言葉の意味を見抜いたわたしは、ぴしゃりと言いわたしました。

「坊やはわたしがスラッシュクロスのお屋敷に連れて帰ります。あなたのものだなんて、とんでもない話ですよ」

「エドガーがそう言ってるのか?」ヒースクリフは詰問しました。

「はい、そうですとも。連れてくるようにとおっしゃいました」

「なるほど。まあその議論は、今はやめておこう。だが、おれとしては自分の手で子供を育ててみたい気持ちがある。だから主人に伝えてくれ――この子を連れて行くというなら、かわりにおれの子をこっちによこせとな。ヘアトンを簡単に手ばなすつもりはない。おれの子はきっとこっちへ来てもらうけれどな。忘れずに言っておいてくれよ」

こう言われてはどうしようもありません。お屋敷に帰って旦那さまに伝えますと、あまり関心をお持ちでなかった旦那さまは、それ以上どうするともおっしゃいませんでした。たとえ何かなさろうとお思いでも、うまくいったとは思えませんけれど。

さて、嵐が丘では、お客が主人になってしまいました。所有権をヒースクリフがしっかり握っています。ヒンドリーは賭事《かけごと》に夢中になって、そのお金のために土地をすべて抵当に入れ、抵当権者はヒースクリフになっている――こういう事情をヒースクリフは証拠とともに弁護士に説明し、弁護士がうちの旦那さまに説明しました。

そんなわけでヘアトンは、このあたりで一番の紳士になっていたはずのところが、父親の宿敵にすべて依存し、自分の家でお給金なしで働く召使いの身分に落とされました。味方になってくれる人もなく、ひどい目にあわされたとも知らないので、本来の権利を取り戻すこともかなわないのでございます。

第四章

ディーンさんの話は続いた。

あの暗い時期のあとの十二年間は、わたしの一生で一番幸せな時でした。その間の苦労と申せば、せいぜいお嬢さんの軽い病気、それも小さな子供なら、生まれたお宅の貧富にかかわらず、誰でもかかるようなものばかりでした。

あとはもう何事もなくて、最初の六ヵ月が過ぎると、お嬢さんはカラマツのようにすくすくと育ち、奥さまのお墓の上にまたヒースの花が咲く頃までに、歩いたりおしゃべりしたりできるようになっていました。

わびしいお屋敷に明るい光をもたらしてくれる、この上なくかわいらしい子供でした。アーンショー家の美しい黒い目と、リントン家の白い肌、小作りな目鼻立ち、それに金髪の巻き毛を受けついでいて、本当に器量よしです。元気はあっても荒っぽくはなく、強い愛情を秘めた、感じやすい心の持ち主でした。激しい愛着心は母のキャサリンを思い出させますが、母親似ではありません。鳩のように優しく穏やかにもなれますし、声は静かで、考え深い表情です。怒りは決して荒々しくならず、愛情も決して強烈にはなりません。深々とこまやかなのです。

もっとも、長所ばかりではなく、短所もあったのは事実です。たとえば、生意気になりやすいのがその一つでした。あるいは強情なところ——これは、気立てがよくても気むずかしくても、甘やかされた子供には必ず見られる短所と言えましょう。召使いのしたことが何か気に入らなかったりすると、「パパに言いつけるから！」が必ず出るのです。そして、お父さまに叱《しか》られでもしたら、いえ、にらまれただけでも、胸が張り裂けそうな騒ぎ——旦那さまが一言でも厳しい言葉をおっしゃったためしはないと思いますのに。

旦那さまはお嬢さんの教育を一手に引き受けられ、それを楽しみにしていらっしゃいました。幸い、お嬢さんは好奇心が強く、覚えも早いので、優秀な生徒です。熱心に学んで進みが速く、お父さまも誇らしく思われたことでしょう。

お嬢さんは十三歳になるまで、一人で猟園の外に出たことは一度もありませんでした。

ごくたまに旦那さまが一マイルくらい連れ出すことはあっても、ご自分以外の者にお預けにはならないのです。ギマートンという地名はお嬢さんにとってまったく現実味がないものですし、お屋敷以外に入ったり近寄ったりしたことのある建物は礼拝堂だけ、嵐が丘やヒースクリフは存在しないのと同じでした。まるで世を捨てたような暮しで、それに満足している様子でしたが、時には子供部屋の窓から外を眺めて、こう言われることがありました。

「ねえ、エレン、あとどのくらいたったらわたし、あの丘の上まで歩いて行けるかしら。丘の向こう側には何があるの？　海？」

「いいえ、キャシーお嬢さん、向こうも同じような丘なんですよ」

「あそこの金色の岩は、下まで行ったらどんなふうなの？」そう聞かれたことがあります。

険しいペニストンの岩山が、ことにお嬢さんの注意をひいたのです。特に夕方、まわりの景色がすっかり影に包まれて、そそり立つ岩壁とその頂《いただき》だけが夕日に輝いている時にはなおさらでした。

あれはただの岩のかたまりです、割れ目には、小さな木が根を張って育つだけの土もないんですよ、とわたしは説明しました。

「それで、どうしてあそこはずっと明るいの、こっちが暮れたあとも」お嬢さんはさらに聞きます。

「あそこはここよりずっと高いからですよ。とても高くて険しいから、お嬢さんには登れません。冬にはここより早く霜がおりるし、北東側のあの黒い洞穴に、夏の盛りに雪が残っているのを見たこともあります」

「あら、登ったことがあるのね!」お嬢さんは嬉しそうに声をあげました。「それじゃ、わたしも大人になったら行けるわね。お父さまもいらしたことがあるの、エレン」

「わざわざ行くことはないとお父さまはおっしゃるでしょうよ」とわたしはあわてて申しました。「お父さまと散歩なさる荒野のほうがずっとすてきです。それにスラッシュクロスの猟園は、世界一美しいところですものね」

「でも、猟園は知ってるところでしょ。あそこは知らないところよ。あのてっぺんからまわりを見渡したら楽しいでしょうね。小馬のミニーに乗って、いつか行ってみようっと」お嬢さんは小声でそんな独り言を言っていました。

女中の一人が妖精の洞穴の話をしたこともあって、お嬢さんはこの計画を実行したいという望みですっかり夢中になってしまいました。せがまれた旦那さまは、大きくなったら行ってもいいよ、と約束なさいました。でも、お嬢さんは一ヵ月で一つ大きくなったように思うものですから、

「さあ、もう大きくなったからペニストンの岩山へ行けるでしょう?」

と、まるで口癖のようにおっしゃるのです。

岩山への道は嵐が丘の近くまで行って曲がるので、旦那さまはそこをお通りになりたくありません。それでお返事はいつも、

「まだだよ、キャシー。まだ早い」

となりました。

イザベラがヒースクリフの元を出てから十二、三年間生きていたことは、前にお話しいたしましたね。リントン家の方々は虚弱な体質で、このあたりの人に普通見られる、健康的な赤い顔色は、イザベラにも旦那さまにもございませんでした。イザベラが亡くなった時の病気が何だったか、はっきりとは存じませんが、旦那さまと同じご病気で亡くなったのではないかと思います。熱病の一種で、はじめの進行はゆっくりですが、なおる見込みはありません。最後には急速に体力を消耗《しょうもう》させて命を奪うのです。

イザベラは旦那さまに手紙をよこしました。体調をくずして四ヵ月になりますが、先は長くないでしょう、できればいらしていただけませんか、いろいろと片付けておきたいことがありますし、お兄さまにお別れも言いたい、それにリントンをまちがいなくお兄さまの手にお預けしたいので、ということでした。ずっと育ててきた息子のリントンを、兄である旦那さまに託すのがイザベラの希望で、父親ヒースクリフが扶養や教育を引き受けたがるはずはないと考えたがっているようでした。

旦那さまは一瞬のためらいもなく、妹の頼みに応じられました。普通の用事では外出なさりたがらないのが常でしたが、この時は飛ぶような速さです。留守の間、キャサリンにはよく気をつけておくれ、おまえと一緒でも猟園の外に出してはいけないよ、と何度も繰り返しおっしゃいました。お嬢さんが一人で出て行くことなど、お考えにもならなかったのです。

お留守になさったのは三週間ほどでした。はじめの一日か二日、お嬢さんは沈みきって本も読まず、遊びもせずに書斎の隅にすわったままでしたので、ほとんど手がかかりませんでした。ところがその後は、退屈していらだち、ご機嫌が悪くなってきたのです。わたしには用事もあって忙しく、お相手をして走り回れるほど若くもありません。そこで、お嬢さんが一人で楽しく遊べる方法を思いつきました。ある時は徒歩で、ある時は小馬に乗って、お屋敷の庭園内をめぐる旅に出してあげ、戻ってくると、旅の途中であった実際のこと、あるいは空想上のことがまじった冒険談をゆっくり聞かせてもらうという遊びです。

輝くような夏の盛りの季節でした。お嬢さんはこの一人のお散歩が大変お気に召して、朝食後から夕方のお茶の時間まで、工夫を凝《こ》らしてずっと外で遊べることもしばしばでした。そして夜には、空想たっぷりのお話を聞くのです。お嬢さんが敷地の外へ出て行く心配はしていませんでした。門にはたいてい錠が下ろしてありましたし、たとえ開けっぱなしになっていたにしても、一人で出て行くような冒険はしないだろうと思っていたのです。

ところが残念なことに、わたしの確信は間違っておりました。ある朝お嬢さんは、八時にわたしのところに来ると、今日はアラビア商人になって、隊商をひきつれて砂漠をわたるの、わたしと動物たちのために食糧をたくさん用意してね、と言いました。動物たちというのは馬一頭とラクダ三頭だそうで、ラクダの役は一頭の大きな猟犬と二頭のポインターが仰《おお》せつかっています。

わたしはおいしいおやつをたっぷりそろえ、バスケットに入れて鞍《くら》の片側につるしてあげました。お嬢さんは七月の日ざしをさえぎるための、つば広の帽子にうすいベールをつけ、妖精のように楽しげに馬に飛び乗りました。駆け足はいけませんよ、早くお帰りなさいね、というわたしの注意を気にも止めない様子で、明るい笑い声を立てながら、早足をさせて出て行ったのです。

やんちゃなお嬢さんは、お茶の時間になってもいっこうに戻ってきません。隊商の一員である猟犬は、もう老犬で休みたくなったらしく帰ってきましたが、キャシーと小馬、それに二頭のポインターの姿はどこにも見えないのです。あちこちの道へ人をやって調べ、ついにはわたしも自分でさがしに出掛けました。

敷地の端まで行きますと、垣根を修理している職人が一人いましたので、うちのお嬢さんを見ませんでしたか、と訊《たず》ねてみました。

「今朝がた見ましたよ。鞭《むち》にするからハシバミの小枝を一本切ってほしいと言われてね。それからあそこの生け垣の一番低くなってるところを小馬でとび越えて、駆け足で見えなくなっちまった」

これを聞いたわたしの気持ち、おわかりでしょう？　ペニストンの岩山をめざして行かれたに違いない、という考えがすぐに頭に浮かびました。

「お嬢さんはいったいどうなることやら」わたしは思わずそう言いながら、修理中の垣根を押し分けるようにして、まっすぐに街道に出ました。そして、まるで賭《か》けでもしているように何マイルも夢中で歩き、嵐が丘の見える曲がり角まで行きましたが、遠くにも近くにもキャシーの姿は見あたりません。

岩山はヒースクリフの家から一マイル半、スラッシュクロスのお屋敷からは四マイルですから、わたしが着く前に日が暮れるのでは、と心配になってきました。

「もしお嬢さんが登ろうとして足をすべらせていたら？　骨を折ったり、死んでしまったりしていたら、どうしよう」

不安はどうしようもないほど募《つの》りました。それだけに、嵐が丘のそばを急ぎ足ですぎようとして、獰猛《どうもう》なほうのポインターのチャーリーが、腫《は》れた顔で耳から血を流しながら窓の下に寝そべっているのを見た時には、嬉しくてほっと安心したのでございます。

木戸を開け、入口に走り寄って激しくノックしますと、昔ギマートンに住んでいた、顔見知りの女が出て来ました。ヒンドリーが亡くなったあとに、ここの女中になっていたのです。

「ああ、お嬢ちゃんをさがしにいらしたのね。心配いりませんよ、ご無事でうちにいらっしゃるから。それにしても旦那さまのお帰りじゃなくて良かったわ」

「じゃ、ヒースクリフさんはお留守なんですね?」息を切らして急いで歩いてきたのと、安否を気づかってはらはらしたのとで、わたしはあえぎながら訊ねました。

「ええ、旦那さまもジョウゼフも出掛けています。まだ一時間くらいは戻らないと思うわ。入って、少し休んでいらっしゃいよ」

中に入ると、迷える小羊である、わたしのお嬢さんは暖炉のそばで、昔お母さんのキャサリンが子供の頃使っていた小さな揺り椅子にすわって、椅子をゆすっていました。帽子は脱いで壁にかけ、すっかりくつろいだ様子で、ヘアトンを相手にとても機嫌よく笑ったりしゃべったりしています。ヘアトンはもう大きくなり、十八歳のたくましい若者ですが、驚きの表情で、珍しそうにお嬢さんをじっと見つめているのです。お嬢さんのお口から切れ目なく流れ出る言葉や質問の意味がほとんどわからなかったのでしょう。

「さてさて、お嬢さん」わたしは怒った顔をして、嬉しさを隠しながら話しかけました。「お父さまのお帰りまで、もう乗馬はいけません。二度と戸口から外へはお出ししませんからね。まったくやんちゃなお嬢さんですよ」

「あら、エレン！」お嬢さんは飛び上がって明るい声を上げ、わたしのそばに駆け寄ってきました。「今晩はすてきなお話をしてあげるわね。でも、とうとう見つかっちゃった。今までにここへ来たことあるの？」

「お帽子をかぶって。すぐに帰るんですよ。あなたには本当に泣かされますわ、お嬢さん。とっても悪いことをしたんですよ。ふくれても泣いてもだめです。そこらじゅうさがしまわったわたしの苦労は、そんなことくらいじゃ、とても埋め合わせがつきませんからね。あなたを外へ出すなと、お父さまからあれほど言われていましたのに、こっそり抜け出すなんて。小狐《こぎつね》みたいにずるいお嬢さんだってことがわかりました。そういう人はもう誰も信用してくれませんよ」

「わたしが何をしたって言うの？」お嬢さんはすすり泣きましたが、すぐに泣きやんで言いました。「お父さまはわたしに何も言いつけていらっしゃらなかったわ。だから、叱られるわけないわよ、エレン。お父さまはあんたと違って、全然怒りっぽくないんですからね」

「さあさあ、リボンを結んであげますよ。もう、すねるのはやめましょう。ああ、みっともない。十三にもなってそんなことを！」

わたしがみっともないと言ったのは、お嬢さんが帽子を脱いで、こちらの手の届かない暖炉のほうへ逃げて行ったからです。

「まあまあ、ディーンさん、かわいいお嬢ちゃんに厳しくなさらないで下さいな」と女中は言いました。「あたしどもが引きとめたんです。あなたに心配をかけるからと、お嬢ちゃんはすぐに帰ろうとなさったんですけど、ヘアトンがお送りすると言いますし、あたしもそれがいいと思いましてね。丘を越える道は大変ですもの」

わたしたちがこんなやりとりをしている間、ヘアトンは両手をポケットに入れ、気まずそうに黙って立っていましたが、わたしの登場を喜んではいない様子です。

「いつまで待たせるつもりです?」わたしは女中の口出しを無視して言いました。「十分もすれば暗くなってしまいますよ。小馬はどこですか、お嬢さん。それからフィーニクスは? 早くしないと置いて帰りますから、好きにしたらいいでしょう」

「小馬は中庭よ」とお嬢さんは答えました。「フィーニクスはあそこに閉じ込められてるの。咬《か》まれたのよ、チャーリーもね。すっかり話してあげようと思ってたけど、そんなに怒ってる人には話してなんかあげません」

わたしは帽子を拾うと、もう一度かぶせようと近寄りました。ところがお嬢さんは、その家の人たちが味方だと知って、部屋じゅう跳《は》ねまわり始め、わたしが追いかけると二十日鼠《はつかねずみ》のように家具の上へ、下へ、うしろへと走りまわる有様――わたしはばかばかしくなりました。

ヘアトンと女中が笑い出すと、お嬢さんも一緒に笑って、いっそう生意気になりました。ついにわたしはすっかり腹を立てて、大声で叫んだのです。

「まあ、いいでしょう、お嬢さん。ここが誰の家かわかったら、あなただってすぐに出たくなるでしょうからね」

「あなたのお父さまのおうちでしょう?」お嬢さんはヘアトンのほうを向いて言いました。

「いいや」ヘアトンは恥ずかしさに赤くなってうつむきました。

キャシーにじっと見つめられるのに耐えられなかったのです。もっとも、その目はヘアトン自身の目とそっくりだったのですが。

「じゃ誰のおうち?　あなたのご主人の?」

ヘアトンは、さっきと別の感情で、もっと赤くなり、ののしりの言葉をつぶやきながら目をそむけました。

「この人のご主人は誰？」お嬢さんは、今度はわたしに向かって、うるさく質問を続けます。「うちの家とか、うちの連中とか言ってたから、このおうちの息子さんだとばかり思ってた。それでいて、この人、一度もわたしに『お嬢さん』って言わないのよ。召使いならそう言うはずでしょ？」

この子供っぽい言葉に、ヘアトンは雷雲のように顔を暗くしました。わたしは黙ってお嬢さんをゆさぶって、ようやく帰る支度《したく》をさせることができました。

「さあ、わたしの馬を連れてきて」自分のいとことも知らず、まるでお屋敷で馬丁の少年に命じるように、お嬢さんはヘアトンに向かって言いました。「そして、一緒に来ていいわ。おばけの出る沼を見たいし、あなたの言ってた妖精のお話も聞きたいから。でも、早くして！　どうしたのよ。馬を連れてきてったら」

「おまえなんかの下男になるくらいなら、先におまえが地獄に落ちるのを見届けてやるぞ」ヘアトンはどなりました。

「どうなるのを見届けるって？」お嬢さんは驚いて聞き返します。

「地獄に落ちるのをだ、この生意気なあまっこめ」

「ほら、ごらんなさい、お嬢さん。すてきなお友達ができたじゃありませんか」とわたしは間に入りました。「お嬢さんに向かって、なんてお上品な口のきき方でしょう。あんな人と言い争うのは、どうかやめておいて下さいね。さあ、ミニーはわたしたちでさがして帰りましょう」

「でもエレン、どうしてあの人、わたしにあんな言い方ができるのかしら」お嬢さんは驚きで目を丸くしたまま言いました。「わたしが頼んだとおりにしなくちゃだめでしょう？　いいわ、意地悪！　あんたの言ったこと、お父さまに言いつけるからね。さあ、どう」

この脅《おど》しもヘアトンには通じないようでしたので、お嬢さんの目にくやし涙があふれました。そして女中に向かって言いました。「じゃ、あんたが小馬を連れてきてよ。そして、わたしの犬も、今すぐ放してやって！」

「落ち着いて下さいな、お嬢ちゃん」と女中は答えて言いました。「丁寧になさっても損はありませんからね。ここにいるヘアトンさんは、旦那さまの息子さんじゃありませんけど、あなたのいとこなんです。それにあたしだって、あなたのご用をするために雇われたんじゃありませんから」

「あの人が、わたしのいとこ？」お嬢さんは軽蔑《けいべつ》するような笑い声を上げました。

「ええ、そうですとも」無礼をたしなめた女中は答えました。

「ねえ、エレン、あんなこと言うのを止めて」お嬢さんは困りきってわたしに訴えます。「お父さまはわたしのいとこを連れに、ロンドンにいらしたのよ。わたしのいとこは紳士の子供なんだから。なのに、あんな…」そこまで言うと、わっと泣き出してしまいました。こんな田舎者《いなかもの》が親類とは、考えただけで動転してしまったのです。

「さあさあ、泣かないで」とわたしは小声で言いました。「いとこなんて、たくさんいるものですよ。いろんな人がね、お嬢さん。別にかまわないでしょう？　もしいやな人や悪い人だったら、お付き合いしなければいいだけの話ですよ」

「あんな人は違う。わたしのいとこじゃないわよ、エレン！」考えるとまた悲しくなるらしく、それを逃《のが》れようとわたしの腕の中に飛び込んできました。

お嬢さんも女中も、それぞれよけいなことをおしゃべりして、とわたしはとても腹を立てておりました。うちの旦那さまがリントンを連れてくるとお嬢さんが言ってしまったので、きっとそれはヒースクリフに伝わるでしょうし、お嬢さんのほうは、旦那さまがお戻りになればすぐにも女中の話をして、いとこだという粗野な若者について説明をせがむでしょう。

ヘアトンは、召使いだと思われたことへの憤慨も消え、お嬢さんの悲しむ様子に心を動かされたらしく、小馬を戸口まで引いてきてから、今度は犬小屋へ行きました。お嬢さんのご機嫌をとろうというのか、脚《あし》の曲がったかわいいテリアの小犬を抱いてきて、お嬢さんの手に渡しながら、悪気はなかったんだ、泣かないでくれよ、と言うのです。お嬢さんはちょっと泣きやみ、おびえた目でヘアトンを恐ろしそうに眺めると、またわっと泣き出しました。

気の毒にヘアトンがこんなに嫌われているのを見て、わたしは微笑せずにはいられませんでした。ヘアトンはがっしりとたくましく、顔立ちも整い、丈夫で健康そうな若者でしたが、身なりだけは、毎日畑仕事をしたり、荒野をうろついてウサギなどを追いかけるのにふさわしい恰好《かっこう》をしています。それでもその顔つきには、父ヒンドリーより上等な心ばえがあらわれているようにわたしには思えました。一面に生い茂った雑草におおわれてしまったために、良い素質も育たずに埋もれているようなものです。もし今とは違う、めぐまれた環境におかれれば、すばらしく豊かな実りを産みそうな、肥沃《ひよく》な土壌はあるのでした。ヒースクリフはヘアトンに肉体的な虐待は加えなかったと思います。ヘアトンが物怖《ものお》じしないたちなので、虐待する気にならなかったのでしょう。臆病でびくびくしていれば、ヒースクリフにもいじめ甲斐があったのでしょうが、そんなところはまったくないのです。ヒースクリフはヘアトンを獣のような人間にすることに悪意の限りを傾けていたようでした。読み書きも教えませんし、自分に面倒さえかけなければ、どんな悪癖も叱りません。美徳の道へは一歩たりとも導かず、悪徳から身を守るように諭《さと》す一言の言葉さえ与えなかったのです。聞くところによれば、ジョウゼフもまた、ヘアトンの堕落にずいぶん貢献したようです。旧家の跡継ぎの坊っちゃまだというので、小さい頃からご機嫌をとって甘やかしてきました。キャサリン・アーンショーとヒースクリフが子供だった頃、「ふたりのわるさ」のおかげで旦那が癇癪《かんしゃく》を起こされた、とか、酒で憂《う》さを晴らさずにはいられなくしているんだとか言うのがジョウゼフの口癖でしたが、今ではヘアトンの悪いところは全部、その財産を奪ったヒースクリフのせいにされました。

ヘアトンが悪態をついても、悪いことをしても、ジョウゼフはたしなめようとしません。ヘアトンがどこまでも悪くなるのを眺めて、満足していたようです。ヘアトンは堕落し、魂は破滅だと見なしながら、責任はヒースクリフにある、とジョウゼフは思い、ヘアトンが血を流すようなことがあれば、その報いはヒースクリフが受けるのだと考えて、大きな慰めとしていました。

ジョウゼフはまた、家名と家柄への誇りをヘアトンに教え込みました。嵐が丘の所有者となったヒースクリフとヘアトンとの間に、できれば憎悪の念をかき立てたかったのでしょう。でも、ヒースクリフに対するジョウゼフの恐怖心ときたら迷信とも言えるほどで、思うことがあっても、あてこすりを小声でつぶやいたり、かげでこっそり脅《おど》し文句を並べるくらいがせいぜいでした。

もっとも、あの頃の嵐が丘の日常の暮しぶりを、わたしがよく知っていたというわけではございません。自分の目で見たことはほとんどなく、うわさで聞き知ったことばかりです。ヒースクリフさんはけちで、地主としても冷酷、非情だと村の人たちははっきり申していました。でも、女手が入った家の中は昔の居心地《いごこち》の良さを取り戻し、ヒンドリーがいた頃にはしょっちゅうあった喧嘩《けんか》騒ぎもなくなりました。家の主人がふさぎこんでいて、どんな人ともおつきあいしない——これは今も同じです。

まあ、こんなことばかり申していては、お話が先へ進みませんですね。お嬢さんは、仲直りの気持ちで差し出されたテリアをはねつけ、自分の犬、チャーリーとフィーニクスを返して、と言われました。二頭の犬が足をひきずり、うなだれて出てくると、わたしたちはいつもの元気もなく、人も馬も犬も、そろってとぼとぼと家路についたのでした。

わたしが聞き出そうとしても、お嬢さんはその日のことを詳しく話してはくれませんでした。ただ、わかったところによると、旅の目的地はやはりわたしが思ったとおり、ペニストンの岩山でした。嵐が丘の門までは冒険らしいこともなく進んだのに、ちょうどそこへヘアトンが出てきて、ついてきた犬たちがお嬢さんの隊商に襲いかかったわけです。

激しく戦う犬たちをようやく引き離した飼い主二人は、それをきっかけに話を始めました。キャサリンはヘアトンに名前と行き先を教えて道を訊ね、結局一緒に来てもらうことに成功したようです。

妖精の洞窟をはじめとするたくさんの珍しい秘密の場所を、お嬢さんはヘアトンに見せてもらったようですが、わたしはご不興《ふきよう》を買っていたため、いろいろと見てきたもののお話は聞かせてもらえませんでした。

とにかく、お嬢さんがヘアトンを召使い扱いして心を傷つけ、女中がヘアトンをいとこだと言ってお嬢さんを傷つけるまでの間は、ヘアトンがお嬢さんに気に入られていたらしいことはわかりました。

あの時のヘアトンの言葉は、あとあとまでお嬢さんの心の痛みとなっていました。いつもお屋敷では「かわいい娘」「大事な子」「女王さま」「天使のような子」と言われているのに、よく知らぬ他人にひどく侮辱されたんですからねえ。お嬢さんにはわけがわからなかったでしょう。このことを旦那さまに黙っているという約束をさせるのは一苦労でした。

お父さまは嵐が丘の人たちをとても嫌っていらっしゃいますから、あなたが行ったとわかったらどんなにか悲しまれるでしょう、とわたしは説明しました。お言いつけをわたしが守らなかったと知ってお怒りになれば、わたしはお屋敷を出されてしまうでしょう、とそこを一番強調したのです。お嬢さんにとってそれは耐え難いことでしたから、言わないとわたしのために約束し、それを守ってくれました。やはり、かわいいお嬢さんでした。

第五章

黒の縁取《ふちど》りのお手紙で、旦那さまのお帰りの日が告げられました。イザベラが亡くなったのです。旦那さまはお手紙の中に、キャシーに喪服の準備を、小さな甥《おい》のためにはお部屋とその他必要な支度をするように、と書いてこられました。

お父さまが戻ってこられる、というのでお嬢さんは大興奮です。そして「本当のいとこ」の数えきれないほどの長所を、明るく予想して楽しむのでした。

やがてご帰宅予定の晩になりました。お嬢さんは、朝早くからこまごまとした用事を言いつけて忙しそうでしたが、夕方になって新しい黒い服を身につけますと――いたわしいことに、叔母《おば》さまを亡くされたのがまだはっきりした悲しみと感じられないのです――敷地のはずれまでお迎えに行きたいから一緒に来てね、としきりにせがみました。

「リントンはね、わたしより六ヵ月だけ年下なのよ」木陰を起伏して続く、緑の芝生をゆっくり歩んで行きながら、お嬢さんは無邪気におしゃべりしました。「リントンと遊べるなんて嬉しいわ！　イザベラ叔母さまがあの子のきれいな髪をお父さまに送って下さったの。わたしの髪より薄い、亜麻色に近い色で、同じくらい細かった。小さいガラスの箱に大事にしまってあるのよ。この髪の子に会えたらどんなに楽しいかしらって、よく考えたわ。ああ、嬉しい！　それに大好きなお父さまも帰っていらっしゃるし。さあ、エレン、走って行きましょうよ。ね、早く」

お嬢さんは駆けて行って戻り、わたしがゆっくりした足どりで門に着くまでの間に、行ったり来たりを何度となく繰り返しました。そして、小道のそばの草の土手にすわっておとなしく待とうとしてはみたのですが、できるはずがありません。一分もじっとしてなどいられないのです。

「なんて遅いんでしょう！　あっ、道にほこりが立ってる。お帰りだわ！　ああ、違う。いつになったら着くのかしら。少し先まで行ってみない？　半マイルだけ、ね、エレン。半マイルだけ行きましょうよ。お願い。あの曲がり角にある樺《かば》の木立《こだち》のところまで」

いいえ、いけません、とわたしは聞き入れませんでした。そのうちに、ようやくこの落ち着かない状態の終る時が来ました。旅行用の馬車が見えてきたのです。

お父さまのお顔が窓からのぞいているのを見つけると、お嬢さんは甲高《かんだか》い声をあげて両腕を広げ、旦那さまのほうも同じように我を忘れておりて来られて、二人ともしばらくの間は他の人間も目に入らないご様子です。

お二人が抱擁をかわしていらっしゃる間に、わたしはリントン坊やの様子を見ようと馬車の中をのぞいてみました。まるで冬のような毛皮の裏のついた、暖かそうなマントにくるまって、隅っこで眠っています。華奢《きゃしゃ》で青白い顔をした、弱々しい男の子で、旦那さまの弟かと思われるくらい、よく似ていましたが、旦那さまには決してなかった、病的なほどの気むずかしさが見られました。

旦那さまはわたしがのぞいているのに気づかれると、握手して下さってから、あの子は旅で疲れているからね、ドアを閉めてそっとしておいておやり、とおっしゃいました。

お嬢さんも坊やを一目見たかったことでしょうが、おいで、とお父さまに言われて、ご一緒にお屋敷に向かって歩き始めました。わたしは召使いたちに支度を命じるために、一足先に急いで帰りました。

旦那さまは玄関の石段を上がる前に立ち止まり、お嬢さんにこうおっしゃいました。

「お聞き、キャシー。いとこのリントンは、おまえほど丈夫でも元気でもない。それに、まだお母さんを亡くしたばかりだろう？　だから、すぐに一緒に駆けまわって遊ぼうと思っちゃいけないよ。それから、あまりおしゃべりしてうるさくしないように。とにかく今夜はそっとしておいてあげるんだ。いいね？」

「はい、わかったわ。でも、わたし、会ってみたい。あの子、窓から一度も顔を出さなかったから」

馬車が止まって坊やは起こされ、旦那さまに抱きおろされました。

「リントン、これがきみのいとこのキャシーだ」旦那さまは二人の小さな手を握らせておっしゃいました。「キャシーはもうきみのことが好きになってる。だから、今夜は泣いてはだめだよ。キャシーが悲しむ。さあ、元気を出して。もう旅行は終りだからね、休んでもいいし、遊んでもいいし、好きなようにすればいい」

「じゃ寝かせて下さい」お嬢さんのキスの挨拶《あいさつ》に尻ごみし、出かかる涙を指でふきながらリントンは答えました。

「さあさあ、いい子ですね」わたしは小声で話しかけながら、坊やを中へ連れて行きました。「お嬢さんまで泣いてしまいますよ。ほら、あなたのことをあんなに心配して」

リントンのことを心配したためかどうかはわかりませんが、お嬢さんはリントンと同じくらい悲しそうな顔をして、旦那さまのそばに戻りました。三人とも中に入り、二階の書斎へ行くと、お茶の支度が調っていました。

わたしはリントンの帽子とマントを脱がせ、テーブルの前の椅子にすわらせましたが、リントンはすわったとたんに、また泣き出すのです。どうしたのかと旦那さまがお訊ねになりました。

「椅子じゃ、すわっていられないよ」とリントンはすすり泣いて答えました。

「それならソファにしなさい。エレンがお茶を持ってきてくれるから」旦那さまは辛抱強くおっしゃいました。

きっとこのご旅行の間も、病弱で気むずかしい坊やにはご苦労なさったに違いない、とわたしは思ったものでございます。

リントンは身体を引きずるように、ゆっくりとソファへ行って横になりました。お嬢さんも足台と自分のカップを持って、そばへ行きます。

そして、はじめは黙ってすわっていたのですが、長くは続きません。前から考えていたように、このいとこの坊やを思いきりかわいがろうというのです。巻き毛の髪をなでたり、頬《ほお》にキスしたり、赤ちゃんにでもするように、自分の受け皿にお茶を入れて渡したり――リントンのほうも赤ちゃんとたいして変わりないのか、満足そうに涙を拭き、かすかな微笑を浮かべました。

「ああ、大丈夫そうだね」しばらく二人の様子を見ていらした旦那さまがおっしゃいました。「ここにいられれば心配いらないな、エレン。同じ年頃の仲間がいるからすぐに元気が出てくるだろうし、強くなりたいと思えば力もつくよ」

「ほんとうにそうですわ、ここにいられれば！」とわたしは心の中で、つくづくとそう思いました。その望みはほとんどないだろうという悲しい懸念《けねん》を感じていたのです。こんな弱々しい坊やが嵐が丘でいったいどうやって生きていくのかしら、父親ヒースクリフとヘアトンのもとでは、何を教わり、誰と遊ぶのかしら、と思っておりました。

わたしたちの不安の念に結着のつく時がまもなく――わたしが思っていたよりも早く参りました。お茶がすんで、わたしは子供たち二人を二階に連れて行き、寝つくまでわたしをはなさないリントンが眠るのを見届けてから下へおりました。そして、玄関のテーブルのそばに立って、旦那さまの寝室用のろうそくをつけていますと、女中が台所から出てきて、ヒースクリフさんの下男のジョウゼフが来ています、旦那さまにお話があるそうです、と伝えたのです。

「まずわたしが会ってどんな用か聞いてみましょう」わたしはかなり狼狽《ろうばい》しながら言いました。「人を訪ねてくるには不穏当な時間だし、旦那さまは長旅から帰ってこられたばかりだしね。お目にかかるなんて無理だと思いますよ」

そう言っている間にジョウゼフは、もう台所を通って玄関の広間に姿を現しました。よそ行きの上等の服を着て、気むずかしい殊勝顔で、片手に帽子、片手にステッキを持ち、靴ぬぐいのマットで靴の泥を落としにかかっています。

「今晩は、ジョウゼフ。今夜は何のご用ですの?」とわたしは冷ややかに言いました。

「エドガーの旦那に話があるんじゃ」ジョウゼフは、お前などに用はないからどけ、と言わんばかりに、わたしを払いのける手つきをします。

「旦那さまはお休みになるところです。特別の用事ならともかく、今夜はお会いにはならないでしょう。そっちにすわって、わたしに用件を話して行くといいわ」

「旦那の部屋はどれかね?」ジョウゼフはあきらめずに、並んだ部屋の、閉まったドアを見回しながら訊ねました。

わたしに仲立《なかだち》を頼む気などまったくないようです。仕方ないのでわたしは、しぶしぶながら二階の書斎へ行き、こんな時間にジョウゼフが参りました、明日出直すように申しましょうか、と言いました。

ではそうしておくれ、と旦那さまがおっしゃる暇もありません。ジョウゼフがわたしのすぐあとについて上がってきていたのです。書斎に入り込んでテーブルの向こう側にしっかと立ち、ステッキの握りに左右のこぶしを重ねた姿勢で、反対されるのも覚悟の上と声を張り上げて言い出しました。

「おれの息子を連れてこい、とヒースクリフに言いつかって参ったもんで。いただかずに帰るわけにはいきませんや」

旦那さまは少しの間無言でした。深い悲しみがお顔を曇らせました。ご自分でも坊やがかわいそうだと思われましたでしょうし、まして妹イザベラの希望や心配、望み——何ぜひともお兄さまの手元で、と頼まれたことを思えば、手ばなすのはとてもつらく、何か手立てはないかと考えていらしたのでしょう。でも何の手立ても浮かびません。渡したくないそぶりを見せただけでも、相手はいっそう威圧的な態度で、子供を渡せと要求してくるでしょうし、あきらめるほかはなかったのです。ただし、眠っている子供をいま起こすわけにはいかない、と旦那さまは心に決められたようで、穏やかにジョウゼフにおっしゃいました。

「息子さんは明日、嵐が丘にお届けするとヒースクリフさんに伝えなさい。もう寝ているし、疲れていて、今から行くのは無理だ。それから、これも伝えてほしいのだが、あの子の母親はわたしを保護者にと望んでいた。そして、あの子の健康状態は、目下のところとても不安定になっている」

「だめだ！」ジョウゼフは杖《つえ》でドンと床を突き、威圧的な態度で言いました。「そうはいかねえ！　母親やあんたのことなんぞ、ヒースクリフは問題にしとらんからな。とにかく息子を引き取りたい、だからわしは連れて行かねばならん、とそういうわけですじゃ」

「今夜は渡せない」と旦那さまはきっぱり言い渡されました。「いますぐ帰って、わたしの言ったことを主人に伝えるんだ。エレン、下へお連れして。さあ、早く」

そして、腹を立てているジョウゼフの腕をご自分でとって部屋から出すと、ドアをお閉めになりました。

「そうか、いいだろうよ。明日になりゃ、ヒースクリフが自分で来る。追い出せるもんならやってみることだね」ジョウゼフは大声でそう言いながら、のろのろと引き上げて行きました。

第六章

そんな事態を未然に防ぐため、旦那さまは翌朝早くリントンをお嬢さんの小馬に乗せて送り届けるよう、わたしに命じてこうおっしゃいました。

「この先わたしたちには、善《よ》かれ悪《あ》しかれ、あの子の運命を左右することはできないのだから、あの子の行き先をキャシーに言ってはいけないよ。もう付き合えない以上、近くにいることは知らないほうがいい。嵐が丘を訪ねたがって、落ち着かなくなるといけないからね。お父さんから急に迎えが来たので行かなくてはならなくなった、というくらいに話しておきなさい」

わたしが五時に行きますと、リントンは起きるのをいやがりました。それに、また旅の支度だと聞かされて驚いてしまったのです。わたしは話をやわらげるために、お父さまのヒースクリフさんのところにちょっと行くだけですよ、とっても坊やに会いたくて、旅の疲れのとれるまで待ちきれないんですって、と説明しました。

「ぼくのお父さん?」リントンは当惑したように言いました。「お父さんがいるなんて、ママは一度も話してくれたことないよ。お父さんってどこに住んでるの? ぼくはおじさんのところのほうがいい」

「このお屋敷から少ししか離れていないところでね、あの丘のすぐ向こう——そんなに遠くないから、元気になったらここまで歩いてでも来られますよ。それに、おうちに帰ってお父さまに会えるんですもの、嬉しいことでしょう? お母さまと同じように、お父さまも好きになりましょうね。そうすればお父さまもかわいがって下さいますよ」

「でも、どうしてぼくは今までお父さんのこと、聞いたことがないの? どうしてほかのおうちみたいに、ママとお父さんは一緒に暮してなかったの?」

「お父さまは北でお仕事があったし、お母さまはお身体のために南にしか住めなかったからですよ」

「だけど、なぜママはお父さんの話をしてくれなかったの?」坊やは食い下がります。「おじさんのことはよく話してくれたから、ずっと前から好きになっていたよ。でもお父さんは好きになれない。知らない人だもの」

「あら、子供はみんな、お父さんとお母さんが大好きに決まっていますよ。もしかするとお母さまは、あまりお父さまの話をするとあなたが行きたがると思われたのかもしれません。さあ、急ぎましょう。こんなに晴れた朝早くお馬に乗ったら、もう一時間寝ているよりずっと素敵ですよ」

「あの子も一緒に行く？　昨日会った女の子」

「今日は行きません」

「おじさんは？」

「いいえ、わたしがご一緒しますよ」

リントンはまた枕に身を沈めて、何やら考え込みました。そして、とうとうこう言いました。

「おじさんが一緒でなくちゃ行かない。どこへ連れて行かれるかわからないもの」

お父さまに会いに行くのをいやがるなんて悪い子ですよ、と説得を試みましたが、強情に抵抗して、着替えなどさせてくれません。仕方なく旦那さまにも来ていただき、なだめすかしてようやくのことでベッドから出したのです。

かわいそうにリントンは、すぐに帰って来られるから、とか、おじさんとキャシーも遊びに行くから、などとその場しのぎの約束を聞かされて、ついに出発となりました。

嵐が丘へ行く途中も、わたしは同じようにあてにならない約束を考え出しては、何回も繰り返しました。

ヒースの香りのする澄んだ空気、明るい日ざし、そして穏やかに進むミニーの足どりなどのおかげで、やがてリントンの沈んだ気持ちも引き立ってきたのか、いま向かっている家やそこにいる人たちについて、前より興味を示して活発に質問し始めました。

「嵐が丘って、スラッシュクロスみたいに楽しいところ?」リントンはふり向いて、もう一度谷間のほうを見ました。谷間からは薄いもやが立ちのぼり、青空のすそにふわふわと浮かぶ雲になっていました。

「スラッシュクロスのお屋敷のように木立《こだち》に包まれていなくて、お屋敷ほど大きくないんですけど、まわりの景色がぐるっと見渡せてきれいですよ。空気ももっと新鮮で乾いていますから、坊やの身体にもいいでしょう。建物が古くて暗いとはじめは思うかもしれません。でも、このあたりではスラッシュクロスにつぐ、立派なおうちですからね。荒野の散歩も素敵ですよ。ヘアトン・アーンショーという、キャシーお嬢さんのいとこ――坊やともいとこみたいなものですが――この人が、あちこちのいい所に連れて行ってくれるでしょう。それに、お天気のいい日には本を持って出て、緑の窪地《くぼち》を書斎にしたりできるし、おじさまも時には一緒に散歩して下さいますよ。よく丘を散歩なさいますからね」

「で、ぼくのお父さんってどんな人？　おじさんみたいに若くて立派？」とリントンは聞きました。

「ええ、同じくらい若い方です。でも、髪と目が黒くて、おじさまよりいかめしく見えるわね。背も高くて大きいの。もしかすると、はじめのうちは、優しくて親切な人には思えないかもしれないけど、それはそういうところを見せない人だからなんです。ですからね、素直な良い子になるんですよ。そうすれば、どんなおじさんよりも坊やをかわいがって下さるわ。だってご自分の子供ですもの」

「黒い髪に黒い目か……」リントンは考え込みました。「姿が浮かばないよ。じゃ、ぼくはお父さんに似てないってことだね？」

「ええ、あんまりね」いいえ、全然似てないわ、と心の中で思いながら、わたしは答え、残念な気持ちで坊やを眺めました。白い肌、華奢《きやしや》な身体つき、物憂げな大きな目――目は母イザベラにそっくりですが、病的な感じやすさで輝く瞬間をのぞけば、イザベラの火花のような気迫は少しも見られないのです。

「お父さんがママやぼくに会いに一度も来ないなんて不思議だなあ」と坊やはつぶやきました。「ぼくを見たことあるの？　あるとしたら、きっとまだ赤ん坊の時だね。お父さんのこと、ちっとも覚えてないもの」

「そりゃあ、坊っちゃん、三百マイルといえばとても遠いんですからね。それに、子供と違って大人には、十年くらい、そう長くないんですよ。たぶんお父さまは、毎年夏になるたびに行こう行こうと思いながらも、なかなか都合がつかなかったんでしょう。今さら言っても始まらないわ。そんなことをお父さまにいろいろ聞くんじゃありませんよ。困らせるだけで、何にもなりませんからね」

そのあと坊やは、一人で考え込んだまま馬に乗って行き、やがてわたしたちは嵐が丘の門の前に着きました。坊やがどんな印象を受けるだろうと、わたしはその顔を見守っていました。彫刻のほどこされた正面、暗い格子窓、はびこったスグリの茂み、曲がったモミの木――坊やは真剣な面持ちでこれらをしげしげと眺めた末に首を振りました。新しい住まいの外観に内心ではまったく満足できなかったのです。でも、すぐに不満を口に出さないだけの分別はありました。中は意外に良いかもしれませんものね。

坊やが馬をおりる前に、わたしが行ってドアを開けました。六時半で、一家の朝食がちょうどすんだところらしく、女中がテーブルを片付けて拭いています。ジョウゼフは主人の椅子のそばに立って、足をいためた馬のことを話していますし、ヘアトンは干草《ほしくさ》用の畑に行く支度をしていました。

「やあ、ネリー」ヒースクリフはわたしが目に入ると大声で言いました。「自分のものをとりに、自分で出向かなくてはならないかと思っていたがね。連れてきてくれたんだな？　どんなやつなのか、見てみるとしよう」

ヒースクリフは立ち上がって、つかつかとドアに歩み寄り、そのあとにヘアトンとジョウゼフが、好奇心で口を閉じるのも忘れて続きました。かわいそうにリントンは、おびえた目で三人の顔を見比べました。

ジョウゼフはまじめくさって坊やを観察したあげく、「こりゃあ、取り換えられたんですぜ、旦那。向こうの嬢ちゃんをよこしたんだ」と言いました。

ヒースクリフは坊やをにらみつけ、坊やが困って震え出すのを見ると、軽蔑の笑い声を上げました。

「やれやれ、なんて器量よしの、素敵にかわいらしい坊っちゃまなんだ！　カタツムリと酸っぱいミルクで育てられたんじゃないのか、ネリー。ちぇっ、思ったよりひどいぞ。しかも、はじめからそんなに大きな期待をかけていたわけでもないのにだ」

途方に暮れて震えている坊やに、馬をおりて中にお入りなさい、とわたしは申しました。坊やには父親の言葉の意味も、自分に向けられた言葉なのかどうかも理解できませんでした。いえそれどころか、こわい顔に冷笑を浮かべた、この見知らぬ人が自分の父親かどうかもはっきりしなかったのです。ますます震えおののいてわたしにしがみつき、椅子に腰をおろしたヒースクリフが「こっちに来い」と呼びますと、わたしの肩に顔をつけて、泣き出してしまいました。

「ちぇっ」とヒースクリフは舌打ちをしながら片手を伸ばし、膝の間に子供を乱暴に引き寄せると、手であごを上げて、上を向かせました。「そんなに泣くことはない。誰もおまえをいじめようというわけじゃないんだからな、リントン――それがおまえの名前だろう？　まったく母親そっくりの子供だな。どこか、このおれに似たところもあるのか、いくじのない弱虫め」

ヒースクリフは子供の帽子をとって、ふさふさした亜麻色の巻き毛をなでたり、ほっそりした腕や小さな指にさわったりしました。その間にリントンは泣くのをやめ、大きな青い目で、自分も相手を観察し始めました。

ヒースクリフは、手も足も同様に弱々しいのを確かめ終ると、「おれを知ってるか？」と訊ねました。

「いいえ」リントンは、うつろな目でこわそうに答えます。

「話には聞いていただろう？」

「いいえ」

「聞いてない？　なんてひどい母親だ。父親に敬愛の念を持つことさえ教えないとはな。いいか、おまえはおれの息子なんだ。そして、おまえにどんな父親がいるのかも話さなかったとは、おまえの母親はだらしない性悪女だ。おい、そうびくびくして赤くなるんじゃない！　もっとも、血まで白くはないとわかるのはありがたいがね。いい子になるんだぞ。そうすればよくしてやるからな。ネリー、疲れているならすわっていい。疲れていなければ帰ってくれ。帰ったらスラッシュクロスの役立たずめに、ここで見聞きしたことを報告するんだろう。それにあんたがそのへんにいると、こいつがいつまでも落ち着かなくて困る」

「では、ヒースクリフさん、坊っちゃんに優しくしてあげて下さいましね。そうでないと、坊っちゃんは長いことありませんよ。この広い世の中で、あなたのたった一人の肉親なんですから、それをお忘れなく」

わたしがそう言うと、ヒースクリフは笑いながら答えました。

「とびきり優しくしてやるから、心配いらんよ。ただし、ほかのやつらには優しくさせない。おれだけでこの子の愛情を独占するつもりなんだ。さあ、優しさの手始めだ。ジョウゼフ、この子に朝飯を持ってきてやれ。ヘアトン、さっさと仕事をしに行くんだ、このまぬけ！」そして二人が出て行くと、わたしに向かって続けるのでした。「そうさ、ネリー、おれの息子はあんたのところの屋敷の相続人だからな、その後《あと》おれの手に入るとはっきり決まるまで、死んでもらっちゃ困るのさ。それに、こいつはこのおれの子だ。おれの血を引く者がやつらの土地屋敷の持ち主に堂々とおさまるのを見て、勝利を味わいたい。おれの子がやつらの子供たちを雇い、賃金をもらって先祖の土地を耕す身分に落としてやる——そういう目当てがあるからこそ、こんな小僧も我慢できるんだよ。こいつは見下げ果てたやつだし、いやなことを思い出させて気にくわんが、先の目当てがあるからいい。おれに任せて大丈夫だ。あんたの主人が娘をかわいがるのと同じくらいに大事に世話をするよ。二階にこの子の部屋を用意して、立派な家具も備え付けたし、家庭教師も週三回、二十マイル先から来てもらうことにしてあるから、何でも教わることができる。ヘアトンにも、この子の言うことに従うように言いつけた。つまり、この子はまわりとは別扱いで、紳士らしい上等な素質をそこなわないように育てるつもりで、すべて準備しておいたんだ。なのに、がっかりするじゃないか、こんな骨折り甲斐のない坊主とは。もしもこの世で願うことがあったとすれば、自慢できる息子を持つことだったんだが、生《なま》っ白《ちろ》い泣き虫の赤ん坊ときては、まったくの当てはずれさ」

ヒースクリフが話している間に、ジョウゼフがミルク粥《がゆ》の入った鉢を持って戻ってきて、リントンの前に置きました。リントンはいやそうに中身をかきまぜると、こんなの食べられないよ、と言いました。

ジョウゼフがヒースクリフ同様にリントンを軽蔑しているのは明らかでしたが、それを表に出すわけにはいきませんでした。召使いはこの子に敬意を払うようにと、ヒースクリフがはっきり申し渡していたからです。

「食えん、だと？」ジョウゼフはリントンの顔をのぞきこみ、ヒースクリフに聞こえないように声を小さくして聞き返しました。「ヘアトンの坊やだって小さい頃はこればっかりだった。あの子に食えて、あんたに食えんわけはあるまいよ、まったくの話」

「ぼくは食べないからね」リントンは不機嫌に答えました。「あっちにやって」

ジョウゼフは腹立たしそうに鉢をひったくると、わたしたちのほうに持ってきました。「この食べものに何か悪いところでもありますかね？」ヒースクリフの鼻先に盆を突き出して、ジョウゼフは訊ねました。

「あるもんか」

「それ、見なされ。それだのにあのお上品な坊ちゃまは、食えんと言いなさるんだ。まあ、それもそうさな。おふくろさんがあの通り、汚ないわしらのまく麦じゃパンにもできないって言ってたくらいで」

「おれの前で母親の話はするな」ヒースクリフは怒ってそう言いました。「あの子の食えるものを持ってきてやればいい。ネリー、いつもどんなものを食べているんだ？」

熱いミルクかお茶がよろしいでしょう、とわたしは答え、女中がそれを支度することになりました。

まあともかくも、父親の利己心から出ることにせよ、坊やが大事にされるならけっこう、とわたしは思いました。ひよわな体質で、気をつけて扱わなくてはならない子供だと、ヒースクリフもわかっているようです。帰ってこのことを旦那さまに伝えれば、安心して下さるでしょう。

これ以上とどまる理由もありません。人なつっこい牧羊犬が近寄ってくるのをリントン坊やがおずおずと追い払っているあいだに、わたしはそっと抜け出しました。でも、さすがに坊やも敏感になっています。わたしが戸を閉めた途端に、わっと泣く声、そして狂ったように繰り返す言葉が聞こえてきました。

「おいて行っちゃだめ！　帰るよ！　帰るよ！」

掛け金を掛ける音がしました。坊やは出してもらえません。わたしはミニーに乗って早足で走らせました。短いお守《も》り役はこうして終ったのでございます。

第七章

その日わたしたちは、お嬢さんのお相手をするのに苦労いたしました。いとこと遊ぼうと思ってご機嫌よく起きたのに、もう行ってしまったと聞かされて、その嘆き悲しみ方といったらありません。ついには旦那さまが出ていらして、じきにまた戻ってくるから、と慰めなくてはならないほどでした。ただしそれは「連れてこられれば」という条件つきで、その望みはまったくありませんでした。

こんな約束ではおさまらないお嬢さんでしたが、時の力はたいしたものでございます。しばらくは時折お父さまに、リントンはいつ帰ってくるの、と訊《たず》ねたりしていましたが、月日とともに記憶もあいまいになり、顔を見てもわからないほどになったのでございます。

ギマートンに用事で出掛けて嵐が丘の女中に会うことがあれば、わたしはいつも坊やの様子を聞いたものでした。坊やもうちのお嬢さんと同じくらいお屋敷にひきこもった毎日で、ちっとも姿を見かけないからです。話によれば相変わらず身体が弱く、手がかかるようでした。ヒースクリフはますます坊やが気に入らず、それを隠そうとしてはいるものの、声を聞くのもいやなほどで、しばらく同じ部屋にいるのさえ我慢できないということです。

二人が話をすることはめったになく、リントンは勉強の時も夕食後も、居間と呼ばれる小さな部屋で過ごすか、さもなければ一日中ベッドに横になったまま——とにかく、しょっちゅう咳《せき》が出たり、風邪《かぜ》をひいたり、どこかが痛い、苦しいと訴えたりする坊やでした。

「ほんとに、あんな意気地《いくじ》なしの子は見たことがありませんよ」女中は続けて言いました。「とにかく用心深いったらないの。夕方ちょっと遅くまで窓を開《あ》けっ放しにしてごらんなさい、もう大騒ぎ。夜風にあたった、ぼく死んじゃうよ、ってね。真夏でも暖炉の火がいるし、ジョウゼフのパイプは毒だって言うし、お菓子やおいしいものをいつも食べていなくちゃ承知しないのよ。そして口癖みたいにミルク、ミルクって。あたしたちみんなが冬の寒さに凍えていたって、まったく知らん顔、暖炉のそばの自分の椅子で毛皮のマントにくるまって、トーストや水や飲み物を脇の棚に並べて時々すすっているわ。かわいそうだから相手をしてやろうかとヘアトンが来ても――ヘアトンは荒っぽいけれど、根は悪い子じゃありませんからねえ――結局、一人はののしる、一人は泣くで物別れに終る始末よ。旦那さまもこれが自分の子でなかったら、ミイラになるほどヘアトンに鞭《むち》でたたかれても、きっと喜んだと思うわ。だいたい、あんなに自分のからだばかりかばっているのが半分でもわかったら、あんな子、外へ追い出してしまうでしょうよ。だからそんな気にならないように、旦那さまは坊やのいる居間には決して入らないし、ご自分のいるところで坊やがそんな様子を見せると、すぐ二階へやってしまうの」

坊やがわがままないやな子になったのは、もとからその傾向もあったかもしれませんが、誰もかわいがってやらないからだと、わたしはこの話を聞いて、よくわかったのでございます。そしてそのせいか、坊やへのわたしの関心はうすくなっていきました。もっとも、あの子の運命を思うとかわいそうで、こちらにいられたら、と胸が痛みました。

旦那さまはわたしに、あの子の消息を集めるよう望んでいらっしゃいました。あの子をとても気にかけ、多少危険を冒しても会いたいと思っていらしたのです。村に出てくることがあるかどうか、女中に聞くよう仰せつかったことがありました。

女中の返事では、まだ二度来ただけ、それも父親と馬で行き、帰ってくるとその後三、四日は、動けないほど疲れきった様子だったということです。わたしの記憶が正しければ、その女中は坊やが来て二年でお屋敷をやめ、あとにわたしの知らない人が来て、その人は今もあちらにいます。

その後、うちのお屋敷では昔のように楽しい日々が続き、お嬢さんは十六歳になりました。お嬢さんのお誕生日にお祝いらしいことをしたためしがないのは、その日が母親キャサリンのご命日でもあったからです。旦那さまはいつもこの日はお一人で書斎で過ごされ、たそがれになるとギマートンの墓地まで歩いて行かれて、真夜中過ぎまでお帰りにならないこともよくありました。残されるお嬢さんは、自分で遊びを工夫しなくてはなりません。

その年の三月二十日は、よく晴れた春の日でした。旦那さまが書斎に入られると、お嬢さんは出掛ける支度で二階からおりて来ました。荒野のはずれまでわたしと一緒に散歩に行きたいとお父さまにお願いしたところ、遠くへ行かないで一時間以内に帰ってくるなら行ってもよいというお許しが出たというのです。

「だから急いでね、エレン。わたし、行きたい場所があるの。ライチョウがたくさん集まっているところよ。もう巣を作ったかどうか、見たいんですもの」

「かなり遠くじゃありませんか。ライチョウは荒野のはずれあたりに巣は作りませんからね」とわたしは答えました。

「いいえ、遠くなんかないわよ。すぐ近くまでお父さまと行ったこともあるしね」

わたしはそれ以上深く考えず、帽子をかぶって出掛けました。お嬢さんは弾《はず》むように先へ行くかと思うと、わたしのそばに戻ってきて、また走り去る――まるで若いグレイハウンド犬です。はじめのうちはわたしも、とても楽しい気分でいっぱいでした。暖かで気持ちの良い日ざしを浴びて、あちこちのヒバリの歌声に耳をかたむけ、大事なかわいいお嬢さんの姿を目で追っていました。金色の巻き毛をなびかせ、花開く野バラのように清らかで明るい、柔らかな頬と、かげりのない喜びに輝く目をして駆けるその姿――あの頃のお嬢さんは幸福そのもので、天使のようでした。残念ながら、ずっとそのままではいられなかったのですが。

「さあ、そのライチョウはどこなんです、お嬢さん。もう見つかってもいい頃でしょう。お屋敷の猟園の柵《さく》から、ずいぶん来てしまいましたよ」

「ええ、もう少し――あとほんの少し先よ、エレン」同じ答えがずっと繰り返されました。「あの小山にのぼって、あの土手を越えればいいの。向こう側に着くまでにライチョウが飛び立つわ」

そう言われても、のぼる小山と越える土手は果てしなく続きます。とうとうわたしは疲れ始め、もうやめて引き返しましょう、と言いました。

大声でそう言ったのですが、お嬢さんはずっと先まで行っていて、声が聞こえないのか、聞く気がないのか、さっさと飛んで行きます。わたしもあとを追うしかありません。お嬢さんの姿が窪地《くぼち》に消え、次に見つけた時には、お屋敷より嵐が丘のほうが二マイルも近いところにおりました。そしてお嬢さんは二人の男にとらえられています。その一人は明らかにヒースクリフさんのようでした。

ライチョウの卵を盗むか、とらないにしても巣をあさっているところをおさえられたのでしょう。

このあたりの丘はヒースクリフの土地になりますから、これは密猟になるぞ、とお嬢さんをとがめていたのです。

ようやくわたしが近くまで行きますと、お嬢さんは何も持っていない両手を広げてみせながら、釈明しているところでした。「とってもいないし、見つけてもいません。とったりするつもりはなかったのよ。このへんにはたくさんいるってお父さまから聞いて、卵を見たいと思ったんです」

ヒースクリフはわたしをちらりと見て、悪意のある笑いを浮かべました。誰だかわかっているぞ、それならば、という悪巧みが見てとれる笑みでした。そして「お父さま」って誰かね、と訊ねるのです。

「スラッシュクロスのリントンです。やっぱりわたしのこと、ご存じないのね。ご存じなら、さっきみたいな言い方をなさるはずないですもの」

「パパさんは尊敬される立派な人物だと思っているわけだね?」ヒースクリフは皮肉な口調で言いました。

「で、あなたは?」好奇心いっぱいの目でヒースクリフを見つめながら、お嬢さんは訊ねました。「あちらの人には会ったことがあるわ。息子さんですか?」

お嬢さんはもう一人のほう、つまりヘアトンをさして言いました。二年の間に身体は大きくなり、力もついたようでしたが、特に進歩もなく、あいかわらず挙動のぎこちない、武骨《ぶこつ》な若者でした。

「キャシーお嬢さん、一時間のお約束がもうすぐ三時間になりますよ。ほんとうにもう戻りませんと」わたしは口をはさみましたが、ヒースクリフはそのわたしを押しのけて、お嬢さんに言うのです。

「いや、あれは息子じゃない。しかし、息子もいましてね、前に会ったことがおありのはずですよ。ばあやさんはお急ぎだが、二人とも少し休んだほうが、かえっていいんだ。ちょっとそこのヒースの丘を曲がって、うちに寄ってお行きなさい。休んだほうが結局早く帰れる。歓迎しますよ」

誘いに乗ってはだめです、絶対にいけませんよ、とわたしはお嬢さんの耳にささやきました。ところがお嬢さんははっきりした声で言うのです。

「どうしてなの？　わたし、走り疲れたわ。でも地面は湿っていて、ここじゃすわれないし、行きましょうよ、エレン。それにあの人、わたしが息子さんに会ったことがあるって言うじゃない。勘違いしてるんだと思うけど。でも、あの人の家は見当がつくの。ペニストンの岩山の帰りに寄った農家――あそこじゃありません？」

「そのとおり。さあ、ネリー、何も言うな。うちに来ればお嬢ちゃんも喜ぶだろう。ヘアトン、お嬢さんと一緒に行け。ネリーはおれと歩いて行けばいい」

「いいえ、そんなところに行かせるわけには参りません」わたしはヒースクリフにつかまれた腕をふりほどこうともがきながら、声を大にして言いました。けれどもお嬢さんは全速力で丘の端をまわり、もうほとんど戸口の前まで行ってしまっています。一緒に行くように言われたはずのヘアトンは、案内する様子もなく、道ばたでぐずぐずしたあげく、どこかに行ってしまいました。

「ひどいことをするんですね、ヒースクリフさん。善意からでないのは自分でも承知のくせに。お嬢さんがリントンに会えば、お屋敷に帰るとすぐにその話をするでしょうよ。で、わたしが叱られることになるんです」

「あの娘をリントンに会わせたいんだ。このところ元気そうに見えるからな。人前に出せるほどあいつの具合がいい時なんか、そうあるもんじゃない。それに、うちへ来たことは秘密にするように、お嬢ちゃんをよく説得すればいいさ。いったいどこに不都合があるんだ？」

「不都合はですね、お嬢さんがお宅に入るのを黙認したとわかったら、わたしが旦那さまから憎まれてしまうことですよ。それに、お嬢さんを誘うには必ず下心があるに決まってますからね」

「おれの心は正直そのものさ。全部話してやろうか。いとこ同士の二人が恋に落ちて結婚するといいんだ。あんたの主人のためを思ってもいるんだぜ。あのお嬢ちゃんには遺産相続の見込みはないが、もしおれの望むように動いてくれれば、すぐにリントンと共同相続人になれるんだからな」

「リントン坊やは弱い身体、もし亡くなったら相続はお嬢さんでしょう」

「いや、そうはならない。遺言状にそんな指定はないから、財産はおれに来るだろう。ただし、もめごとは避けたいから、二人を結婚させたいんだ。必ず実現させる決心だぞ」

「わたしも二度とお嬢さんをここに近づけない決心です」わたしは言い返してやりました。ちょうど門まで来ていて、お嬢さんがわたしたちの来るのを待っていました。

ヒースクリフはわたしにおしゃべりを禁じ、ドアを開けるために、先に立って小径《こみち》を急ぎました。どういう人なのかと考えているらしく、お嬢さんは何度もヒースクリフを見ていましたが、ヒースクリフはお嬢さんと目が合うとにっこりし、優しい声を出して話しかけます。これはもしかすると、お嬢さんのお母さまの思い出で心がやわらぎ、お嬢さんへの企《たくら》みを捨てたのかも、とわたしは愚《おろ》かにも考えたものです。

リントンは炉辺に立っていました。野原を歩いてきたところなのか、まだ帽子をかぶったまま、乾いた靴を持ってくるようにジョウゼフに言いつけています。

十六歳になるまでに何ヵ月かあるはずですが、ずいぶん背が伸びていました。まだ顔立ちはかわいらしく、わたしの記憶より目も顔色も明るく見えましたが、それはさわやかな外気と暖かい太陽から一時的に借りた輝きにすぎなかったかもしれません。

「さあ、あれは誰かな、わかるかい？」ヒースクリフはお嬢さんのほうを向いて聞きました。

「息子さん？」お嬢さんは二人を見比べ、自信がなさそうに言いました。

「ああ、そうなんだが、会うのはこれが初めてかな？　考えてごらん。ずいぶん忘れっぽいなあ。リントン、おまえはいとこを思い出せないのか？　さんざん会いたがってうるさくせがんだ、あのいとこを」

「まあ、リントン！」名前を聞くとお嬢さんは思いがけない喜びに顔を輝かせました。

「あれがリントン坊や？　わたしより背が高いわ。あなた、リントンなの？」

リントンが進み出て、そうだと答えると、お嬢さんは夢中でキスをしました。そして二人とも、年月によって変わったお互いの姿に驚きながら見つめ合いました。

キャサリンお嬢さんは背丈も伸びきり、ふっくらしていながら、鋼《はがね》のようにしなやかな、ほっそりしたからだつきです。健康と生気で輝くばかりでした。リントンのほうは顔つきも動きも物憂げで、とても細い身体でしたが、身のこなしに優雅なところがあって欠点を補い、感じは悪くありませんでした。

いとこと優しい言葉を取りかわしたあと、お嬢さんはヒースクリフに近づきました。ヒースクリフはドアのところで、家の中と外とに注意をはらっていましたが、実際のところは外を見るふりをして、もっぱら中の様子だけを気にしていたのです。

「わたしの叔父《おじ》さまになるわけですのね」お嬢さんはキスをしようとして背伸びをしながら言いました。「はじめ怒っていらしたけど、好きになれそうだと思いました。リントンと一緒にスラッシュクロスに来て下さればいいのに。ずっとこんな近くにいらして、一度も行き来がないなんて変だわ。なぜなんです？」

「お嬢さんの生まれる前に、一、二回よけいに訪ねて行きすぎたものでね」とヒースクリフは答えました。「ほらほら、やめてくれ。余っているキスはリントンにやるといい。わたしにしたって無駄だ」

「エレンの意地悪！」お嬢さんは、今度はわたしに勢いよく抱きついてきました。「ここに来ちゃいけないなんて、ひどい人ね。でもこれからは、毎朝ここまで散歩してくるわ、いいでしょう、叔父さま？　時々お父さまも連れて。喜んでわたしたちを迎えて下さる？」

「もちろん」ヒースクリフはそう答えたものの、渋面《じゅうめん》は隠しきれませんでした。二人がどうしようもなく嫌いだったからです。お嬢さんに向かって、続けてこう言いました。

「だが待っておくれ。考えてみると、話しておくほうが良さそうだ。リントンさんはわたしを毛嫌いしておられる。野蛮な大喧嘩《おおげんか》を一度したことがあってね。ここに来るとお父さんに話せば、絶対だめだと言われるだろう。だから、これからもいとこに会いたいと思うなら話さんほうがいい。あんたは来たければ来ていいが、お父さんに言ってはいけない」

「なぜ喧嘩なさったの？」お嬢さんは、かなりがっかりした様子で聞きました。

「妹の結婚相手に、わたしのような貧乏人はふさわしくないと思われたんだ。それなのに結婚したんで悲しまれてね。プライドを傷つけられて、決して許そうとなさらん」

「それはよくないわ！　いつかお父さまにそう言います。でも、リントンとわたしには関係のない喧嘩よね。じゃ、わたしが来るのはやめて、リントンにうちへ来てもらいましょう」

「遠すぎてぼくには行かれない」リントンは小声でつぶやきました。「四マイルも歩いたら死んじゃう。やっぱりキャサリンさんが時々うちに来て。毎朝じゃなくても、週に一回か二回でいいから」

ヒースクリフは苦り切って、軽蔑の目で息子を見ると、わたしにささやきました。

「おれの苦労も水の泡かもしれんよ、ネリー。あの馬鹿、なにがキャサリンさん、だ！　本性を見抜かれて振られるのが関の山だろうな。これがヘアトンなら……。いや、ネリー、下男扱いしているあのヘアトンだが、あれが息子なら、と一日に何度思うかわからんほどさ。ヒンドリーの息子でなけりゃ、きっとかわいがってやっただろう。だが、ヘアトンもあの娘に好かれることはあるまい。うちの泣き虫めがしゃきっとしないなら、あいつを張り合わせてやるんだ。十八まで生きられるかどうか、あぶないもんだ、あの意気地なしのやつ。自分の足を乾かすのに夢中で、お嬢ちゃんに目もくれん有様じゃないか。リントン！」

「はい、お父さん」リントンは答えました。

「いとこを案内して、何かお見せしたらどうなんだ。兎《うさぎ》とか、イタチの巣とか、何かあるだろう？　靴をはきかえる前に庭へ連れて行ってあげなさい。それから馬屋でおまえの馬を見せるといい」

「それよりここにすわってるほうがよくない？」リントンはお嬢さんに訊ねました。もう動きたくないという気持ちがあらわれています。

「そうねえ」お嬢さんは出て行きたそうにドアを見ました。活発に身体を動かしたいのがわかりました。

リントンは立とうとせず、体をまるめて火に近寄ります。

ヒースクリフは立って台所へ行き、ヘアトンを呼びながら中庭へと出て行きました。ヘアトンの答える声が聞こえ、まもなくヒースクリフと一緒に入ってきました。両頬がつややかに光り、髪が濡れているのを見ると、沐浴《もくよく》していたのでしょう。

「ああ、叔父さまにうかがうわ。その人、わたしのいとこじゃありませんよね？」お嬢さんは、前に女中の言った言葉を思い出して聞きました。

「いとこだよ。あんたのお母さんの甥になる。気に入らないかね？」

ヒースクリフに言われて、お嬢さんは困った様子でした。

「どうだ、ハンサムだろう」

するとお嬢さんは無作法にも、爪先《つまさき》立ちをしてヒースクリフに何か耳打ちしました。

ヒースクリフは笑い声を上げ、ヘアトンの顔は曇ります。人に軽蔑されているのではないかと気にしやすいたちで、自分がなんとなく人より劣っているようだと思っているのが、わたしには見てとれました。でもヘアトンの主人、いえ後見人と言うべきでしょうか——そのヒースクリフの言葉は、ヘアトンのしかめっ面《つら》を消したのです。

「一番のお気に入りはおまえらしいぞ、ヘアトン！　お嬢さんはおまえが——何だったかな、まあとにかく、とてもほめてるのは確かだ。さあ、お嬢さんに農場を案内してあげるんだぞ。いいか、紳士らしく振舞《ふるま》え。汚ない言葉は使うな。お嬢さんがおまえを見ていない時にじろじろ見てはいかん。お嬢さんが見ている時には、おまえは顔を隠すように。話はゆっくり、手はポケットから出しておくんだ。じゃ、行ってこい。できるだけ立派にお相手するんだぞ」

二人が外を歩いて行くのを、ヒースクリフは窓からじっと見守っていました。ヘアトンはお嬢さんから完全に顔をそむけ、見慣れた風景を、まるで旅人か画家の目でじっくり見ているふうです。

お嬢さんはヘアトンの様子をちらっと見ましたが、見とれることもなく、何かおもしろいものはないかと周囲に目を移しました。会話がないせいか歌を口ずさみながら、軽やかに、楽しそうに歩いて行きます。

「おれの注意で何も言えなくしてやった」とヒースクリフは言いました。「あいつ、戻ってくるまで一言も口をきかないだろう。あの年頃、いや、いくつか若い頃のおれを覚えているか、ネリー。おれもあんなふうにぼーっと――ジョウゼフの言う『馬鹿面』をしていたかね？」

「ぶすっとしている分、もっとひどかったですよ」

「あいつはおれの楽しみなんだ」ヒースクリフは胸のうちを言葉にするように話を続けました。「おれの期待したとおりになったからな。生まれつきの馬鹿だったら半分も楽しめなかっただろうが、あいつは決して馬鹿じゃない。それにあいつの気持ちは、おれには何でもよくわかる。覚えのあることばかりだからさ。たとえば今あいつが何に悩んでいるのかも、ちゃんとわかっているよ。この苦しみもまだほんの始まりにすぎないんだがね。まあ、あいつには、無知と粗野から脱け出すのは絶対に無理だろう。あいつの悪党おやじがおれをつかまえていたのよりがっしりと、徹底的に、おれはあいつをおさえている。なにしろ、あいつ、自分の野蛮さを自慢に思っているくらいだ。動物レベルを越えるようなことはいっさい、軟弱でつまらんと軽蔑するように、おれが教え込んだ。ヒンドリーが見たら、さぞかし息子を自慢に思うんじゃないか？　おれがおれの息子を自慢に思っているようにな。だが、一つ違いがあるぞ。一方は敷石に使われた純金、もう一方は銀に見せかけようと磨き上げた錫《すず》だというところだ。おれの息子には何の価値もないが、そんなくだらんやつでも、行けるところまで行かせるのがおれの腕だろう。ヒンドリーの息子のほうは、一級の素質を持ちながらだめにした。無駄にしたというよりさらにひどいものだ。おれに悔いは一つもないが、ヒンドリーのくやしさときたら、おれ以外にはわからないほどだろうよ。一番耐えがたいのは、ヘアトンがひどくおれを好いていることだぜ。これでおれがヒンドリーに勝ったと、おまえも認めるだろう。もしあの悪漢めが墓から起き上がって、息子をひどい目にあわせやがって、とおれをののしったとしたら、おもしろいことになる――この世でただ一人の自分の味方をよくも悪く言ったな、とその息子本人が怒って、ヒンドリーを墓に追い返すだろうからさ」

ヒースクリフはそんな想像に、悪魔のような笑い声を抑えきれません。わたしは何も言いませんでした。返事を求めていないのを承知しておりましたからね。

いっぽうリントンは、わたしたちの話は耳に入らないところにすわっていましたが、なんとなく落ち着かない様子を見せ始めました。少々の疲れを恐れてお嬢さんの相手をするチャンスを逃してしまったのを、たぶん後悔していたのでしょう。

窓のほうにそわそわと目をやり、ぐずぐずと帽子に手をのばしたのを見て、ヒースクリフはわざと元気そうに息子に声をかけました。

「立つんだ、このなまけ者め！　二人を追って行け。その角、ミツバチの巣箱のそばにいる」

リントンは力を奮い起こして炉辺をはなれました。格子窓が開いていたので、リントンが出て行った時、お嬢さんの声が聞こえました。戸口の上に書いてあるのは何かと、無愛想なヘアトンに訊ねているのでした。

ヘアトンは上を見上げ、武骨な田舎者らしく頭をかきました。

「どうせ何かばかばかしいことさ、おれには読めないけど」とヘアトンは答えました。

「読めないですって?」お嬢さんは大声を上げました。「わたし、読める。英語だもの。わたしが知りたいのは、なぜあそこにあるかってことなの」

リントンはくすくす笑いました。楽しそうな様子を見せたのは、これが初めてでした。

「ヘアトンは字が読めないんだ。そんな大馬鹿がいるなんて信じられる?」とリントンはお嬢さんに向かって言いました。

「この人、ちゃんと普通なの？　それともどこかおかしいの？」お嬢さんはまじめな口調で聞きました。「わたしが二度も聞いたのに、ただぽかんとしてるのよ、わたしの言うことがわからないみたいに。わたしもこの人の言うことはわからないしね、全然」

リントンはまた笑って、嘲るようにヘアトンを見ます。ヘアトンは確かに、わけがわからないという顔つきでした。

「なんでもないんだ。勉強をなまけただけさ、な、ヘアトン？」リントンは言いました。「キャサリンがお前のことを低能だと思ってる。おまえみたいに『本読み勉強』とか言って馬鹿にしているとどんなことになるか、これでわかっただろう。こいつのひどいヨークシャーなまりに気がついたかい、キャサリン」

「ふん、そんなもの、いったい何の役に立つってんだ、ちきしょう！」リントンなら日頃から慣れていますから、楽なのでしょう、ヘアトンはどなりました。そして続けて何か言おうとしましたが、リントンとお嬢さんは急にけたたましい笑い声を上げはじめました。うちのお嬢さんもうわついたところがあります。ヘアトンのなまりを笑いのたねにできるとわかって喜んでいるようでした。

「今だって、ちきしょうなんて、意味のない言葉を入れたりしちゃってさ」リントンはくすくす笑いながら言いました。「汚ない言葉は使うなってパパに言われたくせに、使わなきゃ何も話せないんだな。さあ、紳士らしくしてみろよ、おい」

「おまえが女みたいになよなよしたやつでなけりゃ、今すぐなぐり倒してやるところだぞ、このやせっぽっちの弱虫やろう！」ヘアトンは怒りとくやしさで顔を真っ赤にして、捨《す》て台詞《ぜりふ》を投げつけました。侮辱されているのに怒りをどう表せばよいのかわからない困惑があったのでしょう。

三人の話をわたしと一緒に聞いていたヒースクリフは、ヘアトンが立ち去るのを見てにやりと笑いましたが、そのすぐあとに残りの二人を見た目には、異常なほどの嫌悪がこもっていました。二人は戸口に立って、軽薄なおしゃべりを続けていたのですが、リントンが妙に勢いづいてヘアトンの欠点を並べ立て、おかしな振舞いをしたエピソードの数々を話せば、お嬢さんはお嬢さんで、その悪意ある生意気な話をおもしろがって聞いていて、そんな自分たちの意地悪さは考えてもみません。わたしはリントンへの同情より、嫌う気持ちが強くなり、ヒースクリフが息子を軽んじるのもわかるような気がしました。

結局わたしたちは、午後まで嵐が丘にいました。お嬢さんがどうしても帰ろうとしなかったからです。ただし幸いなことに、旦那さまは書斎からお出にならず、わたしたちがそんなに長くお屋敷をあけていたのをご存じありませんでした。

帰りの道でわたしとしては、いま会ってきたのがどんな人たちか、お嬢さんによく話しておきたかったのですが、わたしは向こうの人たちに偏見を持っているのだと、お嬢さんはそう思い込んでいました。

「ほうら、やっぱりだわ、エレン。あんたはお父さまの味方ね。公正じゃないのよ。ずっとわたしをだまして、リントンは遠くにいると思わせてきたんですものね。わたし、とても怒っているの。ただ、すごく嬉しいから、怒った顔を見せられないだけでね。だけど、叔父さんのことはもう何も言っちゃだめ。わたしの叔父さんなんですからね。わかった？　喧嘩したなんて、お父さまも叱っておかなくちゃ」

こんな調子です。間違いを教える努力をわたしもあきらめてしまいました。

その晩、お嬢さんは旦那さまと顔を合わせなかったので、嵐が丘へ行った話は伝わりませんでしたが、残念ながら翌日にはすべて明るみに出てしまいました。もっともわたしの心の中には、かえってこれでよかった、という思いがまったくなかったわけではないのでございます。お嬢さんを指導監督する重責は、わたしより旦那さまのほうが立派に果たされるだろうと思っていたからです。けれども旦那さまは気の小さなかたなので、嵐が丘の人たちと関わりを持ってはいけない理由をお嬢さんが納得のいくようにはっきり説明しようとなさいませんし、お嬢さんは甘やかされて育ってきただけに、充分な理由がなくては従わないのです。

翌日、朝の挨拶がすむとすぐに、お嬢さんは言いました。「お父さま！　昨日荒野に散歩に行った時、誰に会ったかわかる？　あら、はっとなさったわね。やましいことがあるからでしょう、いかが？　わたしが会ったのは——いいえ、聞いて。お父さまたちのたくらんだ隠し事がどうしてわたしにわかったか、これから聞かせてあげるから、共犯者はエレン——リントンがいつ戻ってくるか、期待の裏切られ通しのわたしに同情したのは、ただの見せかけだったなんて」

お嬢さんは昨日の一部始終を正直に話しました。旦那さまは時折非難の目でわたしのほうをご覧になりましたが、最後まで黙ってお聞きになりました。お話がすむと旦那さまはお嬢さんをそばに引き寄せ、リントンが近くにいるのを隠していたのはなぜかわかるかい、危険の心配もないのに、お父さんがおまえの楽しみを禁じたりすると思うかね、と質問なさいました。

「ヒースクリフさんが嫌いだからでしょ？」

「それなら、キャシー、お父さんはおまえの気持ちより自分の気持ちを大事にしていると思うのかい？　違うんだ。お父さんが嫌っているからではなく、ヒースクリフさんのほうがお父さんを嫌っている――それが理由なんだよ。あの人はとても恐ろしい人で、憎む相手に隙《すき》さえあれば、苦しめ、破滅させて喜ぶんだ。おまえがリントンと付き合えば、あの人と関わりなしにはいられないし、そうなればわたしの娘だからという理由で、必ず憎まれるに決まっている。だからリントンに会わせなかったのは、ただただおまえのためを思えばこそなんだよ。おまえが大きくなったら話そうと思っていたんだが、のびのびになっていて悪かったね」

「でも、お父さま、ヒースクリフさんはとても親切だったわ」お嬢さんは納得せずに言いました。「わたしがリントンと会うことに反対もされず、好きな時に来ていいと言われたのよ。ただ、お父さまには話さないほうがいい、昔喧嘩して、イザベラ叔母さまと結婚したことも許してもらえなかったからって。お父さまは許さないでしょう？　悪いのはお父さまよ。少なくともリントンとわたしが仲良くなるのを叔父さまは喜んで下さるのに、お父さまはそうじゃないんですもの」

義理の叔父ヒースクリフの陰険な性質についてお嬢さんがまったくわかっていないのを知って、旦那さまはヒースクリフのイザベラへの仕打ちや、嵐が丘を自分のものにした手口などを簡単に説明なさいました。とても詳しくはお話しになれません。奥さまを亡くされて以来、仇敵《きゅうてき》に対する恐怖と嫌悪を、めったに口にはされないものの、今も少しも変わらず胸に秘めていらっしゃるのです。「あいつさえいなければ、キャサリンは今も生きていただろうに！」それが旦那さまの頭をはなれない悲痛な思いでした。旦那さまの目には、ヒースクリフは殺人犯なのです。

お嬢さんにとって悪い行いと言えば、せいぜい言いつけを守らないとか、ずるいことをするとか、癇癪を起こすとか、どれも短気と軽率が原因の、そしてその日のうちに後悔するような、ささいなことばかりです。長い年月にわたってひそかに復讐をたくらみ、着々と実行しながら良心の呵責《かしゃく》を覚えることもない――それほど邪悪な精神を持つ人間がいるとは、大変な驚きでした。それまで聞いたことも考えたこともないような人間の一面を知らされて、強い印象と衝撃《しょうげき》を受けたお嬢さんの様子を見て、旦那さまはこれ以上話す必要はないと判断され、最後にこうおっしゃいました。

「さあ、キャシー、どうしてあの家の連中に近づいてほしくないか、これでわかっただろうね。いつものように勉強したり遊んだりしなさい。このことはもう考えないで」

お嬢さんはお父さまにキスをし、いつも通り二時間ほど静かにすわって勉強しました。その後、お父さまとお庭に出たりして、普段と変わらない一日でした。ところが夜になって自分の部屋に上がってから、わたしが着替えのお手伝いに行ってみると、ベッドの脇にひざまずいて泣いているお嬢さんの姿がありました。

「あらまあ、なんてお馬鹿さんでしょう」わたしは強い口調で申しました。「本当の悲しみというものを知っていたら、こんな小さな出来事なんかではとても恥ずかしくて、涙なんかこぼしていられませんよ。本当の悲しみを、お嬢さんはまだこれっぽっちもご存じないんですからね。いいですか、もしお父さまもわたしも死んでしまって、お嬢さんだけ一人でこの世に残されたとしたら、いったいどんな気持ちか、ちょっと考えてごらんなさい。そういう悲しさと今度のことを比べて、今わたしたちがそばにいるだけでも感謝しなくては。この上、いとこまでもと欲張らずにね」

「自分のことで泣いてるんじゃないわ、エレン。リントンがかわいそうだからよ。明日はまた会えると思っているのに、すごくがっかりするわ。きっと待ってるでしょうに、行ってあげられないのよ」

「ばかばかしいことを！」とわたしは言いました。「お嬢さんがあの子を思うほど、あの子もお嬢さんのことを考えてると思いますか？　あっちにはヘアトンというお友達がいるじゃありませんか。二回だけ、それも半日ずつ会っただけの親戚に会えなくなったからって泣くような人は、それこそ百人に一人もいませんよ。リントンも事情を察して、別にそれ以上くよくよしたりしないでしょう」

「行かれないわけを知らせる、短い手紙くらい書いてもいいでしょう？」お嬢さんは立ち上がりながら訊ねました。「それに本も。貸してあげるって約束したのがあるの。リントンはわたしほどいい本を持ってなくて、どんなにおもしろいか話したら、とても読みたがっていたのよ。ねえ、エレン、貸しちゃいけない？」

「いいえ、絶対にいけません」わたしはきっぱり答えました。「手紙や本が届けば向こうもお返事をよこすでしょうから、きりがなくなりますよ。絶対だめですからね、お嬢さん。お付き合いはいっさいなし――それがお父さまのご希望ですし、わたしは責任を持ってそれを守るつもりですよ」

「でも短いお手紙一通くらいなら……」お嬢さんは懇願する表情を浮かべて、なおせがみます。わたしは途中でそれをさえぎって言いました。

「おやめなさい！　お手紙の話はもうけっこうです。すぐにお休みなさい！」

お嬢さんが何とも憎たらしい顔でわたしをにらんだので、はじめわたしはお休みのキスもせずに、掛けぶとんをかけただけで、機嫌を損ねたままドアを閉めました。でも途中で考え直し、そっと戻ってみると、まあどうでしょう、お嬢さんときたらテーブルに白い紙を置き、手に鉛筆を持って立っているじゃありませんか。しかもわたしが入って行くと、うしろめたそうに隠すのです。

「お手紙なんか書いても、届ける人は誰もいませんよ。さ、もうろうそくを消します」わたしがそう言ってろうそく消しをかぶせますと、その手がぴしっとたたかれ、「意地悪！」という怒った声がとんできました。部屋を出た後、お嬢さんは最悪のご機嫌で、かんかんになって閂《かんぬき》を掛けてしまいました。

結局手紙は書き上げられて、村から牛乳を集めにくる少年に託されてリントンに届けられたのですが、わたしがそれを知ったのは、しばらくたってからのことでした。何週間かたつ間に、お嬢さんもいつもの落ち着きを取り戻しました。けれども、一人でそっと隅に引っ込むのが妙に好きになり、読書中にわたしが急に近寄ると、びくっとして、明らかに何か隠すように、本の上に身をかがめることがよくありました。ページの間から別の紙の端がのぞいているのを見逃すわたしではありません。

お嬢さんはまた、朝も早くから下へおりてくるようになりました。何か来るのを待っているかのように、台所のあたりをうろうろするのです。書斎の戸棚に専用の小さな引出しが一つあるのですが、その中身を何時間もいじって過ごしたあげく、そこを離れる時には、鍵を忘れないよう、特に気をつけている様子も見られました。

ある日お嬢さんがこの引出しを開いている時にのぞきますと、少し前までそこに入っていた玩具《おもちゃ》やこまごました品物にかわって、たたんだ紙の束が入れられていました。

わたしは好奇心と疑念をかき立てられて、お嬢さんの謎の宝物をのぞいてみることにしました。そこで夜になって、お嬢さんも旦那さまも二階へ上がられるのを待ち、鍵束を出すと、その中からあの引出しに合う鍵を難なく見つけました。引出しを開けて、中身を全部エプロンで包んで自分の部屋に持ち帰り、ゆっくり調べようというわけです。

うすうす察してはいたものの、やはり驚かずにはいられませんでした。お嬢さんの手紙に対するリントン・ヒースクリフの返事が山ほど、毎日のように書いたに違いない数です。早い日付のものは短くてぎこちない文章でしたが、だんだんと長いラブレターに変化していました。年のゆかぬ書き手らしい、ばかばかしい文面――ですが、ところどころに、もっと経験ある大人の知恵から出たと思われる表現が見受けられます。

何通かの手紙は情熱と無気力との奇妙な混合物だという印象を受けました。熱烈な感情をこめて書き始めながら、最後はまるで空想の恋人に宛《あ》てて小さい少年が書くような、くどくて気取った調子で終っているからです。

お嬢さんが満足していたかどうかはわかりませんが、わたしには何の値うちもない紙くずにしか見えないしろものでした。

一応目を通すと、わたしは手紙をハンカチに包んで別の場所にしまい、からになった引出しにはまた鍵をかけました。

次の朝、お嬢さんはいつものように早くから台所におりてきました。牛乳集めの少年が来るとすぐ戸口に行くので見ていますと、乳しぼりの女が牛乳を罐《かん》に入れている間に少年の上着のポケットに何か押し込み、何かを取り出している様子です。

わたしは庭からまわって行き、手紙を預った少年を待ち伏せしました。渡すまいとして少年も勇ましく抵抗したので、もみ合ううちに牛乳がこぼれましたが、なんとか取り上げるのに成功しました。急いで帰らないと大変な目にあわせるよ、と少年を脅して立ち去らせると、石垣のところでお嬢さんのラブレターを読みました。リントンより率直な雄弁、なんともかわいらしく、たわいのない手紙でした。わたしは首を振り、考えながら家に入りました。

雨模様の日で、猟園の散歩もできず、お嬢さんは朝の勉強が終ると例の引出しで気をまぎらそうとしました。旦那さまはテーブルで本を読んでいらっしゃいます。わたしはカーテンの房作りの仕事をすることにして、お嬢さんから目を離しませんでした。

陽気にさえずる巣いっぱいのひなたちを残してでかけた親鳥が、戻ってみたら一羽残らずいないと知った時の、悲痛な鳴き声や羽ばたきも、この時のお嬢さんの絶望の深さには及ばないほどでした。お嬢さんは「ああ！」と一言声を上げ、楽しそうだった表情はがらっと変わりました。旦那さまもお顔をお上げになりました。

「どうした、キャシー、けがでもしたのかい？」

その口調と表情で、秘密をあばいた犯人が旦那さまではないとお嬢さんにはわかったのでしょう。

「違うの、お父さま」お嬢さんはあえぐように答えました。「エレン、エレン、二階に来て。気分が悪いから」

わたしは言われたとおり、一緒に部屋を出ました。

「ああ、エレン、あんたが持ってるんでしょう」二階の部屋に入ってドアを閉めると、お嬢さんはすぐにひざまずいて言いました。「お願い、返して。もう決してしないから！　お父さまには言わないでね。まだ言ってないでしょう、エレン、まだだと言って。わたし、とても悪い子だった。でも、もうしませんから」

わたしは威厳のあるきびしい態度で、お立ちなさい、と言いました。

「まったくねえ、お嬢さん、ずいぶん深入りなさっているご様子、恥ずかしいのも当然です。お暇の折にじっくり読み直すには、なんてけっこうな紙くずの束——いっそ印刷してもよろしいんじゃありませんか。お父さまにお見せしたら、いったい何とおっしゃるでしょうね。まだお見せしてはいませんけれど、こんなばかばかしい秘密なんか、このままいつまでも隠しておくつもりはありませんよ。恥というものです、ほんとうに！　こんなくだらないお手紙ごっこ、お嬢さんが先に始めたにきまっています。リントン坊やが思いつくわけはありませんから」

「違うわ、わたしじゃない！」お嬢さんは胸が張り裂けるほど泣きじゃくりました。「恋をするなんて思いもしなかったのに……」

「恋ですって！」わたしは精一杯の軽蔑をこめて、大声で申したものでございます。

「恋だとは、まあ、こんなあきれた話、聞いたこともありませんよ。年に一度お屋敷に麦を買いに来る粉屋、あの人に恋をするというのと同じじゃありませんか。まったく素敵な恋ですことね。リントンとだって、これまでに二回あわせて四時間も会っていないでしょう。さあ、ここにある幼稚な紙くず――書斎へ持って行きます。その恋とやらをお父さまが何とおっしゃるか、伺《うかが》ってきましょうね」

お嬢さんは大事な手紙に飛びつこうとしましたが、わたしは頭上高くかざしました。すると今度は、燃やしてもいいから、とにかくお父さまにだけは見せないで、と無我夢中でわたしに頼み込むのです。叱りたいやら、笑いたいやら、結局は子供っぽい想像の産物にすぎないと思うものですから、少しかわいそうになってしまいました。

「頼みを聞いて燃やすことにしたら、かたくお約束してくれますか？　もう手紙を出したり受け取ったりしないこと。本もです――本を届けたのも、ちゃんとわかっているんですから。髪の毛、指輪、それに玩具《おもちゃ》も送らない、と」

「わたしたち、玩具なんか送らないわよ」恥じているにもかかわらず、さすがに自尊心を傷つけられて、お嬢さんは声を大にして言いました。

「とにかく、どんな物もです。約束しないなら行って参ります」

「約束するわよ、エレン！　だから火にくべて。さあ、早く！」お嬢さんはわたしの服をつかんで訴えました。

ところが、わたしがいざ火かき棒を持って、燃やす場所を作り始めますと、すべてを失うのに耐えきれなくなったらしく、一通か二通残してほしいと、真剣な顔で嘆願し始めました。

「一つか二つだけよ、エレン、リントンの思い出のために」

わたしはハンカチの包みをほどき、手紙を次々に火の中に落としました。煙突に向かって炎が燃え上がります。

「意地悪な人ね！　自分でとるからいいわ」お嬢さんは悲鳴のような声でそう言うと、熱さもかまわず、いきなり片手を火の中に突っ込み、燃えかけの紙をつかみ出しました。

「そう、わかりました。残っているのをお父さまにお見せしてきましょう」わたしは残りの手紙を包み直し、あらためてドアのほうへ行きかけました。

お嬢さんは焦げた紙切れを炎の中に捨て、全部入れていいわ、と手で合図しました。そこでわたしはすべて火に葬り、灰をかきまぜて、シャベル一杯の石炭を上からかぶせました。お嬢さんは何も言わず、心に深い傷を感じながら自分の部屋に退きました。わたしは下へ行って旦那さまに、お嬢さんのご気分はほとんどなおりましたが、しばらく横になっているのがよいと存じます、と報告しました。

お嬢さんは昼食はとらず、お茶の席には出てきましたが、顔は青ざめて目のまわりは赤く、沈んだ様子に見えました。

翌朝、わたしは手紙への返事として、次のように書いた紙を持たせてやりました。「ヒースクリフの坊っちゃまには、今後ミス・リントンへのお手紙をいっさいお断りいたします。いただいてもお受け取りにはなりません」そしてその後、少年はポケットに何も入れずに来るようになりました。

第八章

夏が終り、秋のはじめになりました。その年は収穫が遅れ、ミカエル祭のあとになっても刈り入れのすまない畑が、うちにもいくつか残っていました。

旦那さまとお嬢さんは、よくお二人で麦刈りの畑を見に、散歩におでかけになりました。最後の麦束を運び込む日、お二人は暗くなるまで外においでてしたが、あいにく肌寒く湿気の多い晩のことで、旦那さまが悪い風邪《かぜ》をひかれたのです。それが肺にとりつき、旦那さまは冬の間じゅうほとんどお屋敷に閉じこもることになりました。

お嬢さんはかわいそうに、幼いロマンスに終止符を打つよう強制されて以来、かなり沈んで悲しそうでした。読書を減らしてもっと運動をするように、と旦那さまはしきりにおっしゃいましたが、散歩に出ようにもお父さまがご病気ではお相手がいないのです。かわりにご一緒するのがわたしのつとめだとは思いましたが、充分に代役を果たすことはできませんでした。日中は用事が多くて二、三時間しかとれませんし、お嬢さんのほうでもお父さまの時ほど嬉しい顔を見せないのです。

十月、あるいはもう十一月のはじめだったかもしれません。風の冷たい、雨催《あまもよ》いの午後でした。湿った枯れ葉が芝生や小道でがさがさと音を立て、冷え冷えした青空は、西から湧き上がってくる、濃い灰色の雲でなかばおおわれていて、かなりの雨になりそうです。きっと降りますからお散歩は見合わせましょう、とわたしはお嬢さんに言いましたが、お嬢さんは行くと言って聞きません。そこでわたしはしぶしぶマントを着て傘を持ち、猟園のはずれまで散歩に付き添うことにしました。気分が沈んでいる時の形式的な散歩で、旦那さまのお加減がいつもより悪いと、お嬢さんはいつもそうなのでした。もちろん旦那さまがご自分から具合が悪いとおっしゃることは決してありません。いつもより口数が少なく表情が暗いのを見て、お嬢さんとわたしがそう判断するのです。

お嬢さんは悲しそうに歩いていました。思わず走り出したくなるほど冷たい風が吹いていましたが、とんだり駆けたりもしません。横目でうかがうと、頬に伝うものを時々手でぬぐっているのがわかりました。

何かお嬢さんの気をまぎらすようなものはないかしら、とわたしはまわりを見まわしました。道の片側はでこぼこのある高い土手で、ハシバミや成長をはばまれた樫《かし》の木が、根をなかば表に見せながら、なんとかしがみついています。ことに樫には土がやわらかすぎるため、その何本かは強風に勝てず、ほとんど横になっていました。夏の季節にお嬢さんは、このあたりの木にのぼり、地面から二十フィートも上の枝にすわってゆするのが大好きでした。その敏捷《びんしょう》さ、そして子供らしい明るさがわたしには嬉しく思えましたが、そんな高い所にのぼっているのを見つければ、立場上、叱らないわけにはいきません。おりる必要はないとわかる程度に、一応叱っておいたものです。お嬢さんは昼食からお茶までの時間を、そよ風にゆれる揺り籠のような枝の上で、言葉に表せないほど幸せに過ごしました。幼い頃わたしが歌って聞かせた古い歌を一人で歌ったり、その木に住む小鳥たちがひなに餌《えさ》をやったり飛び方を教えたりする様子を眺めたり、あるいはまた、じっと目を閉じて夢想にひたったり……。

「ほら、お嬢さん」一本のねじれた木の根元の一隅を指さして、わたしは声をあげました。「ここにはまだ冬は来ていませんよ。あそこに小さな花が一つ。七月にこの芝地の段々を一面に藤色のかすみでおおった、あの釣鐘草《つりがねそう》の最後の一輪ね。のぼって摘《つ》んで帰って、お父さまにお見せしたら？」

お嬢さんは、土手の根の陰で震えている一輪だけの花を長いこと見つめていました。

そして、やっと言いました。

「いいえ、あのままそっとしておくわ。でも、悲しそうな花ね、エレン」

「ええ、寒そうで元気がなくて、お嬢さんみたい。ほら、血の気のない頰《ほ》っぺですねえ。さあ、一緒に手をつないで走りましょう。元気のない今日のお嬢さんなら、わたしも負けませんよ」

「いいえ」お嬢さんは今度もそう答えて、ゆっくり散歩を続けました。時々立ち止まると、少し生えている苔《こけ》や白っぽくなった草、あるいは茶色い落ち葉の山に鮮やかなオレンジ色の傘を広げているきのこを眺めたかと思えば、顔をそむけて手で頰をぬぐうのです。

「ねえ、お嬢さん、どうして泣くんです?」わたしは近づいて、肩を抱き寄せながら言いました。「お父さまがお風邪《かぜ》だからって泣いてはいけません。お風邪ぐらいでよかった、と感謝しなくては」

お嬢さんはもう涙をこらえるのをやめ、息がつまるほど泣きじゃくりました。

「風邪だけではすまないかもしれない。それに、お父さまとエレンがいなくなって一人ぼっちになったら、わたし、どうすればいいの? あんたの言ってたことがいつも耳について忘れられないわ、エレン。二人が死んだら人生はすっかり変わって、世界はわびしくなってしまう」

「いいえ、わかりませんですよ。お嬢さんのほうが先に死ぬかもしれませんからね。とにかく、先の不幸を考えるのは良くありません。うちの誰かが欠けるなんて、まだまだ先のことでしょうよ。お父さまはお若いし、わたしだって丈夫で、まだ四十五ですもの。わたしの母は八十まで長生きしましたけど、最後までしゃっきりしてました。お父さまが六十までお元気とすれば、お嬢さんが生まれてからとったお年より、この先の方が長いという計算になりますよ。二十年以上も先の不幸を今から嘆くなんて、愚かな話じゃありませんか?」

「でも、イザベラ叔母さまはお父さまより若かったわ」お嬢さんはいたわりの言葉をもっと聞きたそうな様子で、おずおずとこちらを見上げて言いました。

「イザベラ叔母さまの看病には、お嬢さんやわたしがついていませんでしたもの。あまり生き甲斐もなく、お父さまほどお幸せじゃなかったですしね。お嬢さんはお父さまのおっしゃることをよく聞き、明るい顔をお見せして、力づけてさし上げればいいんです。そして、どんな心配もおかけしないように。いいですね、お嬢さん。もしあなたが考えなしに我を忘れて、お父さまの死を願うような人の息子に馬鹿な恋心を抱いたり、会わないほうがいいとおっしゃったお父さまの言葉に不満を持って、心を悩ます様子を見せたりしたら――この際はっきり申しますが、お父さまのお命にかかわることになりかねませんよ」

「お父さまの病気以外に、心を悩ますことなんかないわ。お父さまほど大事なものはないの。気でも狂わない限り、お父さまに心配をかけるようなことは絶対にしない、絶対に言わない――絶対に。わたし、自分以上にお父さまを愛しているわ、エレン。だってその証拠に、毎晩お祈りをするんですもの、わたしがお父さまより後に残りますようにって。お父さまを悲しませるくらいなら、自分が悲しむほうがいいと思うからなのよ。自分よりお父さまを愛しているのがわかるでしょう?」

「立派な言葉ですね。ただし、行動でも示さなくては。そして、不安のもとでの決心を、お父さまがよくなられてからも忘れないように」

そんな話をしているうちに、わたしたちは外の道に出られる門のそばまで来ていました。明るさを取り戻したお嬢さんは、塀をよじ登ってその上に腰かけました。道のほうに張り出した野バラの天辺についた、つややかな赤い実を、そこから手をのばして取ろうというのです。低いところの実はもうないのですが、上の枝の実は、お嬢さんのようによじ登らない限り、鳥にしか届きません。

実を取ろうと手をのばした時、お嬢さんの帽子が落ちました。門には錠がかかっていたので、お嬢さんは向こう側におりて拾ってくると言い、落ちないように気をつけてね、とわたしが注意をするうちに、あっという間に見えなくなってしまいました。

ところが、帰りはそう簡単なことではありませんでした。石はつるつるで、きちんと固めてありますし、野バラの茂みやキイチゴの小枝では、登る時の足がかりにもできないのです。わたしはうっかりとそれを忘れていましたが、お嬢さんが笑いながら叫ぶではありませんか。

「エレン、鍵をとってきてもらわないと。そうでなきゃ、わたし、門番の小屋まで行かなくちゃならないわ。こっち側からは登れないんですもの」

「そこにいて下さい。ポケットに鍵束がありますから、開けられるかも。だめなら取ってきます」

わたしが大きな鍵を次々に試してみる間、お嬢さんは門の向こうで跳ねまわって遊んでいました。最後の一つまで試した結果、どれも役立たないとわかったので、わたしはもう一度お嬢さんに、そこにいて下さいと言い、急いでお屋敷のほうへ戻りかけました。するとその時、何か近づく音がします。わたしは足を止めました。早足で走る馬の足音です。お嬢さんの動きが止まり、まもなく馬も止まりました。

「誰です?」わたしは小声で訊ねました。

「門が開くといいんだけどね、エレン」お嬢さんも小声で、不安そうに答えました。

「やあ、これはリントンのお嬢さんか」馬に乗ってきた男の大きな太い声がしました。「会えてよかった。急いで中に入らんで下さい。話を聞きたいことがある」

「お話するわけにはいきません、ヒースクリフさん。あなたは悪い人で、父とわたしを憎んでいると父が言いますし、エレンも言っていますから」

「そんなことはどうでもかまわん」とヒースクリフは言いました。ヒースクリフだったのです。「わたしも息子を憎んではいないつもりだ。聞きたいことというのも、その息子のことでね。そうら、赤くなる理由があるな。二、三ヵ月前、あんたはリントンにしきりに手紙をよこして、遊び半分の恋をしかけなかったかね? 二人とも鞭《むち》で打ってやらねばならん。特にあんたは年も上だし、今になってみると息子よりずうずうしいんだから、なおさらだ。あんたの書いた手紙はわたしが持っている。生意気を言ったりしたら、お父さんに送りつけるよ。あんたは遊びに飽《あ》きて、やめたとみえる。そうだろう？　そして同時にリントンを絶望の淵につき落としたんだ。リントンは真剣に、本気で恋をしていたからね。本当の話、あいつは死ぬほどあんたに恋いこがれている。あんたの心変わりに、胸が張り裂けそうなんだ――いや、たとえで言ってるんじゃない、文字どおり本当にだよ。ヘアトンからここ六週間もからかわれ続け、わたしのほうはもっと厳しいやり方で、馬鹿げた恋わずらいをさまそうと脅してみたんだが、日に日に悪くなる一方だ。あんたが元気づけてやってくれなければ、夏までに墓に入っているだろうよ」

「何も知らないお嬢さんに、よくまあ、そんな真っ赤な嘘を！」わたしはこちら側から声を上げました。「さあ、もう帰って下さい。よくもそんなくだらない作り話をでっち上げたもんですよ。お嬢さん、いま錠を石でこわしますからね、そんなひどいでたらめを信じちゃいけませんよ。知りもしない人に恋して死ぬなんて、とても考えられないでしょう？」

「立ち聞きしているやつがいるとは知らなかった」聞かれていたと悟った悪党ヒースクリフはつぶやきました。そして今度は、はっきりした声で言うのです。「ご立派なディーンさん、あんたは好きだが、その表裏のあるやり方は嫌いだよ。何も知らないお嬢さんをおれが憎んでいるなんて真っ赤な嘘を、あんたこそよく言えたもんだ。恐ろしい作り話でこわがらせて、うちの入口にも近寄れんようにするとはな。キャサリン・リントン――この名前だけで心に灯がともるよ――かわいいお嬢さん、今週わたしはうちを留守にする。今の話が本当かどうか、行ってみてくればいい。いい子だから、ぜひそうしてくれ。もしあんたのお父さんがわたしの立場で、リントンがあんただったらと、ちょっと想像してほしい。あんたを慰めてやってくれとお父さんから頼まれても一歩も動こうとしない、冷たい恋人を、あんたならどう思うだろう。分別をなくしてそんなあやまちを犯してはならんよ。誓ってもいいが、リントンは死にかけている。あんたしか救える者はいないんだ」

ようやくこの時になって錠がこわれ、わたしは外に出ました。

ヒースクリフはわたしをじっと見つめながら、もう一度言いました。「リントンは死にかけている。しかも、悲しさと失望のせいで死期が早まりつつあるんだ。お嬢さんを行かせたくないのなら、ネリー、あんたが見に行けばいい。おれはとにかく、来週の今頃までは戻らないから。そっちの主人も、お嬢さんがいとこに会うのにまで反対はしないだろう」

「お入りなさい」わたしはお嬢さんの腕をとり、ほとんど無理やりに中へ引っ張り込みました。お嬢さんは、嘘をついているようには見えないヒースクリフの険しい顔つきを、当惑した目で見つめて、ぐずぐずしていたからです。

ヒースクリフは馬を寄せてくると、身をかがめて言いました。

「キャサリンさん、実を言うと、わたしはリントンに我慢ならないんだ。ヘアトンやジョウゼフはわたし以上だから、はっきり言ってリントンの周囲は厳しい。親切と愛情に飢えているから、あんたの優しい一言は何よりの薬になるだろうな。ディーンさんの冷酷な注意など忘れて、思いやりを持って、何とか会う手立てを考えておくれ。リントンは昼も夜もあんたのことばかり思っていて、嫌われているわけじゃないと言い聞かせても信じようとしない。手紙も来ないし、会いにきてもくれないんだから」

わたしは戸を閉め、こわれた錠にかわるおさえとして、石をころがしてきました。それから傘を広げて、お嬢さんも傘の中に引き寄せました。風のうなる木々の枝の間から雨が吹きつけ始め、ぐずぐずしている暇はありませんでした。

大急ぎで戻ったので、お屋敷までの途中でヒースクリフとの出会いについての話は全く出ませんでした。けれどもわたしには、お嬢さんの心が二重の闇でおおわれているのが、本能的にわかりました。表情は悲しみに沈んで別人のようですし、ヒースクリフの言葉を一言一句に至るまで信じているのは明らかでした。

お屋敷に着いた時、旦那さまはもうお休みでした。お加減を聞きにお嬢さんはそっと寝室へ行きましたが、もう眠っていらしたとのこと、書斎へ一緒に来て、とわたしに言いました。二人でお茶を飲んだ後、お嬢さんは敷物の上に横になりました。疲れたので話しかけないで、と言うのです。

わたしは本を手にとり、読むふりをしていましたが、わたしが本に熱中していると見てとるとすぐに、お嬢さんはまた、声を立てずに泣き始めました。今では泣くのが気晴らしになっているのでしょう。しばらくそっとしておいてから、わたしは口を開いてさとし始めました。ヒースクリフが息子について話したことをすべて嘲笑《ちょうしょう》し、もちろんお嬢さんもわたしに同意するに決まっていると信じている調子に終始したのですが、悲しいことにヒースクリフの力にはかないませんでした。ヒースクリフの話は、まさに計算通りの効果をお嬢さんに及ぼしていたのです。

「あんたの言うとおりかもしれないわ、エレン。でも、確かめてみないうちは安心できないの。それに、手紙を書かないのはわたしのせいじゃないと、リントンに話さなくちゃ。わたしは心変わりなんかしないとわからせるの」

こんなに強い思い込みを抱くお嬢さんに、反対したり怒ったりしてみてもどうしようもありません。その晩は気まずく終りましたが、結局翌日には、強情なお嬢さんの小馬に付き添い、嵐が丘への道をたどっていました。お嬢さんの落胆した青い顔、暗い目――その悲しみようをとても見ていられなかったのです。それに、リントン自身が出てくれれば、ヒースクリフの言ったことが作り話だったとわかるかもしれないというかすかな希望もあって、わたしは折れたのでした。

第九章

雨の晩の翌日で、霧、といっても、氷雨《ひさめ》か霧雨のようなものが降る朝でした。高地からごぼごぼと流れてきた水が幾筋も小川となって、わたしたちの行く手を横切っていました。わたしの足はぐっしょりと濡《ぬ》れ、腹立たしいやら憂鬱になるやら、この不愉快な状況を味わうのにぴったりの気分とでも申しましょうか。

ヒースクリフが本当に留守かどうか確かめるために、わたしたちは裏口から入りました。ヒースクリフの言うことが、わたしにはあまり信用できなかったからです。

燃えさかる暖炉のそばで、ジョウゼフが一人、まるで天国のような幸せにひたっていました。近くのテーブルにはビールを入れた大きなマグ、山盛りの大きなビスケット、口には短い黒いパイプをくわえています。

お嬢さんは身体を暖めようと暖炉に走り寄り、わたしはご主人はいらっしゃるの、とたずねました。

ところがジョウゼフの答はありません。耳が聞こえなくなったかと思って、わたしは声を大きくしてもう一度きいてみました。

「いやあ、ううむ」ジョウゼフは、うなるというより鼻から出すような声で答えました。「いやあ、ううむ、あんたら、来たところに戻ってくれ」

わたしの質問と同時に、奥の部屋から不機嫌そうな声が聞こえました。「ジョウゼフ、何回呼ばせるんだ？　赤い燃え殻だけになっちゃったよ。ジョウゼフ！　すぐ来てくれよ」

さかんにパイプをふかしながら暖炉の中を見つめて動かない様子から見ると、この訴えに耳を貸すつもりはないようでした。女中もヘアトンも姿が見えません。たぶん女中はお使いに行き、ヘアトンは働いているのでしょう。リントンの声だということはわかりましたので、わたしたちは奥に入りました。

「お前なんか屋根裏で死んじゃえ！　飢え死にすればいいんだ」リントンは、怠慢なジョウゼフが来たのだと思ってそう言いました。

自分の間違いに気づくとリントンは言葉を切り、お嬢さんはそのリントンのところに飛んで行きました。

「きみだったの、キャサリンさん」リントンは、大きな椅子の肘掛けにもたせかけていた頭を上げて言いました。「だめ、キスはしないで。息ができなくなるから。ああ、驚いたなあ！　来てくれるってパパは言ったけど」お嬢さんが手をはなすと、リントンは息をついてそう言いました。お嬢さんのほうは、悪いことをしたという面持ちで、そばに立っていました。「頼むからドアを閉めてくれる？　開けっぱなしにしただろう。あの憎らしいやつら、暖炉の石炭も持って来てくれないんだ。ああ寒い！」

わたしは残り火をかき立て、自分で石炭入れ一杯の石炭をとってきました。灰をかぶっちゃうじゃないか、とリントンは文句を言いましたが、いやな咳《せき》をして熱もありそうだし、具合が悪そうな病人の言うことですから放っておきました。

「ねえ、リントン、わたしに会えて嬉しい？　何かわたしにできることはない？」リントンの表情がようやく和《なご》むのを見たお嬢さんは、小声で訊ねました。

「なぜもっと早く来てくれなかったの？　手紙なんか書いてないで、来てくれればよかったのに。あんな長い手紙を書いて、ぼく、すごく疲れちゃったよ。話をするほうがずっと良かったんだ。今じゃもう、話も何もできやしない。ジラはどこかな。おまえ（わたしを見てそう言うんです）台所に行って見てきてくれない？」

さっきも石炭のお礼さえ言わないこんな子の命令でこき使われてはたまりません。「台所にはジョウゼフしかいませんよ」とわたしは答えました。「何か飲みたいんだ」リントンはいらだたしそうに言うと、顔をそむけました。「ジラったら、パパが留守になってからギマートンにぶらぶら遊びに出掛けてばっかり。とんでもないよ。おかげでぼくは、こっちにおりて来なくちゃならない。上で呼んだって、みんな知らん顔なんだからさ」

「お父さんはよく面倒をみてくれますか、坊っちゃん」親しみをあらわそうにも言葉をかけそびれているお嬢さんにかわって、わたしはそう聞いてみました。

「面倒？　もう少し面倒をみるように、やつらに言いつけてはくれるけど」リントンは声を大にして言いました。「ひどいやつらだよ！　ねえ、キャサリンさん、あのろくでなしのヘアトンはぼくを笑うんだ。あいつ、大嫌いだよ。いや、あいつだけじゃない、みんな大嫌いだ。いやなやつばっかりなんだから」

お嬢さんは水をさがし、食器棚に水さしを見つけるとタンブラーに水を満たして持って来ました。リントンは、テーブルにある瓶からぶどう酒を一さじ入れてくれるように言い、それを少し飲むと落ち着いてきたようで、親切にありがとう、とお礼を言いました。

「で、わたしに会えて嬉しい？」お嬢さんはさっきの質問をもう一度繰り返しました。リントンの顔にかすかな微笑が浮かぶのを見て嬉しそうです。

「うん、嬉しいよ。きみみたいな声は新鮮だもの。でも、ぼく、ずっといらいらしていたんだ、ちっとも来てくれないから。ぼくのせいだってパパははっきり言って、ぼくのことを、みじめで頼りない、どうしようもないやつだって。キャサリンさんだって軽蔑してる、もしおれがおまえの立場だったら、今頃スラッシュクロスの屋敷で、あそこの主人よりいばっているところだ、って言うんだ。でも、ぼくを軽蔑したりしないよね、キャサリンさん……」

「さん、はやめて、キャサリンとかキャシーとか呼んでほしいわ」お嬢さんは途中でさえぎって言いました。「軽蔑？　するわけないわよ。お父さまとエレンの次に、誰よりもあなたが好きですもの。でもヒースクリフさんは好きじゃないから、戻っていらしたらもう来られない。長いことお留守になるの？」

「そう長い間じゃないよ。でも、狩猟の季節が始まったから、よく荒野に出かける。いない時に来れば一時間か二時間、一緒にいられるだろうな。だから来てね。約束して。

きみになら怒ったりしないと思う。きみはぼくを怒らせたりしないし、いつだって力を貸してくれるでしょう?」

「ええ」お嬢さんはリントンのやわらかな長い髪をなでながら言いました。「お父さまのお許しさえ出れば、一日の半分はそばにいてあげるんだけど。かわいいリントン。わたしの弟だったらねえ」

「そうしたらぼくのこと、きみのお父さんと同じくらいに好きになってくれる?」リントンは元気を増してそう言いました。「でも、きみがぼくの奥さんになったら、お父さんより誰よりぼくを好きになるだろうってパパは言うんだ。だから奥さんになってほしいな」

「それは違うわ。お父さま以上に好きになるような人は絶対にいないの」お嬢さんは真剣に言いました。「それに、自分の奥さんを憎む人だって時にはいるのよ。でも兄弟を憎む人はいないわ。あなたが弟なら、わたしたちと一緒に暮して、わたしと同じようにお父さまにかわいがってもらえるでしょうよ」

奥さんを憎む人なんかいないよ、とリントンが反論してもお嬢さんは譲らず、リントンの父親がイザベラを嫌っていたという話を例として出したのです。

わたしはお嬢さんの、思慮のないおしゃべりを止めようとしたのですが、うまくいかず、お嬢さんは知っていることを全部話してしまいました。リントンはとても怒り、そんなのは嘘だ、と断言しました。

「お父さまから聞いたのよ。お父さまは嘘なんかおっしゃらないわ」お嬢さんは生意気に答えました。

「うちのパパは、きみのお父さんを軽蔑してるよ。弱虫のまぬけだってさ」リントンもやり返しました。

「あなたのお父さんは悪い人よ。悪い人の言うことを受け売りするなんて、あなたもとても悪い子だわ。イザベラ叔母《おば》さまが家を出ずにはいられなかったんですもの、悪い人に決まってるじゃない」

「ママは家を出たりしないよ。変なこと言うな」

「いいえ、出たんです！」

「じゃ、ぼくもいいこと教えてやる。きみのお母さんはきみのお父さんを憎んでいたんだぞ。さあ、どうだ」

「まあ！」お嬢さんは怒りのあまり、それ以上何も言葉が出ませんでした。

「うちのパパを愛していたんだ」リントンは追い討ちをかけます。

「嘘つき！　もう大嫌いよ、あなたなんか」お嬢さんはあえぎながら言いました。気が高ぶって、顔は真っ赤です。

「愛してた！　愛してた！」リントンは歌うように言って、椅子に深く身を沈め、顔をあお向けにしました。うしろに立っているお嬢さんの困惑ぶりを見物しようというのです。

「坊っちゃん、お黙りなさい。それもきっとあなたのお父さんの作り話でしょうよ」とわたしは申しました。

「そんなんじゃない。おまえは黙ってろ！　ほんとなんだ、キャサリン、ほんとにパパを愛してた！　愛してた！」

お嬢さんはかっとして我を忘れ、リントンの椅子をぐいと一回押しました。はずみでリントンは椅子の肘掛けの片方に倒れかかり、咳《せき》の発作におそわれて、得意の色もたちまち消し飛んでしまいました。

でもその咳がなかなかおさまらず、わたしまで心配になるほどです。お嬢さんは、自分が大変なことをしてしまったとびっくり仰天したのか、何も言わずに、激しく泣いていました。

わたしはリントンの身体を支え、発作のおさまるのを待ちましたが、やがて咳が止まると、リントンはわたしを押しのけて、黙ったまま下を向きました。お嬢さんも泣きやみ、向かい側の椅子にすわって、まじめな顔つきで暖炉の火を見つめています。

「坊っちゃん、気分はなおりましたか?」十分ほどたってから、わたしは訊ねました。

「キャサリンもぼくと同じ気分を味わえばいいいんだ。意地悪で残酷なんだから! ヘアトンだって一度もぼくをぶったことなんかない。指一本触れないよ。しかも今日は気分も良かったのに。それを……」あとは泣き声になってしまいました。

「わたしだって、ぶってないじゃないの!」お嬢さんは小声で言い、唇をかんで、また泣き出すまいとしています。

リントンはまるで大変な苦痛がある人のように、ため息をついたりうめいたりを、十五分くらい続けました。お嬢さんを心配させるためにわざとやっている証拠に、お嬢さんの押し殺したすすり泣きを聞きつけるたびに、ひときわつらそうに、哀れな声を出すのです。

「痛くしてごめんなさいね、リントン」とうとうお嬢さんは耐えられなくなって言いました。「でも、わたしならあのくらい押されたって何ともないし、あなたがどうかなるなんて、思ってもみなかったのよ。ひどく苦しいわけじゃないでしょう、リントン。あなたに悪いことをしたんだという気持ちのまま帰らせたりしないで、ね、お返事して。何か言って」

「言えないよ」リントンはつぶやくように言いました。「きみが痛くしたから、今夜は咳で息が苦しくて、一晩じゅう眠れないな。きみもなってみれば、どんなかわかるよ。だけど、ぼくがたった一人きりで苦しみぬいている時にも、きみは気持ち良く眠っているんだろうね。ああいう恐ろしい夜を過ごしてみろって言われたら、きみなんかどうするだろうなあ！」リントンはそう言っているうちに自分がかわいそうになったらしく、大声で泣き始めました。

「いつも恐ろしい夜を過ごしているのなら、お嬢さんのせいで眠れなくなるわけじゃありませんね。お嬢さんが来ても来なくても同じことでしょう？　でも、もう二度とお邪魔はさせません。わたしたちが帰ればもっと落ち着くかもしれませんね」

「わたし、帰らなくてはだめ？　帰ってほしいの？」お嬢さんはリントンのほうに身を乗り出し、悲しそうに訊ねました。

「しちゃったことを後悔したって無駄だよ。いろいろおしゃべりしてぼくに熱を出させて、今よりひどくするのが関の山さ」リントンはすねて顔をそむけました。

「じゃ、わたし、帰らなくてはだめなのね？」お嬢さんはもう一度聞きました。

「とにかく、ぼくをそっとしておいてくれないかな。きみのおしゃべりには耐えられないんだ」

帰りましょうとわたしが促しても、お嬢さんはぐずぐずしていましたが、リントンが顔も上げず、何も言わないので、とうとうドアに向かい始め、わたしもあとに続きました。

その時です。悲鳴が上がってわたしたちは引き戻されました。リントンが椅子から暖炉の前の石の床にすべり落ちてもがいています。苦しんでみせて、できるだけ困らせてやろう、という、どうしようもなく甘やかされた子供のひねくれ根性から出た行為です。これを見ればリントンの性質は一目瞭然、この子のご機嫌をとるのは馬鹿らしい、とわたしはすぐに察知しました。が、お嬢さんは違います。驚きあわてて走り寄ると、ひざまずいて、泣いたり慰めたり頼んだり……。リントンもようやくおとなしくなりましたが、お嬢さんに心配をかけて気がとがめたからではなく、息がきれたからにすぎないのでした。

「わたしが長椅子に運びましょう。そうすれば好きにころがっていられますよ。わたしたちはこの子をずっと見張っているわけにはいきませんからね。これでお嬢さんにもよくおわかりでしょう、あなたが来てもこの子のためにはならないし、具合が悪いのはあなたに恋をしているせいではないってことが。さあ、一件落着。帰りましょう。馬鹿なことをしても誰もかまってくれる人がいないとわかれば、おとなしく寝ている気になるでしょうよ」

お嬢さんはリントンの頭の下にクッションをあてがい、水はどうかとすすめましたが、リントンは飲みたくないと答えました。そして石か丸太でもあてがわれたように、クッションの上であちこちと頭を動かして落ち着きません。

お嬢さんは何とか居心地《いごこち》良くなおしてやろうとしました。

「それじゃだめだよ、低すぎる！」

そう言われてもう一つとり、上に重ねれば
「高すぎるよ！」と文句を言う――実に腹の立つ子です。

「じゃ、どうすればいいの？」お嬢さんはすっかり途方に暮れて聞きました。

リントンは上体を起こし、長椅子のそばに膝をついているお嬢さんの肩に頭をのせようとします。

「それはだめです、坊っちゃん。クッションで我慢しなくては。お嬢さんはあなたのために、もうずいぶん時間を無駄にしましたからね。ここにあと五分といられません」

「いいえ、いられるわ」とお嬢さんは言いました。「もうリントンは辛抱強い、よい子になっているじゃない？　わたしが来たせいで具合が悪くなったとしたら、今夜は自分よりわたしのほうがみじめになるっていうことがわかってきたのよ。そうなったら二度と来られないわ。本当のことを言ってね、リントン。わたしが具合を悪くしたのなら、もう来てはいけないんだから」

「来なきゃだめだよ、なおしにね。きみが悪くしたんだから、来るのが当然さ。すごく苦しめたんだよ。きみが来たときには今ほどひどくなかっただろう？　違う？」

「でも、自分で泣いたり怒ったりしてひどくしたのよ。わたしだけのせいじゃないわ。だけど、もう仲よくしましょう。わたしに来てほしい？　ほんとに時々会いたいと思う？」

「もちろんさ、そう言っただろう」リントンはいらいらした口調で答えました。「長椅子にすわって、膝に寄りかからせて。ママがよくそうしてくれたんだ、午後じゅうずっとね。おしゃべりしないで、じっとすわってて。歌えれば歌は歌っていいよ。長いおもしろいバラッドでもいい。教えてくれるって、前に約束したね。お話でもいいけど、バラッドがいいな。さあ始めて」

お嬢さんは、覚えている中で一番長いのを聞かせました。二人ともとても楽しそうです。もう一つ、とリントンがせがみ、それもすむとまたもう一つ、と続いて、やめさせようとするわたしの努力は実りませんでした。とうとう時計が十二時を打ち、中庭でヘアトンの足音がしました。昼食に帰ってきたのです。

「じゃ、明日ね、キャサリン、明日も来てくれるよね？」リントンは、しぶしぶ立ち上がるお嬢さんの服をつかんで聞きました。

「いいえ、明日もあさってもだめです」わたしはそう言いましたが、お嬢さんは別の答をしたに違いありません。お嬢さんが身をかがめて耳に何かささやくと、リントンの顔が晴れやかになったからです。

屋敷を出るとすぐに、わたしはお嬢さんに注意しました。「明日なんていけませんよ。まさかそのつもりじゃないでしょうね？」

お嬢さんはにっこりするだけです。

「まあ、わたしも気をつけるとしましょう。あの錠を直させれば、あとはどこからも抜け出せませんからね」

「塀を越えられるわよ」お嬢さんは笑い声を上げて言いました。「スラッシュクロス屋敷は牢獄じゃないし、エレン、あんたは看守じゃないのよ。それに、わたしだってもうすぐ十七になる大人だわ。わたしが面倒をみれば、リントンもすぐによくなるに決まってる。ほら、わたしの方が年上で賢くて大人でしょう？　ちょっぴりなだめすかしてやれば、言うことを聞くと思うの。おとなしい時にはほんとにかわいい坊やよ。わたしのものだったら、すごくかわいがるんだけどねえ。お互いに慣れれば、喧嘩なんかしないわよね。エレン、あんたはリントンのこと好きじゃないの？」

「好きかですって？　あんなめそめそした、性格の悪い子供をですか？　よくあの年まで生きのびましたよ！　幸いなことにヒースクリフさんの言うとおり、二十までは無理でしょう。いえ、春までだってどうかと思うほどですね。いつ万一のことがあっても、あそこじゃ悲しむ人もいません。父親に引き取られたのは、うちにとっても幸せでしたね。優しくすればするほど、あの子はわがままな嫌われ者になるでしょうからね。お嬢さんがあんな子と結婚する心配がなくて、わたしは嬉しゅうございますよ」

わたしの言葉を聞いて、お嬢さんは深刻な面持《おもも》ちになりました。リントンが死ぬなどという話をわたしが無頓着《むとんちゃく》にしたので、心を傷つけられたのです。長い間考えてから、お嬢さんは言いました。

「リントンはわたしより年下だから、わたしたちより長生きするはずよ。きっとわたしと同じくらいは生きるわ。この北部地方に初めて来た頃と変わらず今も丈夫なのは確かだし、風邪で具合が悪いだけ――お父さまと同じよ。お父さまはよくなるって、あんたも言ってるでしょう？　リントンもよくなるに決まってるわ」

「まあまあ、とにかくわたしたちが心配することはありませんよ。いいですか、お嬢さん、よく聞いて下さい、本気で申しますからね。お嬢さんが今度嵐が丘へ、わたしがご一緒している時でも、そうでない時でも、行こうとしたら、わたしは旦那さまのお耳に入れるつもりです。そして、お許しがない限り、リントンとのおつきあいを始めてはいけません」

「もう始めてしまったわ」お嬢さんは不服そうにつぶやきました。

「では続けないことです」

「それは何とも言えないわ」お嬢さんはそう答えるとギャロップで馬を駆けさせ、わたしは苦労してあとを追うはめになったのでした。

二人ともお昼の時間には間に合いました。旦那さまはわたしたちが猟園を散歩していたとお思いになったようで、どこへ行っていたのかとお訊ねにはなりませんでした。わたしは、濡れた靴と靴下をお屋敷に入るとすぐにとりかえたのですが、その前にあんなに長い間嵐が丘にいたのがいけなかったのです。翌朝から寝込んでしまって、それから三週間というもの、お役目が果たせなくなりました。あんなことは初めてでしたし、ありがたいことに、その後も二度とございませんが……。

お嬢さんはまるで天使のように優しく、看病し、元気づけてくれました。わたしなどは日頃忙しく動き回っておりますので、寝たきりでいるととても気がふさぐのでございます。でもあんなに良くしていただいて、不平などあるわけはございません。お父さまの部屋を出るとすぐわたしのほうに来てくれるのです。お父さまのお世話とわたしの世話とで一日が終り、楽しみごとの時間はまるでない有様——食事も勉強も遊びも顧みる余裕がありません。これ以上はないくらい優しい看護婦さんでした。お父さまをあれほど愛しながら、わたしにもあんなに尽くしてくれるとは、よほど温かい心の持ち主に違いありません。

お父さまとわたしの世話で一日が終ったと言いましたが、旦那さまは早くお休みですし、わたしも普通六時以降は特にお願いする用事もありませんでしたので、夜はお嬢さんも手があきます。

かわいそうに、お茶の時間の後お嬢さんが何をしているか、わたしは一度も考えてあげませんでした。お休みなさいの挨拶をしにわたしの部屋に顔を出す時、頬が輝き、ほっそりした指先まで薄紅色に染まっていることに幾度も気づいてはいましたが、書斎の暖かい暖炉の火のせいとばかり思っていました。寒い荒野を馬で走ってきたためとは、想像もしなかったのです。

第十章

三週間が過ぎ、わたしもようやく部屋を出て、お屋敷の中を歩きまわれるようになりました。初めて夜まで起きていた晩のこと、目が弱っていたのでわたしはお嬢さんに、何か読んで聞かせてもらえないかと頼みました。旦那さまはもうお休みになられ、わたしたちは書斎にいて、お嬢さんは承知してくれたものの、あまり気が進まないようでした。わたし好みの本は向かないだろうと考え、好きな本を選んで下さいと頼みました。お嬢さんは愛読書の一冊を選んで、一時間くらい続けて読んでくれたでしょうか、今度はいろいろとわたしに訊ね始めました。

「エレン、疲れたんじゃない？　もう横になったら？　こんなにずっと起きていると、また具合が悪くなるわ、エレン」

「いいえ、大丈夫、疲れてなんかいませんから」わたしは聞かれるたびにそう答えました。

わたしが言うことを聞かないとわかって、お嬢さんは別の手に出ました。あくびをしたり伸びをしたりして、読むのをやめたそうにするのです。

「わたし、疲れたわ、エレン」

「では本はやめて、お話しましょう」

そのほうがお嬢さんにはもっと厄介《やっかい》だった様子です。じりじりしてため息をつき、時計ばかり見ているうちに八時になりました。そしてついにはすっかり眠くなったらしい、不機嫌で生気のない顔つきで、しきりに目をこすりながら寝室に行きました。

次の晩にはさらに落ち着かない様子でしたし、三日目の晩になると、頭が痛いと言って部屋を出て行きます。

どうもおかしい——しばらく一人で書斎にすわっていたあと、わたしは見に行くことにしました。加減を聞き、暗い二階にいるより、下のソファに横になるようにすすめようかと思ったのです。

ところが、二階にも下にもお嬢さんの姿は見えません。召使いたちに聞いてもお見かけしないと言いますし、旦那さまのお部屋の前で耳をすませても何も聞こえませんでした。わたしはお嬢さんの部屋に戻り、ろうそくを消して窓ぎわにすわりました。

月の明るい晩でした。地面は粉雪でうっすらと白くなっています。気分転換にお庭の散歩でも思い立ったのかもしれない、と思っていますと、猟園の内側の柵に沿ってそっと歩く人影が一つ見えました。でもそれはお嬢さんではなく、明るいところに出てきたのを見ると馬番の一人でした。

馬番はかなり長い間、庭の闇《やみ》をすかして馬車道のほうを見ていましたが、やがて何かを見つけたようにきびきびと歩いて行き、戻ってきた時にはお嬢さんの小馬を引いていました。そしてその脇を歩いているのは、馬からおりたばかりのお嬢さんなのです。

馬番は馬を引いて静かに芝生を横切り、馬屋に向かいました。お嬢さんは客間の開き窓から入ると、足音を忍ばせて、わたしの待っている部屋へと上がってきました。

ドアを静かに閉め、雪まみれの靴をぬぎ、帽子の紐《ひも》をほどいて、わたしが見ているとも知らず、マントをぬごうとしました。その時にわたしはいきなり立ち上がって、姿をあらわしたのです。お嬢さんは驚きのあまり、一瞬凍りついたようになり、言葉にならない叫び声を上げて立ちすくみました。

「何てことでしょう、お嬢さん」今度の病気の間の親切がまだ記憶に新しいので、すぐに叱りつけることもできません。「こんな時間に馬に乗って、どこへ行っていたんです？　それに、なぜ嘘をついてわたしをだまそうとするんです？　いったいどこへ行っていたのか、さあ、言ってごらんなさい！」

「猟園のはずれまでよ」お嬢さんは口ごもりながら答えました。「嘘なんかつかなかったわ」

「そのほかにはどこへも行きませんでしたか？」

「ええ」はっきりしない返事です。

「まあ、お嬢さん」わたしは悲しくなって大きな声を出しました。「悪いこととわかっているのでしょう、だからわたしに嘘を言って。そのことが悲しいですよ。考えて用意した嘘などお嬢さんの口から聞かされるくらいなら、三ヵ月病気になるほうがましです」

お嬢さんは駆け寄り、わっと泣き出しながら、わたしの首に抱きつきました。

「だって、エレン、あんたを怒らせたくないんですもの。怒らないって約束してくれる？　そうしたら本当のことを話すから。わたしだって隠すのはいやなのよ」

お嬢さんと窓のそばにすわり、どんな秘密を聞いても叱りませんと約束しました。でも、もちろん見当はついていたのです。お嬢さんは話し始めました。

「エレン、わたしね、嵐が丘に行っていたの。あんたが病気になってから毎日。行かなかったのは、あんたが寝ていた間に三回と、起きられるようになってからの二回だけ。マイケルに本や絵をあげて、毎晩ミニーに鞍《くら》の支度を頼み、あとで馬屋に入れてもらったんだけど、マイケルも叱らないでね、お願いよ。六時半頃までに行って、たいてい八時半くらいまで嵐が丘にいて、それからミニーを走らせて帰ってきていたの。自分の楽しみのために行ったんじゃない——行っている間中みじめな気持ちだったことが多いんだもの。楽しいのは時々、そうね、週に一回くらいかもしれない。リントンとの約束を守って行かせてもらえるようにあんたを説得するのは一仕事だろうと、はじめわたしは覚悟していたの。あんたと一緒に行った日、あしたも来るって帰りぎわに約束してしまったから。でも次の日、あんたは病気で寝込んでいたので、その苦労はしないですんだわけ。午後になってマイケルが猟園の門の錠を直している間に、鍵を手に入れました。病気のいとこが自分ではスラッシュクロスに来られず、わたしに来てほしがっている、でもお父さまは行くのに反対なさる、とマイケルにわけを話して、それから馬のことを相談してみたの。マイケルは本を読むのが好きで、結婚のためにもうじきお屋敷をやめるつもりだから、書斎の本を貸してもらえるなら頼みをきく、と言ってくれたわ。だからわたしの本をあげることにしたんだけど、そのほうがもっとよかったみたい。

二回めに行った時のリントンは元気そうだったわ。ジラ――あそこの女中なの――が暖かい火をたいた、きれいなお部屋に通してくれて、二人で好きなようにしていていいですよ、ジョウゼフは祈禱会《きとうかい》に行って留守、ヘアトンも犬を連れて出ていますからって。うちの森にキジを盗みに行ったんだって、あとで聞いてわかったんだけど。

温かいワインやしょうが入りクッキーも持ってきてくれて、ジラってとても親切な人みたいだったわ。リントンは肘掛け椅子、わたしは暖炉のそばの小さな揺り椅子にすわって、話したり笑ったり、とっても楽しく過ごしたの。話すことはたくさんあって、夏になったらどこへ行こうか、とか何をしようか、とか――あんたに話せば、つまらないことだと言われるから、言わないけれど。

でも一度だけ、もう少しで喧嘩になるところだったのよ。暑い七月の一日を過ごす、一番快適な方法は、朝から晩まで、荒野の真ん中のヒースの土手に寝ころんでいることだってリントンが言ったの。眠くなるような羽音を立ててミツバチが花のまわりを飛び、頭の上高くヒバリが歌い、雲一つない青空、明るく輝くお日様の光――これがリントンにとって理想的な天国の幸せなんですって。わたしのは違うの――西風に吹かれてサラサラ鳴る緑の木の枝でゆられながら、頭上には空を飛んでいく、輝く白い雲。ヒバリだけじゃなく、ツグミ、ムクドリ、ヒワ、カッコウがまわり中であふれるように奏《かな》でる音楽、遠くを見ると、荒野が起伏の末に暗く涼しげな小さい谷間に続く景色、近くでは長い草がそよ風に吹かれて、波のように大きくうねっている。森も、流れる小川も、世界じゅうすべてが目をさまして、狂喜しているようなのがわたしの理想。すべてがうっとりと平和に安らいでいるのがいいってリントンは言うし、わたしはすべてが喜びに満ちて、きらめき、踊っているのがいいのよ。リントンの天国は半分死んでるみたい、ってわたしが言えば、わたしの天国は酔ってるみたいだってリントンが言ったの。リントンの天国じゃ寝込んでしまうわ、ってわたしが言ったら、リントンは、きみの天国じゃ息ができないよ、って言って、だんだん怒り出したのよ。結局、夏になったらすぐに両方ためすことにして、キスして仲直りしたけれど。一時間くらい静かにすわっていたの。そこは大きな部屋で、床にじゅうたんは敷いてなくてなめらかだから、テーブルをどけたら遊び場にぴったりだと思いついてね、わたし、手伝ってほしいからジラを呼んで、とリントンに頼んだのよ。みんなで目隠し鬼をしましょうよ、ジラが鬼になってわたしたちをつかまえるの、って。あんたとやったことがあるわね、エレン。だけどリントンは、そんなのおもしろくないからいやだ、ボール遊びならいいって言うわけ。それで二人で戸棚をさがしたら、こまや輪まわしの輪や羽根つき遊びの道具とかの古い玩具の山の中から、ボールが二つ見つかったの。一つにはC、もう一つにはHと書いてあって、わたしはCがほしかったわ。Cはキャサリンの頭文字だし、Hはヒースクリフで、リントンの名前に合うから。でもHのついたボールからはもみ殻がこぼれ出すので、リントンはいやがったの。

ずっとわたしが勝ってばかりだし、リントンはまた機嫌をそこねて、咳をして椅子に戻ってしまったけど、その晩はまもなく機嫌が直ったわ。綺麗《きれい》な歌を二つか三つ歌ったら、それがリントンはとても気に入ったの。あんたが歌って教えてくれた歌よ、エレン。帰る時間になったら、明日の晩も来てね、お願いだから、ってリントンが頼むから、来ると約束したの。

ミニーとわたしは風のように飛んで帰って、その晩は嵐が丘とかわいいいとこの夢を、ずっと朝まで見ていました。

朝になると悲しい気分だったわ。あんたは病気だし、嵐が丘へ行くことをお父さまもご存じで、お許しが出ているのならどんなにいいかしら、と思ったりして。でも、お茶がすんだあとは美しい月夜になって、馬で行くうちに気持ちも晴れてきたわ。

今晩も楽しく過ごせるんだ、と思ったし、かわいいリントンも喜ぶと思うと、いっそう嬉しくなるの。

嵐が丘の庭を早足で駆けさせて行って、裏にまわろうとした時、あのヘアトンという人が出てきたの。手綱をとって、表玄関から入るようにって言うんだけど、ミニーの首をたたいて、いい馬だねって言ったりもして、わたしと話をしたい様子——わたしはただ、馬にかまわないで、かまうと蹴《け》られるから、って言ったの。

『蹴られたって、たいしたことないだろうさ』品のない話し方でそう答えて、にこにこ笑いながらミニーの脚《あし》を眺めてるのよ、あの人。

ためしに蹴らせてみようかと思ったくらいよ。でもヘアトンは、戸をあけに行って掛け金をはずし、上に彫ってある文字を見上げると、きまりが悪いのと得意なのとがまじったような、間の抜けた調子で言ったわ。

『キャサリンさん、おれ、もうあれが読めるんだ』

『まあ、そうなの。じゃ読んでみて。ずいぶん賢くなったのね！』

ヘアトンはつづりを一字ずつ読み上げて、

『ヘアトン・アーンショー』

とゆっくり発音してみせました。そしてそのまま黙っているので、励まして先を促すつもりで

『で、数字は?』

と、そう言ってみたら、返事は

『あれはまだ読めん』

『まあ、だめな人ねえ』って、わたしは大笑いしちゃったの。

あのお馬鹿さんったら、口元に笑いを浮かべたまま眉を寄せて、わたしをじっと見ていたわ。一緒に笑っていいかどうか、わからなかったみたい。わたしの笑いが親愛の情から出ているのか、軽蔑から出ているのか、決めかねたんじゃないかしら。本当は軽蔑の笑いだったんだけど。

はっきりさせてあげましょう、と思って、わたしは厳《いか》めしい顔を取り戻し、あっちへ行って、あなたじゃなくてリントンに会いに来たんだから、って言ったの。

月の光で、ヘアトンが赤くなったのがわかったわ。掛け金から手をはなして、せっかくの自慢も形《かた》なし、という気持ちを絵にかいたような姿で、こっそり消えて行きました。

自分の名前のつづりが言えるようになったので、リントンと同じくらい知恵がついたと思ったんじゃないかしら。でもわたしがそう思わなかったから、どうしていいか、わからなかったのね、きっと」

「ちょっと待って下さい、お嬢さん」とわたしは話をさえぎって言いました。「叱ろうというわけじゃありません。ただ、その態度は感心しませんね。ヘアトンだって、リントン坊やと同じで、お嬢さんのいとこ、それを考えたら、そんな振舞いは間違いだとわかったでしょうに。第一、リントンと同じくらいお利口になりたいと思うなんて、立派なものです。それにヘアトンは、ひけらかすために勉強したわけじゃないでしょう。前にお嬢さんに笑われたから、きっと無学を恥ずかしく思って、勉強してお嬢さんに喜んでもらおうとしたんです。努力の成果が不充分だからって冷笑するのはぶしつけというものですよ。もしお嬢さんがヘアトンと同じ境遇に育っていたら、もっと上品になっていたと断言できますかしら。ヘアトンだって小さい頃は、お嬢さんと同じくらい賢かったんです。それを、あの下劣なヒースクリフにひどい仕打ちを受けたために、軽蔑されるようになったと思うと、わたしは胸が痛むんですよ」

「あら、そんなことで泣かないで、ね、エレン」お嬢さんはわたしの真剣さに驚いて、語気を強めて言いました。「わたしを喜ばせようとしてABCを覚えたのかどうか、礼儀正しくする価値のある人間なのかどうか、あわてずに話の続きを聞いて。わたしが入って行くと、長椅子に横になっていたリントンは、半分身体を起こして言ったの。『今夜はぼく、具合が悪いんだ。だから、きみが一人で話して、ぼくは聞き役になる。さあ、こっちにすわってよ。必ず約束を守って来てくれると思っていたんだ。今夜も帰る前に約束してもらうよ』

具合が悪いなら気持ちをいらだたせてはいけないと思って、優しく話しかけ、質問はやめて、怒らせないようにしたわ。わたしの本の中から素敵なのを何冊か、あの子のために持って行ったんだけど、ちょっと一冊読んで、と言われて読もうとしているところに、ヘアトンが急にドアを開けて入ってきたの。あのあと、考えているうちに腹が立ったんでしょう。まっすぐにわたしたちのところにくると、リントンの腕をつかんで、椅子からひきずりおろすの。

『自分の部屋へ行けよ！』怒りのためにほとんど言葉にならないような声でヘアトンは言ったの。顔はふくれたみたいで、すさまじかった。『おまえに会いに来たんなら、そいつも連れて行くんだ。ここはおれの場所だぞ。二人とも消えて失《う》せろ！』

わたしたちをののしって、リントンに答える暇もあげないであの子を台所に放り込むようにしたのよ。わたしもあとをついて行ったけど、拳《こぶし》を握りしめて、わたしをなぐりたそうな様子――わたし、ちょっとこわくなって本を一冊落としてしまったの。それをヘアトンはわたしのほうに蹴とばして、部屋からわたしたちを閉め出したわけ。

暖炉のそばでしわがれ声の意地悪な笑い声がしたのでそっちを見ると、あのいやなジョウゼフが、骨ばった両手をすり合わせながら、身体を震わせて立っていたの。

『必ず仕返しはすると、わしにはわかってた。ヘアトンは立派なもんじゃ。根性があるわ。ちゃあんとわかっとる、誰があの部屋の主人だか、ちゃあんとわかっとるんじゃ、わしと同じにな。えっへっへ。追い出すのが当然じゃよ。えっへっへ』

『わたしたち、どこへ行けばいいの?』わたしはジョウゼフが嘲《あざけ》るのなんか無視して、リントンに聞いたの。

リントンは血の気のない顔で震えていて、いつもみたいにかわいくなかった――それどころかものすごい顔なのよ、エレン。大きな目のやせた顔が、はけ口のない怒りで狂ったようになっているの。ドアの取っ手をつかんで揺すっていたけど、中から鍵がかかってたみたい。

『中に入れないと殺すぞ！　入れないと殺してやるからな！』悲鳴みたいに叫ぶの。『悪魔！　悪魔！　殺すぞ！　殺してやる！』

ジョウゼフはまたしわがれた声で笑いながら言いました。

『そら、どうだ、親父《おやじ》そっくりじゃないか。やっぱり親には似るもんだ。気にせんでいいぞ、ヘアトン、あいつにはとてもお前に手なんぞ出せないからな、心配いらん』

わたしはリントンの両手をとって、ドアからはなそうとしたけど、リントンの叫び方がすごいからあきらめたわ。そのうちにひどい咳の発作で声が出なくなって——そして、どっと血を吐いて倒れちゃったの。

こわくてどうしようもなかったけど、わたしは中庭に走って行って、思いきり大きな声でジラを呼んだわ。ジラは納屋のうしろの小屋で乳しぼりをしていて、すぐ聞こえたらしく、急いでやめて駆けつけてくれたの。

どうしましたか、って聞かれても、息が切れて説明できず、ジラを引っ張って入って、リントンをさがしました。ちょうどヘアトンが——自分のしたことの成り行きを見に出てきていたんでしょうね——リントンをかかえて二階に運ぶところだったの。ジラと一緒にあとについて上がって行ったら、上まで行ったところでわたしを止めて、お前は入るな、帰れ、って言うのよ、ヘアトンったら。『あんたがリントンを殺したのよ。わたし、どうしても入る！』って、大きな声で言ったわ。

そうしたらジョウゼフがドアに鍵をかけて『そんなことしちゃいかん。あんたもあの子と同じで、生まれつき頭が変なのか？』ですって！

立ったまま泣いていると、ジラが出て来て、すぐに良くなられますよ、でもそんなにやかましく騒ぎたてると容態《ようだい》にさわります、って言いながら、わたしを居間に連れて行きました。

あの時のわたし、髪の毛を引きちぎってしまいたいくらいだったわ、エレン。泣いて泣いて、目はほとんど何も見えないほどだった。あんたのお気に入りの悪党ヘアトンは前に突っ立って、時々『泣くなよ』とか『おれのせいじゃない』とか言うのよ、偉ぶって。とうとうわたしが、お父さまに言うわ、そうしたらあんたは牢屋に入れられて縛り首よ、って言ったら、ぎょっとして泣き出しちゃって、臆病な狼狽《ろうばい》ぶりを隠そうと、あわてて出て行ったわ。

でも、これでヘアトンを厄介払いできたかっていうと、違うのよ。わたしがどうしても帰るように言われて、嵐が丘を出て何百ヤードか来たら、急にあの人、もの陰から道に出てきて、ミニーとわたしの行く手をはばんだの。

『キャサリンさん、おれ、悪かった。だけど、あんまり……』

ひょっとしたらこの人に殺されるかも、と思って、ヘアトンを鞭でぴしっと打ったら、ヘアトンは恐ろしい悪態をつきながらも手をはなしたの。だから夢中でミニーを走らせて帰ってきたのよ。

その晩はあんたにお休みなさいも言いに行かず、次の晩、嵐が丘には行かなかったわ。とても行きたいと思う一方で、妙に気が高ぶっていて、リントンが死んだと言われるんじゃないかという不安があったし、ヘアトンに会うと思うと身震いが出たし……。

三日目には勇気を出して、というか、とにかくもう、そのままではいられなくなって、わたしはまた、こっそり出掛けたの。五時に出て、誰にも気づかれずにリントンの部屋まで忍び込めるかしら、と思いながら歩いたんだけど、近づいたら犬がほえてしまってだめでした。ジラが出てきて、『坊っちゃんはぐんぐん回復していますよ』って言いながら、じゅうたんの敷いてある、気持ちのいい小部屋に案内してくれたの。行ってみると、リントンが小さなソファに横になって、わたしが持って行った本の一冊を読んでるんですもの、言葉にできないくらい嬉しかった。でもあの子、わたしに話しかけるどころか、顔を見ようともしないのよ、エレン、まる一時間くらいも。ああいう、片意地を張るところがあるのね。そして、やっと口を開いたら、すごいでたらめを言うんだからあきれるじゃない――この前の騒ぎはきみのせいだ、ヘアトンは悪くないんだ、ですって！

答えればどうしても喧嘩腰《けんかごし》になるのがわかっていたから、わたしは立ち上がって、部屋を出ることにしたの。そんなふうに出て行くとは思わなかったらしく、リントンはうしろで『キャサリン！』って弱々しい声で呼んでいたけど、わたしは戻らなかったわ。それで次の日が、行かなかった二度目の日――もう二度と行くものか、とほとんど心に決めていたの。

でもね、あの子の様子を何一つ聞かないまま床につき、また起きる、という一日に耐えられなくて、その決心はしっかり固まらないうちに跡形《あとかた》もなく消えてしまったわ。嵐が丘へ行くのは悪いことだと思っていたのに、今度は逆に、行かないのが悪いことに思えたの。ミニーに鞍を置きますか、ってマイケルが聞きに来たので「ええ」と答えてしまって、ミニーに乗って丘を越える時も、義務を果たしているような気持ちだったわ。

中庭に入るには表の窓のところを通らなくてはならないので、こっそり行こうとしても無理でした。

わたしが客間に行こうとするのを見て、『坊っちゃんは居間ですよ』とジラが言ったの。

入って行くと、そこにはヘアトンもいたけどすぐに出て行ったわ。リントンが大きな肘掛け椅子でうとうとしていたので、わたしは暖炉に近づくと、真剣に切り出しました。本音《ほんね》がまじっていたからよ。

『リントン、あなたはわたしが好きじゃないし、わたしがあなたのことをいじめに来ると思って、わたしが来るたびに、いつもいじめられたふりをするわね。だからもう、今晩限りで会うのをやめましょう。さようならね。ヒースクリフさんにも言うといいわ、もうわたしには会いたくなくなった、だからそのことで嘘をつくのはやめて下さい、って』

『すわって帽子をとってよ、キャサリン。きみはぼくよりずっと幸せなんだから、ぼくより良い子であたりまえさ。パパがいつもぼくの欠点を数え上げて軽蔑するから、自信をなくすのも当然だろう？　パパが言うように、ぼくってほんとにろくでもない役立たずなのかな、なんて、すぐに考えてしまう。そうすると腹が立って、くやしくて、誰も彼も憎らしくなるんだ！　どうせぼくは役立たずで、たいてい不機嫌な弱虫さ。もう会いたくないんだったら、来るのはおしまいにしたっていいよ。きみにしてみれば厄介ばらいができるってわけだね。ただ、これだけはわかってほしいんだ、キャサリン――できればぼくだって、きみみたいに優しく、親切な良い子になりたいって思っていることを。きみのように幸せで健康になりたいと願うのと同じくらいに、いや、それ以上に強く、そう思ってるんだ。そしてもう一つ、きみが親切にしてくれるから、きみにふさわしくない人間なのに、ぼくはきみのことを愛してしまったってことも。自分の性質を隠しておくことはできなかったし、今もできない。悔しくて残念だよ。死ぬまでその気持ちは変わらないだろうな』

リントンは本心を言っている、許してあげなくちゃ、たとえまたすぐに喧嘩になったとしても許してあげないと、とわたしは思ったの。そして仲直りしたけど、わたしが帰る時まで、二人とも泣き続けたわ。悲しさのためだけじゃなかったの。ただわたしは、リントンのひねくれた性格が悲しくて。あの子はいつもまわりを落ち着かない気持ちにさせて、自分もいらいらし続けるんだわ。

その晩からわたしは、リントンの小さな居間へ行くようになりました。リントンのお父さんが次の日に帰って来たからよ。最初の晩のように陽気で楽しかったのは、たぶんその後三回くらいのもので、あとはいつ行っても憂鬱で面倒なことばかり――リントンのわがままや意地悪のためだったり、病気のためだったりしたけど、病気と同じくらい、わがままや意地悪も我慢できるようになってきたのよ、わたし。

ヒースクリフさんはわざとわたしを避けていて、ほとんど見かけることはないわ。この前の日曜日にいつもより早く行ったら、前の晩のリントンの、わたしへの態度が悪いと言ってリントンをひどく叱りつけているのが聞こえたけど、立ち聞きでもしたのでなければ、そんなことわかるはずないのにね。確かにリントンは、癪《しゃく》にさわるふるまいをしたけど、でもそれはわたしの問題で、他の人は関係ないでしょう？　だからわたし、部屋に入って行ってお説教を中断して、はっきりそう言ったの。ヒースクリフさんは大笑いして、そう考えてくれれば嬉しいよ、と言いながら出て行きました。それ以来わたしは、毒のある言葉は小声でね、とリントンに注意するの。

さあ、エレン、これですっかり話したわ。わたしが嵐が丘へ行くのを邪魔すると、二人の人が不幸になるのよ。でも、お父さまにさえ黙っていてくれたら、わたしが行っても誰にも迷惑はかからないわ。ね、黙っていてくれるでしょう？　言いつけるなんて薄情なことよ」

「明日までに心を決めましょう。よく考えませんとね」とわたしは答えました。「さあ、もうお休みなさい。わたしはあちらへ行って考えますから」

考え事と言っても、旦那さまの前で、口に出してのことでした。わたしはお嬢さんの部屋からまっすぐ旦那さまのお部屋に行き、一部始終をお話ししたのです。もっとも、お嬢さんとリントンとの会話とヘアトンのことは省きましたが。

旦那さまはわたしの前で面《おもて》に出された以上に驚き、深く心を痛められたようでした。翌朝になってお嬢さんは、わたしが秘密をもらしたこと、嵐が丘へのひそかな訪問ができなくなったことを知りました。お嬢さんが泣いて身悶《みもだ》えし、リントンをあわれんで下さいとお父さまにお願いしても、禁止に変わりはありませんでしたが、一つだけ慰《なぐさ》めはありました。旦那さまがリントンに手紙を書いて、キャサリンを嵐が丘へは行かせないが、リントンは好きな時にスラッシュクロスへ来てもよい、と言ってあげよう、と約束して下さったのです。もしリントンの性質と健康状態をご存じだったなら、そんな慰めさえ与えないほうがよいと思われたかもしれません。

第十一章

「これは去年の冬の出来事でございますよ、ロックウッドさま」とディーンさんは言った。「あれからまだ一年たつかたたないか。まさか一年後にこんなことを、あの一族と何のつながりもない方の退屈しのぎにお聞かせするようになろうとは、あの冬には思いもよりませんでした。ですが、ロックウッドさまも、この先いつまでつながりのない他人のままでいらっしゃるか、それはわかりませんですねえ。まだお若いから、ずっと一人暮しで満足してはいらっしゃらないでしょうし、それにわたしが思いますに、キャサリン・リントンを見たら誰だって好きにならずにはいられないでしょう。にっこりなさってますが、キャサリンのことをお話しすると興味深そうに生き生きしたお顔になるのはどうしてなんでしょうか？　キャサリンの肖像を暖炉の上に掛けてくれとおっしゃったのはなぜ？　そして……」

「待って下さいよ、ディーンさん」とぼくは大きな声を出した。「ぼくのほうがあの人を好きになるのは充分ありうることかもしれませんが、あの人がこっちに好意を持ってくれるかどうか、とても自信はありませんね。だから、今の平穏な日々を捨ててまで誘惑に飛び込む気になれないんです。それに、ぼくの属しているのはここじゃない。ぼくは忙しい都会の人間で、都会に戻って行かねばならない身ですからね。さあ、話を続けて下さい。キャサリンは父親の言いつけに従ったんですか?」

はい、とディーンさんは続けた。

お父さまへの愛情は、お嬢さんの心の中でまだ中心を占めていました。また旦那さまも、怒りの色なくお話をなさいました。宝物のように大事な娘を、危険や敵の中にまもなく残して行かねばならない人の、深い優しさをこめて話されたのです。娘の心に残った言葉が、娘を導く唯一の力になるはずなのでした。

何日かたって、旦那さまはわたしに、こうおっしゃいました。

「甥が手紙をくれるか、訪ねてきてくれるかするといいんだがね、エレン。あの子をどう思うか、本当のところを聞かせてくれないか。良くなってきているのだろうか。大人になれば良くなる見込みがあるのだろうか」

「とても身体の弱いお子さんですからね、無事に成人できますかどうか」とわたしは答えました。「でも、これは申し上げられます——あの子は父親似ではございません。もしお嬢さんが不幸にも結婚するようなことになったとしても、よほど甘やかしでもしない限り、手に負えなくなる心配はございませんでしょう。でも旦那さま、これからもっと近しくされて、お嬢さんにふさわしい相手かどうかお決めになる時間はたっぷりおありですよ。成人まで四年以上ございますもの」

旦那さまはため息をつくと、窓辺に歩いて行って、ギマートン教会のほうをごらんになりました。霧の午後でしたが、二月の太陽が弱く照っていて、墓地の二本の樅《もみ》の木と散在する墓石とを見分けることができました。

旦那さまは半ば独り言のようにおっしゃるのです。

「来るべきものの訪れを何度となく待ち望んできたのに、今では不安で恐ろしい。花《は》婿《むこ》としてあの谷間をおりた時の思い出と比べても、数ヵ月後、いや、ひょっとしたら数週間後にあそこへ運ばれ、さびしい墓穴に横たえられるという期待のほうが甘美だと思っていたくらいなのに。わたしはね、エレン、かわいいキャシーがいてくれて、ほんとうに幸せだった。冬の夜も夏の日も、あの子はわたしのそばにいる、生きた希望だったからね。でも、あの古い教会の陰で墓石に囲まれながら、ひとり物思いにひたるのも、同じくらいに幸せだったのだよ。あの子の母親の眠る、緑の塚の上に横たわって、自分もそこに眠る日の来ることを願い、あこがれて過ごす、六月の長い夕暮れ時などはね。キャシーに何をしてやれるだろう。どんな境遇に残していけば良いのだろうか。リントンがヒースクリフの息子であることを、わたしは少しも気にしていないし、キャシーを連れ去ってもかまわないと思っている――わたしを失ったキャシーをリントンが慰めてやってくれるのならば。ヒースクリフが目的をとげて、わたしの最後の宝を奪ったと大喜びしてもいい。しかし、もしリントンがつまらない人間で、父親に操られている人形にすぎないとしたら、キャシーを渡すわけにはいかないのだ。あの子の浮き浮きしている心をくじくのはつらいが、わたしが生きている間は悲しい思いをさせ、死ぬ時は一人残していくほかはない。ああ、キャシー！　いっそあの子を神にゆだね、わたしより先に土に葬ってやりたいくらいだ」

「お嬢さんは今のままで神さまにお任せすることでございますよ、旦那さま」とわたしは答えました。「そんなことのないよう祈っておりますが、もし神さまの思し召《おぼめ》しで旦那さまに万一のことがおありでも、わたしが最後までお嬢さんの相談にのり、味方をいたします。よいお嬢さんですから、自分から道を誤ることはありますまい。それに、義務を果たす人間は、最後には報いられるものでございますから」

本格的な春が訪れても、旦那さまの本当の体力は戻っていませんでした。それでもお嬢さんとご一緒の、お庭の散歩もまた始められました。病気のことに疎いお嬢さんは、これを快方に向かっている印と思われ、お父さまの頰のほてりや目の輝きを見て、回復は間違いないと確信していたのでした。

お嬢さんの十七回目のお誕生日がめぐってきましたが、旦那さまは墓地にいらっしゃいませんでした。雨がふっていましたので、

「旦那さま、今夜はよもやお出掛けにはなりませんね?」とわたしがお訊ねしますと、

「ああ、今年は少し先にのばそう」とおっしゃいました。

旦那さまはまたリントンに宛《あ》てて、ぜひ会いたい、という手紙をお書きになりました。もしリントンが人前に出られる体調であったなら、ヒースクリフも来るのを許したでしょう。ところがそれが無理なので、息子に指図して返事を書かせたのです。父が反対するのでお屋敷には伺《うかが》えませんが、親切なお言葉を嬉しく思います、いつか散歩の折にでもお目にかかり、お嬢さんと全く会えない状態を変えていただけるように、じきじきに

お願いしたく思っています、という内容でした。

お嬢さんに会いたい、と訴えるのは、リントンでも充分雄弁にできるとヒースクリフもわかっていたのでしょう、本人に任せたらしく、そのくだりは素直な文面でした。

「お嬢さんにこちらへ来てほしいとは言いません。でも、ぼくが伺うのは父に禁じられていますし、お嬢さんがこちらへ来るのは伯父《おじ》さんが禁止なさるとすれば、ぼくはもう二度とお嬢さんに会えないのでしょうか。どうか時々、お嬢さんと一緒に嵐が丘のほうへ馬でいらして、伯父さんもいらっしゃるところで少し話をさせて下さい。今のように隔《へだ》てられていなければならないようなことを、ぼくたちは何もしていません。伯父さんはぼくのことを怒っていないし、嫌う理由もないと、伯父さんはご自分で認めていらっしゃいます。ああ、伯父さん、明日にでも優しいお手紙を下さい。そして、スラッシュクロスのお屋敷以外の場所ならどこでもけっこうですからお目にかからせて下さい。一度会っていただければ、ぼくが父とは違う性格だとわかって下さるはず、父も、おまえはおれの息子というより伯父さんの甥だと申しています。ぼくはキャサリンにふさわしくない、欠点の多い人間ですが、キャサリンは許してくれました。お嬢さんに免じて、伯父さんも許して下さい。身体はどうかとお訊ねでしたが、よくなっています。でも、希望という希望を絶たれ、ぼくに好意を持ったためしもなければ、これからも持つはずのない人たちの間で孤独に生きるよう運命づけられていて、どうして明るく元気になれるでしょう」

旦那さまはリントンをかわいそうに思われましたが、願いをかなえてやるわけにはいきませんでした。お嬢さんに付き添ってでかけることがご無理だったからです。そこでリントンへのお返事では、夏になったら会えるかもしれない、それまでは時々手紙を書いてほしい、家庭でのきみのつらい立場は承知しているから、わたしも手紙で、できるだけ忠告と慰めをあげよう、と約束なさいました。

リントンはその言葉に従いましたが、もし好きなようにさせておいたら、ぐちや不満ばかりの手紙を書いてぼろを出していたことでしょう。ヒースクリフが目を光らせ、旦那さまからのお手紙は、もちろん全部に目を通したに違いありません。ですからリントンの手紙には、いつも一番心にかかっているはずの、自分の苦しみ、悩みについては書かれず、友達でも恋人でもあるキャサリンと引きはなされている残酷な定めのことが繰り返し述べてありました。遠からず会わせてほしい、さもないと空約束《からやくそく》で自分をだまそうとしていると思うでしょう、とほのめかすような言葉も見えました。

こちらにはキャシーという強い味方がいます。とうとう二人は、渋る旦那さまを説き伏せ、週に一回くらい、わたしの監督のもと、お屋敷に一番近い荒野で一緒に乗馬や散歩をしてもよいというお許しをいただきました。六月になっても、旦那さまのお加減は良くならなかったのです。旦那さまは収入の一部をお嬢さんのために毎年きちんとたくわえていらっしゃいましたが、先祖からのお屋敷も娘の手に残してやりたい、あるいはせめて、帰れる場所にしておいてやりたい、と親としては当然の気持ちをお持ちで、そのためには、ご自分の相続人であるリントンと結婚させるしかない、と考えていらっしゃいました。まさかそのリントンの身体が、ご自分に劣らず急速に衰えていようとは思いもよらなかったのでございます。もっとも、それは誰も知らないことでした。嵐が丘にはお医者さまも行かず、リントンに会う人もいなかったので、様子をこちらに伝えてくれる人は誰もいなかったからです。

このわたしでさえ、悪い予感は間違いだったかと思い始めていました。荒野で馬に乗ったり散歩をしたりしたい、と書いてお嬢さんに会いたがっているところを見ると、本当に回復してきているに違いないと思ったのです。

父親ともあろうものが死にそうな息子にそんなひどいことをするとは思いもよらなか

ったのですが、後にわかったところでは、ヒースクリフがリントンに有無を言わせず、熱心に会いたがるふうを装わせていたのです。そして、冷酷で欲の深い計画が息子の死で挫折する恐れを感じるに従って、ヒースクリフはいっそうの圧力をかけたのでした。

第十二章

夏も盛りを過ぎた頃、二人の懇願に負けた旦那さまからお許しが出たので、お嬢さんとわたしは初めてのリントンとの待ち合わせのため、馬で出掛けました。むし暑くて、うっとうしいお天気でした。日はさしていませんでしたが、もやのかかったまだら雲の空から雨の落ちる心配はないようでした。四辻の石の道標のところで会う約束になっていたので、そこまで行きますと、リントンのかわりによこされた、小さい牧童が一人いて、こう言うのです。

「リントン坊っちゃんは嵐が丘のちょっとこっち側で待ってるんで、そこの先まで来てもらえるとありがたいってことですが」

「それじゃ坊っちゃんは、伯父《おじ》さまから第一に言われたことを忘れたわけですね。わたしたちはお屋敷の地所を出ないようにと言われていますし、ここがお約束の場所、そう伝えて下さいな」

わたしがそう申しますと、お嬢さんは言いました。

「それならリントンのところまで行って、そこで引き返せばいいわ。うちに向かって散歩すればいいでしょう?」

ところが行ってみますと、リントンが待っていた場所は嵐が丘から四分の一マイルも離れていないところで、馬も連れていないのです。しかたなくわたしたちも降り、馬には草を食《は》ませておきました。

リントンはヒースの上に横になり、わたしたちが近づくまで起き上がりませんでした。そして歩き出すと、おぼつかない足どりで、顔は真っ青なのです。わたしはそれを見た途端に大声で申しました。

「まあ、リントン坊っちゃん、今日はお散歩は無理ですよ。そんな青いお顔で!」

お嬢さんも驚くと同時に悲しそうにリントンを見つめました。唇まで出かかっていた歓声は不安の叫びに変わり、待ちわびた再会を喜ぶかわりに、いつもより具合が悪いの、と心配そうに訊ねました。

「いや、そんなことない、具合はいいよ」リントンはあえぐように答え、震えながらお嬢さんの手を、まるで支えにすがるように握ったままでいました。大きな青い目でお嬢さんをおずおずと眺めていましたが、その目はくぼんで、以前の物憂い表情はすっかりやつれているのです。

「でも、悪かったんでしょう? 前に会った時より悪そうよ。やせたし、それに……」とお嬢さんは重ねて言いました。

「疲れてるんだよ」とリントンは、お嬢さんの言葉をあわててさえぎりました。「散歩には暑すぎるから、ここで休むことにしようよ。それに午前中はよく気分が悪くなるんだ。育ちざかりのせいだって、パパは言ってるよ」

お嬢さんは納得の行かない顔で腰をおろし、リントンはその脇に横になりました。

「あなたが言っていた天国みたいね、ここは」お嬢さんは明るく振舞おうと努めながら言いました。「わたしたち、それぞれ一番気持ちが良いと思う場所とやり方で、一日ずつ過ごしてみようって約束したわね、覚えてる? 今はあなたの天国に近いみたい。雲があるけど、ふんわりして柔らかそうな雲だから、日が照るより素敵。来週あなたが大丈夫なら、スラッシュクロスの猟園まで馬で行って、わたしの天国はどうか、ためしてみましょうよ」

リントンは覚えていないようで、とにかく話を続けること自体、容易でないのは明らかでした。お嬢さんがどんな話題を持ち出しても興味を示さず、かといって、自分からおもしろい話をすることもできないのです。お嬢さんもこれには落胆を隠せませんでした。身体つきも物腰も、以前のリントンとはどこか違っていました。機嫌をそこねていても優しくすれば甘えてくる子だったのに、今は感情をなくしたように大儀そうです。かまってほしいためにわざとうるさくわがままを言う、子供っぽい気むずかしさにかわって、自分のことしか考えない、慢性の病持ちの病人特有の気むずかしさがあらわれていました。慰めをはねつけ、他人が陽気にしているのを侮辱ととりさえするのです。

わたしたちと一緒にいるのをリントンが喜びとは感じず、罰として耐えている様子であることに、わたしだけでなく、お嬢さんも気づきました。それでまもなくお嬢さんは、もう帰りましょう、と言ったのです。

するとどうでしょう、リントンの無気力は消え、急に奇妙な興奮状態が起こりました。嵐が丘の方をこわそうに見ながら、せめてあと三十分はここにいて、とお嬢さんに頼むのです。

「でも、ここにすわっているより、おうちのほうが楽でしょう、リントン」とお嬢さんは言いました。「それに今日は、お話や歌やおしゃべりをしても、あなたを喜ばせるのが無理みたいだし。この半年の間にわたしより賢くなってしまったのよ。だからわたしのすることが気晴らしにならないんだわ。気晴らしになるのなら、わたしは喜んでここにいるけど」

「きみもここで休んでいればいいんだ。ねえ、キャサリン、ぼくがすごく具合が悪いと思ったり、そんなこと言ったりしないで。元気がないとしたら、このうっとうしい天気と暑さのせいだよ。それに、きみが来る前に、ぼくにしてはかなり歩きまわったんだ。ずいぶん元気そうだったって、伯父さんにはそう言ってくれない？」

「あなたがそう言ってたと話すわ、リントン。ほんとに元気だったとは、わたしには言えないもの」明らかに嘘なのになぜリントンがこんなに頑固に言い張るのかと、お嬢さんは驚きながら答えました。

「来週の木曜日にもまたここに来てね」リントンは、お嬢さんのとまどっている視線を避けながら続けました。「そして伯父さんに、きみをここへ来させてくれて感謝してます、って、心からのお礼を伝えてね、キャサリン。それから――それからね、もしぼくのパパに会って、ぼくのことを聞かれたら、ずっとぼんやり黙り込んでたなんて思われないように答えてほしいんだ。今みたいにがっかりしたみたいな悲しそうな顔をしないで。パパがきっと怒るから」

「あなたのお父さんが怒っても、わたし平気よ」怒りが自分に向けられると思ったお嬢さんは、そう言いました。

「だけどぼくは平気じゃないんだ」リントンは震えていました。「ぼくのことでパパを怒らせないでよ、キャサリン。パパはとても厳しいんだから」

「坊っちゃんにそんなに厳しくするんですか？」とわたしは訊ねました。「甘やかすのに飽きて、憎しみを表に出すようになったのかしら」

リントンはわたしを見ましたが、何も答えませんでした。お嬢さんはその後十分くらいそばにすわっていましたが、リントンは眠そうに頭を垂れ、疲れたのか苦しいのか、押し殺したうめき声をもらすだけです。お嬢さんは仕方なく、コケモモの実をさがしてきて、わたしに分けてくれました。リントンに分けなかったのは、これ以上かまっても、うるさがられるだけとわかっていたからです。

「エレン、もう三十分たったかしら」お嬢さんはとうとうわたしの耳にささやきました。「ここにいたってしょうがないわ。リントンは眠ってるし、きっとお父さまが帰りを待っていらっしゃるでしょうし……」

「でも、眠っているのにこのまま置いては帰れませんよ。目をさますまで辛抱して待ちましょう。あんなに会いたがって出てきたのに、ずいぶんあっさりと冷めてしまうんですね」

「リントンこそ、なぜわたしに会いたがったのかしら。以前どんなに機嫌の悪い時だって、今のおかしなリントンより好きだわ。こうして会うのも、まるでお父さんに叱られるのがいやで、しぶしぶ果たしている義務みたい。でもわたしは、ヒースクリフさんを喜ばせるために来る気にはなれないわ。どんな理由でリントンをこんな苦しい目にあわせるのかわからないけど。リントンが良くなってきたのは嬉しいけど、前より無愛想で冷たくなったのは悲しいわ」

「本当に良くなったと思いますか?」

「ええ、だって前はいつも大げさに苦しいって言ってたでしょう? ずいぶん元気だなんてお父さまに伝えられるほどじゃないけど、でも前より良さそうに思うの」

「そこはわたしと意見が違いますね、お嬢さん。ずっと悪くなってるとわたしは思いますよ」

この時リントンがぎくっとして、おびえたように目をさまし、誰かぼくの名前を呼んだ、と聞きました。

「いいえ、呼ばれたとしたら夢よ」とお嬢さんは答えました。「でも、外にいて、それもこんな朝からよく眠れるわね」

「うちのお父さんの声がしたと思ったけど、ほんとうに声はしなかった?」リントンは威圧的にそびえる崖《がけ》をちらっと見上げて、あえぎながら聞きました。

「ほんとにしなかったわ。エレンとわたしが、あなたの具合について話していただけ。ねえ、リントン、あなたの身体は冬以来、丈夫になってきているの? そうだとしても、弱くなったものが一つある——それはわたしへの気持ちよ。違う?」

リントンの目から涙がどっとあふれ出ました。

「違うよ、強くなってるよ」

リントンの耳にはまだ幻の声が残るのか、声の主をさがして、あたりをきょろきょろ見まわしています。

お嬢さんは立ち上がりました。

「今日はこれでさよならしましょう。はっきり言って、今日はがっかりしたけど、そのことは誰にも言わないわ。ヒースクリフさんがこわいわけじゃないのよ」

「しっ、頼むから黙って。パパが来る」リントンは小声でそう言うと、お嬢さんを引き止めようと腕にすがりつきました。お嬢さんはヒースクリフが来ると聞いてあわててリントンの手を振り払い、口笛でミニーを呼びました。ミニーは犬のように、たちまちとんで来ました。

「また木曜に来るから」お嬢さんは鞍《くら》に飛び乗りながら叫びました。「さよなら。さあエレン、急いで！」

こんなふうにわたしたちが別れをつげても、リントンはほとんど気づかないくらいでした。父親が来ることを気にして、それだけで頭がいっぱいだったのです。

お屋敷に着くまでにお嬢さんのご機嫌もなおり、同情と後悔のまじった、複雑な気持ちに変わったようでした。そこにはリントンの本当の健康状態や人間関係についての漠然とした不安もかなり含まれており、それはわたしも同じでございましたが、そのことはあまり話さないように、とわたしは申しました。この次に行けばもっとよくわかるからです。

旦那さまは、どうだったね、とお聞きになりました。リントンからの感謝の言葉は間違いなくお伝えしましたが、それ以外の点についてお嬢さんはあまり詳しくは話しませんでしたし、わたしも旦那さまのお訊ねにはっきりしたお答えはしませんでした。何を隠し、何をお話しするべきか、よくわからなかったからでございます。

第十三章

いつの間にか一週間が過ぎました。旦那さまのお加減は、その間に日を追って急激に悪化しました。これまで数ヵ月かかった破壊が、今では数時間で行われるほどの速さなのです。

できればお嬢さんには知らせないでおきたかったことですが、頭の鋭いお嬢さんのことですから、そうは参りません。恐ろしい可能性にひそかに気づき、思い煩《わずら》ううちに、いつしかそれは確信に変わるのでした。

木曜日になっても、馬での外出など言い出す気持ちになれないようなので、代わりにわたしが申し出て、出掛けるお許しをいただきました。旦那さまが起きていられる、ほんの短い時間を過ごされる書斎と、旦那さまの寝室——最近のお嬢さんにとってはこれが全世界になっていたからです。お嬢さんは寸暇を惜しんでお父さまの脇に、あるいは枕元に付き添っていました。看病疲れと心痛で顔色も悪くなり、旦那さまは喜んでお嬢さんを出しておやりになりました。外でいとこに会うのは気分転換になるだろうし、自分が世を去っても一人ぼっちにならずにすむ、と考えて心を慰めていらしたのです。

お言葉からわたしが察するところ、旦那さまはリントンのことを、顔立ちが自分に似ているから性格も似ているだろうと決めてかかっていらっしゃるようでした。リントンの手紙には、欠点の多い性格がほとんど、いえ、まったくと言ってよいほどあらわれていなかったからです。旦那さまの思い違いを正せなかったわたしの弱さは、あの場合、許されるのではないでしょうか。知ってもそれを活用する力も機会もお持ちでないのですから、そんなことをお知らせしても、ただ最後の時間のお心を乱すだけ、と考えたのです。

出るのは午後にしました。八月の素晴らしい午後でした。丘から吹いてくる風は生気にあふれ、それを吸えば、たとえ死にかかっている人でも生き返るかと思うほどでした。お嬢さんの顔はまわりの風景と同じく、影と光が次々に入れ替わりますが、光のとどまる時間は短く、影の支配する時間は長いのです。そしてそんな束の間、心痛を忘れることにさえ、かわいそうにお嬢さんの小さな胸は自分を責めるのでした。

リントンは前と同じ場所で待っていました。お嬢さんは馬をおり、少ししかいないつもりだから、馬に乗ったまま小馬の手綱を持って待っていて、とわたしに言いましたが、わたしは承知しませんでした。大事なお嬢さんから一瞬も目を離すわけにはいきません。わたしも一緒にヒースの斜面を登って行きました。

リントンはこの前より気持ちの高ぶりを見せてわたしたちを迎えましたが、それは元気や喜びというより、恐怖の念のようでした。

「遅いなあ！」リントンはやっと声を出し、そっけなく言いました。「お父さんの具合、悪いんだろう？　来ないかと思った」

お嬢さんは、言いかけた挨拶のかわりに、大きな声で言いました。

「なぜはっきり言わないの？　わたしなんかに会いたくないって、さっさと言えばいいじゃない？　変よ、リントン。わざわざこんなところに二度も呼び出したりして、お互いにいやな思いをするだけじゃないの」

リントンは震えながら、哀願するような、恥じ入るような目でお嬢さんをちらっと見ました。その謎めいた態度に我慢できず、お嬢さんは言いました。

「お父さまは本当に具合が悪いの。なのになぜ、その枕元からわたしを呼び出すの？　約束したけど来なくていいって伝えてくれればいいでしょう？　来てほしくないくせに。

さあ、説明して。遊んだりふざけたりする気持ちはわたしには全然ないの。あなたの気どった遊びに調子を合わせたりしていられないのよ」

「気どった遊び？　何のこと？」リントンはつぶやくように言いました。「お願いだからそんなに怒った顔しないでよ、キャサリン。好きなだけ軽蔑すればいいさ。どうせぼくはどうしようもない弱虫なんだ。いくら笑われても足りないくらいだけど、きみの怒りには値しないよ。憎むならうちのお父さんを憎んで。ぼくは軽蔑にしておいてね」

「何を言ってるのよ！」お嬢さんは、かっとなって叫びました。「なんてお馬鹿さんなの。まあ、この子ったら震えているじゃないの。わたしがいじめでもするみたいだわ。軽蔑してくれなんて、自分から頼むことないわよ、リントン。頼まれなくても、みんなすぐに軽蔑してくれるから。さあ、行って。わたしは帰ります。あなたを炉辺から引きずり出して、なんだか知らないけれど、こんなことを続けているのは馬鹿げてるわ。わたしの服をはなして。あなたが泣いたりおびえたりしてるのをわたしがあわれんだとしても、そんな同情なんか拒絶するのが当然でしょうに。どんなに恥ずかしいまねをしているか、教えてやってよ、エレン。さあ、立って。みじめに這《は》いつくばるのはやめるのよ、今すぐに！」

涙にぬれた顔に苦悩の表情を浮かべて、リントンは力なく地面に身を投げ出していました。激しい恐怖のために痙攣《けいれん》が走っているようです。すすり泣きながらリントンは言いました。

「ああ、耐えられないよ、キャサリン、キャサリン！　ぼくは裏切り者で、きみに話す勇気がない。きみに見捨てられたら殺されるんだ。ねえ、キャサリン、ぼくの命はきみにかかっているんだよ。ぼくを愛してるって、前に言ってくれたね。そう、それなら大丈夫なんだ。帰ったりしないよね。きみは親切で優しい、いい人だもの、キャサリン。ひょっとしたら承知してくれるかも――そうしたらお父さんも、ぼくをきみのそばで死なせてくれる」

激しい苦悶《くもん》の様子を見て、お嬢さんは身をかがめ、リントンを抱き起こそうとしました。優しく甘やかしていた頃の気持ちが思い出されて、怒りに勝《まさ》ったのでしょう、すっかり心を動かされ、不安になったようでした。

「承知するって何を？　ここにいること？　よくわかるように話して。そうしたら承知してあげるから。あなたの話は筋が通らないことばかりで、頭が変になりそう！　落ち着いて、正直に、全部話してしまうのよ、心の中の悩みをすっかりね。わたしに悪いことをするつもりはないでしょう？　誰かがそんなことをしようとしたら、できる限り防いでくれるわよね？　あなたは臆病かもしれないけど、一番の友達を裏切るほど卑怯《ひきょう》なはずはないと信じてるわ」

「でもお父さんが脅《おど》すんだ」リントンは細くなった指を握りしめて、あえぎながら言いました。「ぼく、こわいんだ。お父さんがこわい。だから言えないんだよ」

「ああ、そうなの。じゃ、秘密にしておけばいいわ」お嬢さんは軽蔑のまじった同情心から言いました。「わたしは臆病じゃありませんからね。あなたは自分の身を守っていればいいわ。わたしはこわくないわよ」

お嬢さんの寛大さに涙をさそわれ、リントンは激しく泣きながらお嬢さんの両手にキスしましたが、打ち明ける勇気は出ないようでした。

どんな秘密なのかしらと考えながら、わたしが心に決めたことがありました。リントンのためであろうが、他の誰のためであろうが、絶対にお嬢さんを苦しめてはならない、ということです。その時、ヒースの茂みでかさかさと音がするので見上げると、嵐が丘からおりてきたヒースクリフが、わたしたちのすぐそばまで来ていました。リントンのすすり泣きが充分聞こえるほど近くにいるのに二人には目もくれず、妙に機嫌よくわたしに声をかけます。他の人には向けない、親しげな口調ですが、わたしはその誠意を疑わずにはいられませんでした。

「こんなに我が家の近くであんたに会えるとはなあ、ネリー！　スラッシュクロスではみんな変わりないかね？　聞かせてほしいよ。うわさによると」ヒースクリフはそこで声をひそめました。「エドガーはもう助からないというが……それほど悪くはないんだろう？」

「いいえ、旦那さまは最期が迫っていらっしゃいます。うわさは本当なんです。わたしどもにとって悲しいことですけれど、旦那さまには天恵でございましょう」

「どのくらいもつと思うかね？」

「わかりません」

「実はだね」ヒースクリフは若い二人に目をやりながら続けました。その視線に二人は射すくめられたようになっています。リントンは身動きすることも顔を上げることもできない様子ですし、そのためにお嬢さんも動けなかったのです。「実はあそこにいる若造がどうもおれを出し抜くつもりらしいんだ。だからエドガーがあいつより先に逝《い》ってくれると嬉しいのさ。おやおや、あの小僧、ずっとあんな調子だったのか？　泣き落とす手も確かに教えてはおいたがね。お嬢さんとだいたいは元気にやっているんだろう?」

「元気にですって? とんでもない。ひどく苦しそうでしたよ。恋人と丘を散歩なんかしている場合じゃない、お医者にみてもらって寝ていなさい、と言いたくなるような様子でしたね、あれは」

「一日か二日したらそうさせてやる」ヒースクリフはつぶやきました。でもすぐに「しかし、その前に――起きろ、リントン! 起きるんだ! 地面に這いつくばっていてどうする! そら、今すぐ起きろ!」とどなりました。

リントンはまた平伏する恰好《かっこう》になってしまいました。父親ににらまれたためにどうしようもない恐怖に陥ってしまったのでしょう。そんなみっともないことになる理由は、他に見当たらなかったからです。何とか起き上がろうとしましたが、乏しい力が尽きたらしく、うめき声を上げて再び倒れてしまいました。

ヒースクリフは進み出て息子を引き起こすと、芝土の高くなったところに寄りかからせ、激しい怒りをおさえながら言いました。

「いいか、おれも腹が立ってきてるんだ。おまえのその情けない根性をなんとかしないと、ただじゃおかん。ちくしょう。すぐ起きろ！」

「起きます、お父さん」リントンはあえぎながら答えました。「だからそっとしておいてくれませんか。さもないと気が遠くなりそうなんです。ぼく、言われたとおりにしました。ほんとです。キャサリンに聞けばわかります、ぼくが――ぼくが元気よくしてたってことは。ああ、キャサリン、そばにいて手を貸して」

「おれの手を貸す。立つんだ。そうそう――お嬢さんが腕を貸してくれるぞ。そう、それでよし。お嬢さんをちゃんと見ろ。息子にこんなにこわがられるとはねえ、ミス・リントン、わたしのことを悪魔だと思うだろうなあ。どうかこいつを家まで連れて行ってくれませんか。何しろわたしがさわると震えるもんで」

「ねえ、リントン」お嬢さんは小声で言いました。「わたし、嵐が丘へは行かれないの。いけないとお父さまに言われてるから。あなたのお父さん、何もしないわよ。どうしてそんなにこわがるの？」

「ぼく、うちに帰れないんだ。きみと一緒でなきゃ、絶対に入れてもらえない」

「黙れ！」ヒースクリフは大声を出しました。「親の言いつけにそむきたくないというお嬢さんの気持ちを尊重しようじゃないか。ネリー、あんたがこの子を家へ連れて行ってくれ。忠告に従って、すぐ医者にみせよう」

「それはけっこうですね。でもわたしはお嬢さんからはなれませんよ。そちらの息子さんの世話なんて、わたしには関係ございません」

「あんたも相当な頑固だな。いま始まったことじゃないがね。あいつをつねって泣き声でも立てさせないことには、あんたに同情してはもらえないようだな。よし、来い、大将。おれが付き添うから帰るとするか?」

ヒースクリフがもう一度近寄って、か弱い身体をつかもうとしますと、リントンは縮み上がってお嬢さんにすがり、一緒に来てくれと必死に頼み込みました。狂ったようなしつこさで、とてもいやとは言えない勢いです。

いくらわたしが反対しても、お嬢さんを止めることはできませんでした。確かにお嬢さんとしても断るのは無理だったでしょう。なぜそんなにこわがっているのか、わたしたちには見当がつきませんでしたが、とにかく怯《おび》えるリントンが目の前にいて、これ以上恐怖が加わったら、そのショックで精神に異常を来《きた》しかねないのです。

わたしたちは戸口に着き、お嬢さんは中に入りました。リントンを椅子にでもすわらせてすぐ出てくるものと思って、外で待っていますと、ヒースクリフがわたしを中へ押し込んで大声で言うのです。

「おれの家には疫病がはびこってるわけじゃないさ、ネリー。それに今日はお客を歓迎したい気分になってる。すわってくれ。ドアは閉めておこう」

ヒースクリフはドアを閉め、錠までおろすのです。わたしはぎくっとしました。

「帰る前にお茶を飲むといい。おれ一人なんだ。ヘアトンは牛を連れて牧場へ行ったし、ジラとジョウゼフも遊びに出掛けて留守にしている。一人には慣れているが、おもしろい話相手がいてくれれば嬉しいよ。お嬢さん、リントンのそばにすわりなさい。実はあんたに譲りたいものがある。つまらないプレゼントだが、他にあげるものがないんでね。あげたいのはリントンさ。そんな目をして、驚いたかね。おれをこわがっているやつを見ると、おれは妙に凶暴な気分になるんだ。こんなに法律が厳しくなくて、ここほどお上品でない国に生まれていたら、ひとつ今夜の楽しみに、あの二人、生きたまま切り刻んでやるところだ」

ヒースクリフは大きく息を吸い、テーブルをたたくと、悪態をつきました。

「ちくしょう！　いまいましい奴らめ」

「こわがってなんかいません」ヒースクリフの言葉のあとの方が聞きとれなかったお

嬢さんは、大きな声でそう言いました。

強い意志と怒りでその黒い目をぎらぎらさせながら、ヒースクリフに近づきます。

「その鍵を下さい。どうしてもいただくわ。たとえ飢え死にしそうになったって、こんな家で食べたり飲んだりなんかするものですか」

ヒースクリフは、鍵を握った手をテーブルにおいていました。お嬢さんの大胆さにちょっと驚いたのか、あるいはその声とまなざしに、母親であるキャサリンを思い出したのか、顔を上げました。

お嬢さんは鍵に飛びつき、ゆるんだ指の間からもう少しで取れるところでしたが、その動きではっと我に返ったヒースクリフにすぐに取り返されてしまいました。

「いいか、キャサリン・リントン。離れてろ。さもないとなぐり倒すぞ。そうなったらディーンさんが大騒ぎするだろうぜ」

この脅し文句にもかまわず、お嬢さんは再びヒースクリフの、鍵を握った手に飛びかかっていきました。

「どうしても帰るんだから！」鉄のような拳を必死の力でこじ開けようとします。爪を立ててもだめだとわかると、今度は力いっぱい嚙《か》みつきました。

ヒースクリフがわたしをちらっと見ました。その目つきときたら――恐ろしくてわたしには手も足も出せないんでございます。お嬢さんのほうはヒースクリフの指を開かせるのに懸命で、顔には気づきません。ヒースクリフは突然その手を開き、鍵をはなしましたが、お嬢さんがそれを握る暇も与えず、自由になった手でお嬢さんをとらえました。そして膝の上におさえつけると、両頬におそろしい平手打ちの連打を浴びせました。立っていたら、それこそ一回で倒れてしまうほどの勢いです。

この悪魔のような乱暴に、わたしは怒り狂って叫びながら飛びかかりました。

「この悪党！　悪者！」

でも、胸を一度突かれると、もう声が出ません。太っているのですぐに息が切れてしまうんです。突き飛ばされたのと激しい怒りとでくらくらして、うしろによろめき、今にも息が止まるか、血管が破裂するかと思いました。

騒ぎはものの二分で終りました。ヒースクリフの手を離れたお嬢さんは、両手をこめかみにあて、耳がちゃんとついているのかどうかもわからない様子でした。かわいそうに細い葦《あし》のように震えながら、ぼんやりとテーブルに寄りかかっていました。

「聞きわけのない子供のしつけ方はこんなところさ」床に落ちた鍵を拾おうとかがみ

ながら、悪党は冷酷に言いました。「さあ、さっき言ったとおり、リントンのそばに行って、気がすむまで泣くがいい。明日になったら、おれはあんたの父親だ。何日かすれば、たった一人の父親ってわけだな。そうなったらたっぷり食らわせてやる。あんたならもちこたえるだろう、弱虫じゃないからな。さっきみたいな、とんでもなく生意気な目をしたら、毎日でもご馳走してやるぞ」

お嬢さんは、リントンではなくわたしに駆け寄り、ひざまずいて、燃えるように熱い頬をわたしの膝にのせると、声をあげて泣きました。リントンは長椅子の隅で小さくなって、二十日鼠のようにおとなしくしています。たぶん、ひどい目にあわされたのが自分以外の者でよかったと、内心喜んでいるのでしょう。

三人が混乱している様子を見て、ヒースクリフは立ち上がり、自分で手早くお茶をいれ始めました。カップとお皿を並べ、お茶をつぐと、一つをわたしに手渡して言いました。

「飲んで機嫌をなおしてくれ。そっちのやんちゃ娘とうちのちびにも飲ませるんだな。いれたのはおれだが、毒など入ってない。外へ行ってあんたたちの馬をさがしてくる」

出て行くとすぐ、わたしたちはどこか押し破って逃げ出せないものかと考えました。

台所のドアをためしてみましたが、外からかたく締められています。窓はと言えば、小さすぎて小柄なお嬢さんでさえ抜け出すのは無理でした。

すっかり閉じ込められたとわかると、わたしは大声を出して言いました。

「リントン坊っちゃん、悪魔みたいなお父さんの企《たくら》み、あなたは知ってるでしょう。話しなさい。話さないと平手打ちしますよ、お父さんがお嬢さんにしたみたいに」

「そうよ、リントン、話して。来たのはあなたのためですもの、黙ってたら大変な恩知らずよ」お嬢さんも言いました。

「お茶、おくれよ。のどがかわいてるんだ。くれたら話す」これがリントンの答でした。「ディーンさんはあっちに行って。そんなふうに見おろされてるの、いやなんだ。それからキャサリン、きみったらぼくのカップに涙を落としてるよ。そんなお茶飲めない。別のをおくれよ」

お嬢さんは別のカップをリントンのほうへ押しやり、涙を拭きました。わたしにとって腹が立つのは、恥知らずにもリントンが、もう自分は大丈夫とばかりに落ち着きはらっていることです。荒野で見せた苦悩は、嵐が丘の家に入ったとたんに消えていました。わたしたちをおびき寄せることにもし失敗したら恐ろしい目にあわせるからな、と脅されていたのでしょう。成功したからには、当面恐れることはないわけです。

「パパはぼくたちを結婚させたいんだ」リントンはお茶を少しすすってから言葉を続けました。「でも、きみのパパがすぐには許してくれないのはわかってるし、待ってたらぼくが死んじゃうといけないって思ってる。だからぼくたち、明日の朝結婚することになってるんだよ。きみは今夜一晩ここに泊まって、パパの言うとおりにすれば、あしたは帰れるよ、ぼくを連れて」

「あなたを連れて、ですって？」わたしは大声を出してしまいました。「みじめったらしいちびのくせに、結婚するですって？　まったくあの人、気が狂っているのか、さもなけりゃ、わたしたちみんなを馬鹿だと思っているんですよ。それにあなただって、こんなに綺麗で健康な、明るいお嬢さんが、あなたみたいな、よれよれの小猿と結婚するなんてこと、考えられますか？　キャサリンお嬢さんはもちろん、だいたい誰かがあなたを夫に選ぶなんて思ってるんですかね、馬鹿らしい。めそめそと卑怯《ひきょう》なまねをしてわたしたちを家に連れ込んだだけでも鞭でひっぱたいてやりたいくらいですよ。今だって、そんなぼんやりした顔をして！　馬鹿みたいにうぬぼれて、情けない裏切りはするし、あなたなんか力いっぱいゆさぶってやりたいわ」

そう言って本当に軽くゆすったところ、リントンは咳をし、泣いたりうめいたり、いつもの手に出ます。わたしはお嬢さんに叱られてしまいました。

「一晩泊まるですって？　できないわ」お嬢さんはそう言うと、ゆっくりまわりを見まわしました。「エレン、わたし、あのドアを燃やしてでも出て行くつもりよ」

そして、すぐにでも実行し始めそうな様子に、リントンははっとして立ち上がりました。また自分の身にかかわる風向きになったからです。すすり泣きながら、弱々しい両腕でお嬢さんを抱き締めて言うのでした。

「ぼくと結婚して、ぼくを助けて。スラッシュクロスに連れて行ってよ、ねえ、キャサリン、たのむからさ。とにかく、ぼくをおいて帰っちゃうなんてだめだよ。ぼくのお父さんの言うとおりにしなきゃいけないよ、絶対に」

「わたし、自分のお父さまのおっしゃることを聞かなくちゃ。ひどく心配していらっしゃるでしょうから、安心させてあげないと。一晩泊まるなんて、そんなことしたら何とお思いになるか！　そうでなくても、もう気をもんでいらっしゃるでしょうに。ドアをこわすか燃やすかしてでも、この家から出るつもりよ。静かにして。あなたがこわがることは何もないんだから。でも、もしわたしの邪魔をしたら——わたしにはね、リントン、あなたよりお父さまのほうが大事なのよ」

ヒースクリフの怒りに対する、計り知れない恐怖に駆り立てられて、リントンはまた、臆病者特有の雄弁をふるいました。お嬢さんは気が狂ったようになりながらも、帰らなくては、と言い続け、今度は逆にお嬢さんのほうから、身勝手な悩みばかり訴えるのはやめて、と懇願したりもするのでした。

こんなことをしているうちに、わたしたちを閉じ込めた張本人のヒースクリフが戻ってきました。

「あんたがたの馬は逃げ出しちまった。おい、リントン、またためそめそしてるのか？　お嬢さんに何かされたか？　さあ、泣くのはやめて寝るんだ。一ヵ月か二ヵ月したら、いま威張られているお返しをたっぷりとしてやれるからな。おまえは何よりも、純粋な愛を求めているんだった、そうだろう？　お嬢さんにはおまえを進呈しよう。さあ、もう寝ろ。今夜はジラがいないから、自分で着替えるんだぞ。うるさい！　騒ぐな！　部屋に入ったら、もうおれは近寄らんから心配はいらん。しかし、おまえもなかなかよくやったな。あとは引き受けたぞ」

そう言いながらヒースクリフは、息子のためにドアを手でおさえていてやりました。

リントンの出て行く恰好ときたら、意地悪でドアにはさまれるのではないかとびくびくしているスパニエル犬そっくりなのです。

再びドアに錠がおろされました。ヒースクリフは、お嬢さんとわたしが黙って立っている暖炉のそばに近づいてきました。お嬢さんは顔を上げ、思わず片手を頰にあてました。近寄られただけで痛さを思い出したのでしょう。そんな子供らしい仕草を見れば、誰だって厳しい顔もしていられないはず。ところがヒースクリフは、お嬢さんをにらみつけてぶつぶつ言うのです。

「おや、おれなんかこわくないんだろう？　勇気をうまく隠してるな。見たところ、ずいぶんこわがっている様子だぞ！」

「確かに今はこわいんです。だってここから帰らなければ、お父さまがとても悲しまれると思って。お父さまを悲しませるなんて、絶対にできません。お父さまは今……もう……お願いです、ヒースクリフさん、帰らせて下さい。リントンとの結婚はお約束します。お父さまも望んでいることですし、リントンを愛しています。わたしが進んでしようとしていることを、なぜ無理強《むりじ》いなさるんですか？」

お嬢さんがそう言うのを聞いて、わたしは大声で言いました。

「無理強いなんて、できるものならやってみればいいんですよ！　ありがたいことに、この国には法律というものがありますからね、まったくのところ。いくらここが田舎《いなか》だと言いましてもね。リントンが我が子だとしても、わたしは訴えます。それに、教会の儀式なしの結婚は重罪ですよ」

「黙れ！　ごちゃごちゃ言うんじゃない！　あんたには何も聞いてないだろうが。お嬢さん、あんたの父親が悲しむと思うと、こっちは嬉しくて嬉しくて眠れないくらいだ。そうとわかったからには、ますます帰らせるわけにはいかないぞ。今から二十四時間は、この家から出さない。リントンと結婚する約束は、守ってもらえるように取り計らうよ。実現するまでいてもらうってわけさ」

「それじゃエレンを帰して、わたしの無事をお父さまに知らせて！」お嬢さんは涙を流しながら声高に言いました。「さもなければ、今すぐに結婚を。ああ、お父さま、お気の毒に！　わたしたちが行方不明になったと思われるでしょう。どうしたらいいかしら、エレン」

「そんなことはない。看病に飽きて、ちょっと気晴らしを求めに抜け出したくらいに思うさ」とヒースクリフは答えました。「だいたい、あんたは親の言いつけを無視して、自分からこの家に入ってきたのと違うかね。あんたくらいの年頃なら、遊びたいのはあたりまえだし、病人、それも父親の世話なんて、いやになって不思議はないよ。キャサリン、あんたが生まれた時に、あいつの一番幸せな時代は終ったんだ。おそらくあいつは、あんたがこの世に生まれたことを呪《のろ》っただろう。とにかく、このおれは呪ったよ。だから、自分がこの世を去る時に、あいつがあんたを呪うのは当然、おれも一緒に呪うことにしよう。おれはあんたが好きじゃない。好きなわけがないさ。せいぜい泣くがいい。これからは泣くのが一番の気晴らしになりそうだぜ、おれの見る限りな。まあ、リントンが埋め合わせをするなら話は別、それができると思っているらしいよ、先見の明のあるあんたのお父さんは。甥にあてた助言と慰めの手紙を読んで、おれは実に楽しかった。一番新しい手紙では、かわいいリントンに向かって、うちの娘を大事にしてくれ、妻にしたら優しくしてやってくれ、と書いてあったな。大事に優しく——いかにも父親らしいじゃないか。だが、リントンは自分に優しく、自分を大事にするだけで手一杯なんだ。暴君ぶりを発揮するのは得意でね、猫いじめならいくらでも任せてくれと言うだろう。もっとも、歯を抜いて爪を切ってあればの話だがね。やつがどんなにお優しいか、今度帰ったらお父さんにいくらでも報告できるのは間違いない」

「ほんとにそのとおりですよ！」とわたしは言いました。「息子さんの性格を話してあげて下さいな。あなたと似ていることを。そうすればお嬢さんも、あんな怪物を夫にする前に考え直すでしょう」

「あいつの愛らしい性格なら、いま話したってかまわんよ。どっちにしろお嬢さんは、あいつと結婚するかここにいるか——そう、あんたも一緒に、お宅の当主が死ぬまでずっとここに閉じ込められているかのどちらかなんだからな。まったく人目につかないようにあんたたち二人を隠しておくことが、おれにはできる。嘘だと思うなら、結婚の約束を取り消すようにお嬢さんにすすめてみればいい。嘘かどうかわかるから」

「取り消したりしません」とお嬢さんは言いました。「結婚すれば帰らせてもらえるのなら、すぐにでも結婚します。ヒースクリフさん、あなたは冷酷な人だけど鬼じゃないでしょう。ただの悪意から、わたしの幸せすべてをどうしようもないほど粉々に打ちくだくことなどなさらないはず。わたしが自分から見捨てたとお父さまに思われたり、帰る前に亡くなられたりしたら、とても生きてはいけません。わたしはもう泣くのはやめました。あなたの前にひざまずきます。わたしを見て下さるまで、立ち上がりも、お顔から目をはなしもしません。だめです、お顔をそむけては。お怒りを招くような顔つきはしていないつもりです。あなたを憎んだり、ぶたれたのを怒ったりはしていませんもの。叔父さまは今まで人を愛したことがないんですか？　一度も？　ああ、一度でいいからこちらを見て下さいな。とってもみじめな気持ちよ。きっとあなただって、かわいそうだと思って下さるに違いありません」

「イモリみたいな指をはなして、そこをどけ。どかないと蹴とばすぞ！」とヒースクリフは乱暴にはねつけてどなりました。「蛇にまといつかれるほうがましなくらいだ。おれにへつらう気になるとはな。おまえなんか大嫌いなんだ！」

ヒースクリフは肩をすくめ、嫌悪がつのってどうしようもないというふうに身震いすると、椅子をぐいとうしろに引きました。わたしは立ち上がって、辛辣《しんらつ》な言葉を思いきりまくしたててやろうと口を開きましたが、言い始めたと思ったら黙らされてしまいました。それ以上一言でも口に出したらあんただけ別の部屋に入れてしまうぞ、と脅されたからです。

外は暗くなってきました。庭の門のあたりで声が聞こえ、ヒースクリフはすぐに走り出て行きました。ヒースクリフは知恵がはたらき、わたしたちはそうでなかったことになります。二、三分話をして、ヒースクリフは一人で戻ってきました。

「ヘアトンかと思いましたよ。あの人が来てくれたらねえ。味方になってくれるかもしれないじゃありませんか」とわたしはお嬢さんに言いました。すると、それを聞きつけたヒースクリフがこう言うのです。

「今のはスラッシュクロスからあんたたちを探しにきた、三人の召使いだった。格子窓を開いて叫べばよかったのにな。だが、あんたが叫ばなかったんで、その小娘は喜んでいるに違いない。帰れないのがきっと嬉しいだろう」

機会を逃したとわかって、わたしたちは泣きくずれ、涙が止まりませんでした。ヒースクリフはわたしたちをそのままにしておき、九時になると、台所をとおって二階のジラの部屋に行くようにと言いました。言われるとおりにしましょう、とわたしはこっそりとお嬢さんにささやきました。窓から、あるいは屋根裏に上がって天窓から抜け出せるかも、と考えたのです。

けれども、窓は下と同じで小さく、屋根裏への揚《あ》げ蓋《ぶた》も無理でした。下の部屋同様、ここでも完全に閉じ込められてしまいました。

お嬢さんもわたしも、横にはなりませんでした。お嬢さんは格子窓のそばを離れず、心配そうに朝を待っています。少し休まれたらとわたしが何度頼んでも、返ってくるのは深いため息だけでした。

わたしは揺り椅子にかけて、前後にゆすりながら、自分の義務の怠慢を厳しく反省しました。旦那さまはじめ皆さまの不幸はすべてそこから生まれたような気がしました。実際はそんなことはないと、今ではわかっておりますが、あの陰鬱な晩にはそう思えましたし、ヒースクリフの罪のほうがまだ軽いとさえ思ったくらいでございます。

七時になるとそのヒースクリフが来て、お嬢さんは起きたかと訊ねました。お嬢さんはすぐにドアに駆け寄り、「はい」と答えました。

「じゃ、来るんだ」

ヒースクリフはドアを開けると、お嬢さんを引っ張り出しました。わたしも立って、続いて出ようとしましたが、ヒースクリフがまた錠をおろしました。出して下さいよ、と言いますと、

「我慢していろ。すぐ朝食も届けるから」

という返事でした。

わたしは怒って羽目板をたたき、掛け金をがちゃがちゃ動かしました。どうしてエレンを閉じ込めておくの、と訊ねるお嬢さんの声が聞こえます。あと一時間くらい辛抱し

てもらわんとな、とヒースクリフが答え、二人は行ってしまいました。

二時間も三時間も辛抱させられた末、ようやく足音がしました。ヒースクリフではありません。

「食べ物を持ってきた。開けろ」

そう言われていそいそとドアを開けると、たっぷり一日分はあるほどの食べ物を持ってそこに立っていたのはヘアトンでした。

「取れよ」ヘアトンはそう言って、お盆をわたしの手に押しつけます。

「ちょっと待って」わたしは話をしようとしました。

「だめだ！」ヘアトンは大声でそう言うと、なんとか引きとめようとして頼み込む、わたしの言葉に耳も貸さずに行ってしまいました。

その部屋に閉じ込められてまる一日が過ぎ、一晩が過ぎ、次の晩もその次の晩も過ぎました。全部で四日と五晩、毎朝一度上がってくるヘアトン以外の誰とも会わずに、ずっと閉じ込められていたのです。ヘアトンは模範的な看守でした。なにしろ無口で無愛想、正義感や同情心に訴えようにも、聞く耳を持たないのですから。

第十四章

五日めの朝、いいえ、もう午後でしたか、違う足音が近づくのが聞こえました。軽くて足早なその足音の主は部屋の中に入ってきました。ジラでした。深紅《しんく》のショールを掛けて黒い絹のボンネットをかぶり、腕には柳で編んだ籠《かご》をさげています。

「あらまあ、ディーンさん！」とジラは大声を出しました。「ギマートンでうわさになってますよ。てっきりあんたもお嬢さんもブラックホースの沼に沈んだとばかり思ってたわ。そうしたらうちの旦那さんが、あんた方は見つかってここに泊まってるって言うもんだから。いったいどうしたの？　島に上がれたのね？　どのくらい落ちていたの？　旦那さんが助けたのね、ディーンさん。だけど、あんた、あんまりやせてないじゃない。そんなにひどくはなかったのね？」

「あんたのところの旦那さんは大変な悪者よ。でも思い知らせてやるからいいわ。そんな作り話まででっち上げることなかったのよ。すっかり表沙汰《おもてざた》にするつもりなんだから」

「何のことを言ってるの？　旦那さんの作り話じゃなくて、村でみんな言ってるのよ、あんたが沼地でいなくなったって。だからうちに帰ってきて、あたし、ヘアトンに言ったの。『あたしの留守の間に、大変なことがあったのね、ヘアトンさん。あのかわいいお嬢さんと元気なネリー・ディーン、気の毒なことしたわねえ』ヘアトンはこれを聞いて目を丸くしてた。何も聞いてないのね、と思って、うわさを教えてやったの。それを聞いていた旦那さんが、一人でにやりと笑って、こう言いました。『沼に落ちたにしても、もう出てきてるぞ、ジラ。ネリー・ディーンはいま、おまえの部屋に泊まっている。上へ行ったら、もう帰っていいと言ってやれ。鍵はここにある。沼の水でも頭に入ったのか、めちゃくちゃな勢いでとんで帰ろうとするんで、正気に戻るまでここに引きとめておいた。もう大丈夫なら、すぐにスラッシュクロスに帰っていいと言ってくれ。おれからの伝言も頼む。お嬢さんは、主人の葬式に間に合うように、あとから帰すと」

「まさか、うちの旦那さまが亡くなったわけじゃないわね？　ねえ、ジラ、ジラ！」

とわたしは息もたえだえになって訊ねました。

「ええ、大丈夫ですとも。まあおすわりなさいな。やっぱりまだあんた、具合が悪いのねえ。亡くなってはいませんよ。ケネス先生の見立てでは、あと一日くらいはもつだろうっていう話――あたし、道で会ったから聞いてみたの」

わたしはすわるどころか、帽子やショールをまるでひったくるようにつかみ、階段を駆けおりました。もうどこでも自由に開けられました。

居間に入ると、お嬢さんのその後を知っている人はいないかとまわりを見まわしました。

ドアは開け放され、日がいっぱいにさしこんでいましたが、誰もいないようです。すぐに逃げ出そうか、それとも戻ってお嬢さんをさがそうかと迷っていた時、軽い咳が耳に入り、わたしは炉辺のほうを見ました。

部屋を占領したリントンが長椅子に横になり、棒つきの飴《あめ》をなめながら、何の感情もない目でわたしの動きを追っていました。

「お嬢さんはどこです?」わたしは厳しく問いただしました。そんなふうに一人でいる時なら、こわがらせれば答えるだろうと思ったからです。

リントンは馬鹿みたいに、ただ飴をなめ続けました。

「帰ったんですか?」

「ううん、二階だよ。帰っちゃいけないんだよ。ぼくたち、帰さないんだ」

「ぼくたちが帰さないですって？　まったく馬鹿なことを！　お嬢さんのいる部屋にいますぐ案内しなさい。しないと痛い目にあわせますよ」わたしは大きな声で言いました。

「あそこへ行こうとなんかしたら、おまえがパパに痛い目にあわされるよ。キャサリンを甘やかすなって、パパから言われてるんだ。ぼくの奥さんのくせに、ぼくをおいて逃げたがるなんて、とんでもないことなんだよ！　パパに聞いたけど、あいつ、ぼくを憎んでて、ぼくのお金がほしいから、ぼくなんか死ねばいいと思ってるんだって。でもやらない。うちにも帰さないよ、絶対に！　好きなだけ泣いて、病気になればいいんだ！」

リントンはそう言うと、また飴をなめ始めました。そのまま眠ろうというのか、両目を閉じます。

「坊っちゃん、お嬢さんの親切を全部忘れてしまったんですか？　この前の冬、あなたはお嬢さんを愛していると言ったでしょう？　お嬢さんは本を持って来たり、歌を歌ったり、風や雪の中を何度も会いに来てくれたし、たった一晩でも来られないと、あなたががっかりするだろうって泣いていたくらいですよ。あの頃あなただって、自分にはとてももったいないお嬢さんだと思っていたはず。なのに今頃になってお父さんのでたらめを信じるんですか。あなた方二人を嫌っていることがわかっているのに、そのお父さんと一緒になってお嬢さんにつらくあたるなんて、まあずいぶんご立派なご恩返しですわねえ」

リントンは口をへの字にして、飴を口から出しました。わたしはさらに言いました。

「お嬢さんはあなたが憎くて嵐が丘に来たんですか？　よく考えてごらんなさいな。あなたのお金だなんて、だいたいそんなものがあなたの手に入るかどうかさえ、お嬢さんは知らないんですよ。お嬢さんは加減が悪いと言いながら、ひとりぼっちで知らない家の二階にほったらかしておくなんて！　そんなふうに放っておかれるのがどんな気持ちか、あなたはよくわかってるはずでしょう！　自分の苦しみには同情でき、お嬢さんにも同情してもらいながら、お嬢さんの苦しみには同情しようともしないのね。坊っちゃん、わたしは涙がこぼれますよ。いい年をした、ただの召使いだというのに。ところがあなたのほうは、あんなに愛しているふりをして、お嬢さんを崇拝してもいいくらいなのに、涙は全部自分のためにとっておいて、そんなところでのんびりと寝そべってるとは！　なんて薄情で身勝手な子でしょう！」

「キャサリンのそばになんかいられないよ」リントンは不機嫌な声を出しました。「ぼく一人じゃ、そばにいようとは思わない。すごく泣くから、とても我慢できないんだ。お父さんを呼ぶぞって言っても、全然泣きやまないしさ。一回ほんとに呼んだら、お父さんが来て、黙らないと首を絞め上げるぞって脅《おど》したけど、お父さんがいなくなったとたんにまた泣き始めたよ。一晩じゅう嘆いたりうめいたり――眠れないじゃないか、ってぼくが怒ってどなってもだめなんだから」

「ヒースクリフさんはお出かけなんですか？」とわたしは訊ねました。情けないことにこの子には、いとこの心痛に同情する力がまったくないと悟ったからです。

「中庭でケネス先生と話をしてるよ。先生の話じゃ、伯父《おじ》さんは死ぬんだって――今度こそほんとに。ぼく、嬉しいな。スラッシュクロス屋敷はぼくが継いで主人になるんだもの。キャサリンはいつもわたしの家って言ってたけど、キャサリンのじゃなくて、ぼくのものなんだ。キャサリンの持ってるものはみんなぼくのものだって、パパが言ってるよ。すてきな本も全部ぼくのだ。本も、きれいな小鳥も、小馬のミニーもあげるから、鍵をとってきて出してってキャサリンはぼくに頼んだけど、ぼくは言ったんだ、くれるものなんかないよ、全部ぼくのなんだからってね。そしたら泣き出して、首にかけてた小さな絵を見せて、それをくれるって言った。金のケースに入った二枚、キャサリンのお母さんとお父さんの若い頃の肖像なんだって。これ、昨日の話なんだけどね。で、ぼくがそれだってぼくのものだぞって言って取ろうとしたら、あの意地悪め、抵抗してぼくを押しのけた。痛かったからぼくは悲鳴を上げたよ。ぎょっとさせる手なんだ。パパの足音がしたから、キャサリンはロケットのちょうつがいをこわして二つに分けて、お母さんの絵のほうをぼくにくれた。もう一つは隠そうとしたけど、どうしたんだってパパが聞くから、ぼくはすっかり話したよ。パパはぼくの持ってたのを取り上げて、キャサリンが持ってるのをぼくに渡せと言ったけど、キャサリンは言うことを聞かないんだ。だからパパは——パパはキャサリンを殴り倒して、絵を鎖《くさり》からひきちぎって、足で踏みつぶしちゃったんだよ」

「お嬢さんがぶたれるのを見て喜んでいたの？」なるべくしゃべらせようと思って、わたしはそう聞きました。

「見ないふりをしてた。パパが犬や馬を殴る時はいつもそう——すごい殴り方だから。でも昨日は、はじめは嬉しかった。あいつ、ぼくを押したりしたんだから、罰はあたり前だよ。だけどパパがいなくなったら、ぼくを窓のところに呼んで、口を見せた。歯で切れて、口じゅう血だらけになってたな。それから、ばらばらになった絵を拾い集めて、壁に向かってすわったきり、一言も言わないんだよ。痛くてしゃべれないのかな。そう思うといい気はしない。でも、ずっと泣きっぱなしで、困ったやつ。それに、真っ青でものすごい顔しててさ、こわくなるよ」

「じゃ、部屋の鍵は、その気になればとってこられるんですか?」

「うん、二階にいればね。でも今は二階に上がる力がないんだ」

「どの部屋にあるの?」

「だめさ、おまえなんかに教えないよ。ぼくたちの秘密だからね。ヘアトンにもジラにも、誰にも教えないんだ。あーあ、おまえのせいで疲れちゃった。もうあっちに行け、早く!」リントンはそう言うと、腕に顔を伏せて、また目を閉じてしまいました。

このままヒースクリフには会わずに帰ろう、お屋敷から応援を頼んでお嬢さんを救い出しに来るのが一番だ、とわたしは考えました。

お屋敷に帰ると、仲間の召使いたちはとても驚き、また喜んでくれました。お嬢さんの無事を知らせると、そのうちの二、三人がすぐにも二階に駆け上がって旦那さまのお部屋の外から大声でお知らせしようとしましたが、わたしが自分でお知らせするから、と止めたのです。

ほんの数日だというのに、旦那さまはなんと変わられていたことでしょう！ まるで悲しみとあきらめの権化《ごんげ》のような様子で、死を待っていらっしゃるのです。実際は三十九歳でしたが、十歳は少なく思えるほど、とてもお若く見えました。お嬢さんのことを考えていらしたのでしょう、キャサリン、と名前をつぶやくのが聞こえました。わたしはそのお手をとって、そっと申し上げました。

「キャサリンお嬢さまは戻ってこられますよ、旦那さま。ご無事でお元気です。今夜にでもここに姿をお見せになるでしょう」

これを聞かれた旦那さまの反応に、わたしは身体が震えました。旦那さまは半分身を起こし、しきりにまわりを見まわしたかと思うと、気を失って倒れてしまわれたのです。

意識を取り戻されるとすぐに、わたしはお話ししました。嵐が丘に行かねばならなくなり、閉じ込められておりました、ヒースクリフが無理やり連れ込んだのです、とこの点は事実と違うのですが、そんなふうにしておきました。リントンを悪く言うのはできるだけ控え、ヒースクリフの乱暴も一部だけお話しするにとどめました。すでにあふれるほどの悲しみでいっぱいのお心に、さらに悲しみを増すようなことは、できるだけ避けたいと思ったからでございます。

敵ヒースクリフの意図が、こちらの土地・家屋敷だけでなく財産すべてを息子のため、いえ自分のために手に入れることにあるのは、旦那さまも見抜いておられました。でも、なぜ自分が死ぬまで待とうとしないのか、不思議にお思いでした。甥のリントンが自分と前後するほど早くこの世を去りそうだとはご存じなかったからです。

でも、遺言状は書き換えたほうがよいとお考えになりました。遺産はお嬢さんの自由に任せず、管財人に預けて、お嬢さんの在世中はお嬢さんが、そしてその後は、もしいればその子供たちが使えるようにしておく――これならリントンが死んだとしてもヒースクリフの手にわたることはないからでございます。

旦那さまのお言いつけに従って、わたしは下男の一人に弁護士を呼びに行かせ、また別の四人には適当な武器を持たせて、お嬢さんを連れ戻しにヒースクリフのところに行かせました。どちらもなかなか戻って来ません。まず戻ったのは、一人で行ったほうでした。

話によると弁護士のグリーンさんは留守で、帰宅まで二時間も待たされ、ようやく帰って来たものの、どうしても用があって村へ行かねばならないから、スラッシュクロス屋敷へは朝までには伺う、と言われたのだそうです。

四人で行ったほうも、手ぶらで戻ってきました。お嬢さんは具合が悪くて部屋から出られないといって、ヒースクリフが会わせてくれなかったと言うのです。

そんな作り話を真《ま》に受けて帰ってくるなんて、とわたしは四人を叱りました。旦那さまにはとてもお伝えできません。夜が明けたら自分で下男たちを連れて嵐が丘へ乗り込むことに決めました。おとなしくお嬢さんを渡さなければ、力ずくでも頑張る覚悟です。

絶対にお嬢さんを旦那さまにお引き合わせしなくては、と何度も心に誓いました。ヒースクリフが邪魔などしたら玄関でたたき殺してでも必ず、というほどの勢いです。

でも幸いなことに、そんな必要はなくなったのでございます。

明け方三時頃、わたしは水をとりに下へおり、水さしを手にして玄関を通りかかりました。ちょうどその時、ドアに鋭いノックの音がして、わたしはびくっとしました。

「ああ、グリーンさんね。驚くことはないんだわ」わたしは思い出して、そのまま通り過ぎようとしました。誰かに開けさせればよいと思ったのです。でもノックの音は、大きくはないものの、執拗《しつよう》に続きました。

わたしは水さしを階段の手すりの端の柱に置き、急いで開けに行きました。仲秋の満月が外を明るく照らしています。弁護士ではありません。わたしのかわいいお嬢さんが、すすり泣きながら首にとびついてきました。

「エレン！　エレン！　お父さまは生きていらっしゃる?」

「ええ、ええ、お嬢さん、生きていらっしゃいますとも。無事に戻られて、ありがたいこと！」

お嬢さんは息を切らしながら、それでも旦那さまのお部屋に駆け上がろうとしました。けれどもわたしは無理に椅子にすわらせ、水を飲ませてから、青ざめたお顔を洗って、ほんのり赤みがさすまでエプロンでこすってあげました。そして、まずわたしが先に行って、お帰りになったことをお知らせします、どうかお嬢さん、リントンと幸せになれそうだとおっしゃって下さいね、と頼みました。お嬢さんは目を丸くしましたが、そんな嘘を言わせる理由をすぐに理解し、泣きごとは言わないと約束してくれたのです。

お二人の対面の場に同席するのは遠慮し、十五分ほどお部屋の外で待った後に入ってからも、ベッドのそばにはとても近づけませんでした。

と申しましても、お二人ともとても落ち着いたご様子でした。旦那さまは喜びを、お嬢さんは絶望を、どちらも静かに胸に秘めていらしたからです。見たところごく冷静に、お嬢さんはお父さまを支えていますし、旦那さまもうっとりしたような目で、お嬢さんのお顔をじっと見上げていらっしゃいます。

この上なくお幸せなご最期《さいご》でございましたよ、ロックウッドさま、本当に。お嬢さんの頰にキスをされ、

「お母さんのところへ行くよ。おまえもいつか、わたしたちのもとへおいで」

そうささやかれると、あとは身動きもせず、何もおっしゃらず、うっとり輝く目でお嬢さんを見つめ続けていらっしゃるだけ――いつの間にか脈が止まり、魂が天へ昇って行かれましたが、その正確な時刻が誰にもわからないほど、お苦しみはまったくなかったのです。

涙も涸《か》れてしまったのか、それともあまりの悲しみに涙も流れなかったのか、お嬢さんは日が昇るまでずっとそこに、泣きもせずにすわったままでした。お昼になってもそのままで、放っておいたら旦那さまのそばからずっと離れずに考え込んでいたことでしょう。あちらに行って少し休まなくてはいけません、とわたしから強く申して、従っていただきました。

そうしておいてよかったのです。と申しますのは、昼食時に弁護士が来たからです。弁護士はすでに嵐が丘へ行って、いろいろと指示を受けていました。旦那さまに呼ばれてなかなか来なかったのは、ヒースクリフに買収されていたためだったのです。もっともそのおかげで、お嬢さんが戻られてから旦那さまは、俗事に心を乱されずにすんだのでございました。

弁護士のグリーンさんは、お屋敷内のすべてを取り仕切り始めました。わたし以外の召使いを全部解雇し、委任された権限を利用して、エドガー・リントンは妻の横ではなく教会堂内の先祖代々の墓所に葬るべきだと主張しようとさえしたのです。でも遺言はそんなことを許しませんでしたし、遺言の指示にそむくことには、わたしが声を大にして反対いたしました。

葬儀は急いで行われました。リントン・ヒースクリフ夫人となったお嬢さんは、旦那さまのご遺体がお屋敷を出る時までここにいることを許されました。

お嬢さんの話によると、あまりの嘆きぶりをついにリントンも見かねて、危険をおかして逃がしてくれる気になったそうです。わたしが行かせた男たちが玄関で言い争う声が聞こえ、ヒースクリフの答えも推測できたので、お嬢さんは矢《や》も楯《たて》もたまらない気持ちになったのです。わたしが帰ったあと、リントンは二階の小さい居間に移されていたのですが、お嬢さんの様子にこわくなって、父親が再び上がってくる前に鍵をとってきました。

そして知恵をはたらかせて、鍵をあけたあと、戸を閉めずに鍵だけまわしておき、寝る時間になると、ヘアトンと一緒に寝たいと父親に頼んで、今度だけという許可をもらいました。

お嬢さんは夜明け前にそっと抜け出しました。ドアを開《あ》け閉《た》てすると犬にほえられそうなので、あき部屋をまわって窓を調べたそうです。すると幸いなことに、昔母親の使っていた部屋の格子窓から苦もなく出られ、そばの樅《もみ》の木を伝って地面におりられたとの話でした。リントンは臆病な工夫もむなしく、逃亡に手を貸した咎《とが》でお仕置きにあったようです。

第十五章

お葬式の済んだ晩、お嬢さんとわたしは書斎にすわり、悲しみに沈んで――ことにお嬢さんの悲嘆は限りなく深かったのですが――亡《な》き方《かた》をしのび、また希望の見えない将来について思いをめぐらせ始めていました。

とにかくリントンが生きている間は、お嬢さんがこのスラッシュクロス屋敷に住むのを認めてもらい、リントンにもこちらへ来てもらって、わたしも家政婦として残るのを許してもらう――これがお嬢さんにとって一番望ましい形だと、二人の意見がちょうど一致したところでした。あまりに欲張った希望のようでしたが、わたしは本当にそう願い、実現すれば住み慣れたお屋敷でこれまでどおり働くことができ、何よりも、大事なお嬢さんと離れずにすむ、と考えて、明るい気持ちになりかけていたのです。ところがその時、召使いの一人が――解雇されましたが、まだお屋敷にいたのです――駆け込んできました。あのヒースクリフの悪魔めが中庭を通ってこっちに来ます、やつの鼻先で戸に錠をおろしてやりましょうか、と言うのです。

たとえそんなことを許すほどわたしたちが分別を失っていたとしても、その時間はありませんでした。ノックをするとか名を名乗るとかの作法はまったく抜きで、ヒースクリフが入って来たからです。今やここの主人となったからには、一言も発することなく進入するのは当然の権利というわけなのでしょう。

さっきの召使いの声を頼りに書斎に来ると、中に入って来て手振りで召使いを追い出し、ドアを閉めました。

十八年前に、客としてヒースクリフが通されたのはこの部屋でした。あの時と同じ月の光が窓からさしこみ、外には同じ秋の景色が広がっています。まだろうそくをともしてはいませんでしたが、部屋の中ははっきり見えました。壁の肖像画の中のリントン夫人の美しいお顔、旦那さまの優雅なお顔までよく見えるのでした。

ヒースクリフは暖炉に近寄りました。歳月がたっているのに、あの頃とほとんど変わらず、昔のままに見えました。浅黒い顔がいくらか黄ばみ、落ち着きが増して、ひょっとしたら体重が十数ポンドか二十ポンドふえていたかもしれませんが、あとは変わりありませんでした。

ヒースクリフの姿を見ると、お嬢さんは衝動的に逃げようとして立ち上がりました。

「待て」ヒースクリフはお嬢さんの腕をつかみました。「もう逃がさん！　どこへ行こうというんだ。おまえをうちへ連れ戻しに来たんだからな。これからは言うことをきく娘になるんだ。息子をそそのかしてこれ以上親に反抗させるようなまねは、やめてもらいたい。あいつが共犯だとわかったときには、どう罰したらいいか困った。ちょっとひねれば息が止まるくらいの弱虫だからな。だが、あいつの顔を見れば、充分罰を受けたのがわかるってものさ。おとといの晩にあいつを下へ連れて来て椅子にすわらせたんだが、それからは指一本触れていないぞ。ヘアトンを外に出して親子二人――二時間してからジョウゼフを呼んで二階へ連れて行かせたが、どうもその時以来、おれが幽霊みたいに恐ろしいようだ。そばにいない時でも、おれの姿がしょっちゅう目に見えるらしい。ヘアトンの話だと、夜中に目をさまして長いこと悲鳴を上げ、守ってくれとおまえを呼ぶそうだ。ああいうご立派な旦那を好きかどうかはともかく、おまえにはどうしても来てもらおう。あいつはおまえの管轄だ。すっかり任せる」

「お嬢さんをこのままこちらに住ませて、リントン坊っちゃんをよこされてはいかがですか？　あなたは二人とも嫌いなんですから、寂しいこともないでしょう。そばにいれば気にさわるだけですよ。人情のない人なんですからね、あなたは」とわたしは言いつのりました。

「この屋敷は人に貸すつもりだ。それに、もちろん、子供たちはそばにおきたいさ。そこの娘だって、食わせるからには働いてもらう。リントンが死んだあとまでぜいたくに遊ばせておくつもりはないからな。さあ、急いで支度しろ。よけいな手間をかけさせないでくれよ」

「するわよ」とお嬢さんは答えました。「わたしがこの世で愛せるのはリントンだけ。わたしにリントンを憎ませ、リントンにわたしを憎ませようとして全力を尽くされたようですけど、わたしたちが憎み合うようにするなんて無理ですからね。わたしがそばにいる時にリントンをいじめられるものならいじめてごらんなさい。わたしを脅すなら脅してごらんなさい」

「偉そうな口をきくじゃないか。しかし、あいつをいじめてさっさと片付けてやるほどおまえが好きじゃないんだよ。ゆっくりと苦労を味わってもらおう。あいつがおまえを憎むのは、おれがしむけたわけじゃない。あいつのあの優しい気立てのせいさ。おまえに見捨てられ、そのせいで自分がお仕置きをされたことで、あいつは恨みに思っている。よく帰ってきてくれたと感謝してもらえるなどと考えないほうがいいぞ。パパぐらい強かったらこんな仕返しをしてやるんだ、とあいつが楽しい空想をジラに話しているのを聞いた。意欲はあるから、力はないかわりに悪知恵をいっそう働かせるようになるだろうよ」

「リントンの性格の悪いのはわかっているわ。あなたの息子ですもの。でもわたしはリントンより良い性格だから、リントンを許せるの。それにリントンはわたしを愛している――それがわかっているから、わたしも愛しています。ヒースクリフさん、あなたには愛してくれる人が一人もいないんですね。わたしたちよりみじめな人だから、残酷なことをするんだわ――そう考えると、わたしたちはどんなみじめな目にあわされても気がおさまるでしょうよ。ほんとにみじめなのよね？　悪魔みたいに孤独で嫉妬深いんでしょう？　誰にも愛されず、死んだって誰にも泣いてもらえない――あなたみたいにはなりたくないわ！」

お嬢さんは暗い勝利感のようなものを感じながら言いました。これから一員となる家族の気風に溶け込んで、敵の悲しみに喜びを見出そうと心を決めたかのようでした。

「あと一分でもぐずぐずしてみろ、憎まれ口を後悔させてやる。さっさと行って荷物を支度してこい、このあまっこめ」

義父となったヒースクリフにそう言われ、お嬢さんは嘲《あざけ》り顔をして出て行きました。いない間にわたしはヒースクリフに、このお屋敷での地位をジラに譲るから、かわりにわたしを嵐が丘に行かせてほしい、と頼みましたが、まったく相手にされませんでした。黙ってろ、とわたしに命じてから、ヒースクリフは初めて部屋の中を見まわしました。壁の肖像画に目をとめると、リントン夫人の肖像をしげしげと見つめました。

「あれをうちに持って帰ろう。必要だというわけじゃないが……」

そこまで言い出すと、ヒースクリフは急に暖炉のほうを向いて言葉を切り、微笑としか言いようのないものを浮かべた顔で続けました。

「昨日やったことを話してやろうか。エドガーの墓を掘っている寺男に、キャシーの棺《ひつぎ》の上の土をどけさせて、蓋《ふた》をあけてみたんだ。キャシーの顔を見たとき――今もまだ、生きていた頃のままだったよ――一緒におれも入ろうかと思った。そうしてじっと動かずにいたから、寺男は困っていたが、空気があたると様子が変わってしまうと言う。だからおれは、棺の片側をたたいてゆるめてから土をかけた。エドガーの棺が入るほうの側じゃない。ちくしょう、エドガーなんか、鉛でかためて埋めてやればよかった。それからおれは寺男に金をやって、おれがそこに埋められる時が来たら、今ゆるめた板をはずして、おれの棺の横板もはずすように言いつけたんだ。はずせるように作らせるつもりだからな。そうしておけば、エドガーのやつがこっちにくずれてくる頃には、おれたち二人は一つになって、区別できなくなっているわけさ！」

「なんてひどいことを！　死んだ人の眠りを妨《さまた》げたりして、恥ずかしくないんですか、ヒースクリフさん」とわたしは声高に言いました。

「誰の妨げもしてないさ、ネリー。自分をいくらか楽にしただけだ。これでおれはずっと安らかな気持ちになったし、死んでからおれが地上にさまよい出てくる心配もほとんどなくなるだろうよ。キャシーの眠りを妨げた？　とんでもない！　あいつがおれの心を乱してきたんだ。昨日まで十八年間、昼も夜も絶え間なく、情け容赦もなく。やっとゆうべになって、おれは安らかに眠れたよ。夢の中でおれは心臓も止まっていて、キャシーの横で永遠の眠りについていた——冷えきった頰をキャシーの頰にぴったり寄せて」

「では、もしあの方が朽《く》ち果《は》てて土になっていたり、あるいはもっと醜い姿になっていたりしたら、いったいどんな夢を見ていたでしょう？」

「キャシーと一緒に朽ちて、もっと幸せになる夢だよ。そんな変化など、おれが恐れると思うのか。蓋をあける時に覚悟はできていた。おれが入って一緒になるまで変わらない姿でいてくれそうだから、なおさら嬉しいのは確かだがな。それに、表情のないあの静かな顔をしっかり心に刻みつけなかったら、おれの妙な幻覚は消えなかっただろう。おかしなふうに始まった幻覚なんだ。キャシーが死んだあと、おれは気が狂ったようになっていたのさ。夜が明ければ次の夜明けまで一日じゅう、おれのところに戻ってこい、とキャシーに——キャシーの霊魂に祈り続けた。おれは亡霊がいると固く信じている。この世に存在しうる、いや、存在していると確信しているんだ。

キャシーが葬られた日には雪がふったな。夕暮れ時におれは墓地へ行った。冬のような冷たい風が吹いて、人影はない。あの間抜け亭主がそんな時間に谷を上ってくる心配はなかったし、墓地に用のあるやつがほかにいるわけもなかった。

おれは一人、キャシーとおれを隔《へだ》てるのは二ヤードのやわらかい土だけ——そう考えて、おれは思った。

『キャシーをもう一度この腕に抱こう。冷たくなっていても、北風のせいで寒いと思えばいい。動かないのは眠っているのだと思えばいい』

物置から鋤《すき》を持って来て、力いっぱい掘り始めた。鋤が棺をこする。今度は手でやることにした。ねじ釘のまわりの板がみしみしと軋《きし》み始め、もう少しでキャシーに手が届きそうになった時、おれの頭の上でため息が聞こえたような気がした。墓穴のふちに誰かかがみこんでいるようだった。『この蓋さえはがせたらな』おれはつぶやいた。『上から土をかけて、二人一緒に埋めてほしいものだ』そしてますます必死で、こじあけにかかったよ。すると耳のそばで、また一つため息がする。みぞれまじりの風にかわって、その温かい息が感じられた気がした。肉体を備えた生き物が近くにいるわけはない。だが、闇で姿は見えなくとも近づく相手の気配がわかるように、おれはキャシーがいるのをはっきり感じた——足元の地中ではなく、この地上にだ。

急にほっとして、心臓から手足へと安堵感《あんどかん》が流れて行った。おれは苦しい作業をやめて、救われたような気持ちでふり返った。言いようもなく慰められた気持ちだったよ。おれにはキャシーがついていた。墓穴に土を戻している間そばにいてくれ、家へと連れ帰ってくれたんだ。笑いたければ笑っていい。家でキャシーに会える、キャシーはそばにいる、と信じていたから、話しかけずにはいられなかったよ。

嵐が丘に着くと、無我夢中で玄関へ走った。扉には鍵がかかっていて、いまいましいヒンドリーとおれの女房がおれを入れまいとしたんだ。ヒンドリーを息が止まるほど蹴ってやり、それからおれは二階の自分の部屋へ、おれとキャシーの部屋へと駆け上がった。そして、もどかしい気持ちで部屋の中を見まわした。そばにキャシーがいる――ほとんど見えそうなのに、それがどうしても見えないんだ！　恋しさがつのって苦悶になり、一目会いたいと願う気持ちが燃える思いになって、血の汗を流していたに違いない。とにかく一目も見られなかった。生きていた時と同じように、悪魔みたいな仕打ちさ。そしておれはその時以来、時によって差はあるものの、耐えがたい責め苦にさいなまれてきた。地獄みたいで、神経はずっと張りつめっぱなし――腸線《ガット》のような強い神経でなかったら、とっくにゆるんでリントンなみになっていただろう。

たとえばへアトンと居間にすわっていると、いま外へ出ればキャシーに会えるような気がしてくる。荒野を歩いていると、帰れば会えそうな気がするし、家を出ても急いで帰ってくる。嵐が丘のどこかに、間違いなくキャシーはいる、と思っていたんだから。キャシーの部屋で寝てみても、とても横になっていられずに、音《ね》をあげて退散したよ。目を閉じるとそのとたんに、キャシーが窓の外に現れたり、鏡板をあけたり、ドアから入ってきたり、さもなければ小さい頃と同じように、おれの枕にあのかわいい頭をのせたりするんだ。目をあけて見ずにはいられんじゃないか。それで目をあけたり閉じたり、一晩に百回も繰り返して、そのたびにがっかりする——拷問《ごうもん》だったよ。うめき声を立てることもしょっちゅうだから、ジョウゼフのやつ、おれが良心に責めたてられていると思い込んだくらいだ。

キャシーの顔を見てきたから、今は心もしずまった——少しだがな。妙な殺し方だよ。一寸刻みどころじゃない、髪の毛一筋を何分の一かに切り刻むみたいなやり方で、十八年間、幻の希望でおれをだましながら、じわじわと殺していくとはな！」

ヒースクリフは言葉を切ると、額を拭きました。髪が汗でぬれて、額についています。目は暖炉の赤い残り火に向けられ、眉はしかめるかわりにこめかみへとつり上がっていて、恐ろしい顔つきがいくらかやわらいでいました。苦悩に満ち、一つのことを思いつめて痛々しいほど緊張している表情なのです。わたしに聞かせるというより、半分は独《ひと》り言《ごと》のようなものでしたので、わたしは黙っていました。あの人の話はあまり聞きたくありませんでしたしねえ。

少しするとヒースクリフは、また肖像画を見つめ始め、壁からおろしてソファに立てかけて見やすくしました。そしてじっと眺めているところにお嬢さんが入ってきて、出発の用意はできました、あとは小馬に鞍をおくだけです、と言いました。

「その絵は明日、うちへ届けさせてくれ」ヒースクリフはわたしにそう命じてから、お嬢さんのほうをふり向いて言いました。「小馬はいらんよ。気持ちよく晴れた晩だし、嵐が丘では小馬なんか必要ない。どこへ行くにも自分の足を使うんだ。さあ、行くぞ」

「さよなら、エレン」わたしの大事なお嬢さんは小声で言いました。キスしてくれた唇が氷のような冷たさでした。「会いに来てね、エレン、約束よ」

「そんなことはしないようにな、ディーンさん。話があればおれがここに来る。おれの家をあんたにのぞかれたくないんだ」

お嬢さんの父親になったヒースクリフは、前を歩くようにとお嬢さんに身振りで命じました。お嬢さんはちらっとこちらをふり返ってから歩き始めましたが、そのまなざしときたら、わたしは胸が張り裂ける思いでございましたよ。

二人が庭を遠ざかって行くのを、わたしは窓から見送りました。ヒースクリフがお嬢さんの腕をとって、脇にかかえこんでいます。きっとお嬢さんは、手をとられるのに抵抗したことでしょう。そのお嬢さんをせかしながらヒースクリフは足早に小道に入り、木々に隠れて二人の姿は見えなくなりました。

第十六章

わたしは一度嵐が丘を訪ねましたが、お嬢さんには会っておりません。お嬢さんの様子をたずねに行ったのに、ジョウゼフがドアをおさえていて、どうしても入れてくれませんでした。奥さんは「大忙し」だし、旦那さまはお留守だと言うのです。ジラからいくらか話を聞けたからよいようなものの、さもなければ、あちらで誰が死んで、誰が生きているのかさえわからなかったことでしょう。

ジラときたら、お嬢さんをいやに偉そうだと思って、嫌っているのです。話しぶりでわかります。あちらに行ったばかりでお嬢さんはジラに何か手助けを頼んだようです。が、自分のことは自分でさせろ、おまえは自分の用をしていればいいんだ、とヒースクリフに言われて、喜んでそれに従ったんですよ、なにしろジラは心の狭い、利己主義な人ですからね。お嬢さんはジラの冷たい態度に子供のように腹を立てて、軽蔑でお返しをしたのでしょう。その結果、とりたててひどい仕打ちをされたわけでもないのに、ジラとは敵になったのです。

あれは六週間ほど前ですから、ロックウッドさまがお見えになる少し前のことですが、わたしはジラと長話をいたしました。荒野で出会ったものですから。その時、こう申しておりました。

「奥さんが嵐が丘に着いた晩のことだけどね。あの人、あたしやジョウゼフに今晩の挨拶もしないで、二階へ駆け上がってリントン坊っちゃんの部屋へ入ったきり、ずっと出てこないのよ、朝まで。朝になって旦那さんとヘアトンが食事しているところに入ってきて、『お医者を呼んで下さい、リントンの具合がとても悪いんです』って言うのよね、ぶるぶる震えながら。

『そんなことはわかってるさ。しかし、あいつの命には一文の価値もない。そんなやつに一文だってかけるつもりはないね』って旦那さんが答えたら、奥さんはね、こうなの。

『でも、どうしたらいいか、わたしにはわからないんです。力を貸していただかないと、リントンは死んでしまうわ』

『部屋から出て行け！　あいつのことは二度とおれに言うな！　あいつがどうなろう

と、気にする者は一人もいないんだ。気になるなら自分で看病してやれ。気にならなければ鍵をかけて放っておけばいい』

旦那さんにこう言われたもんで、今度はあたしにうるさく頼み込んでくるじゃないの。だから言ったのよ、『あんなやっかいな坊やなんか、もう願い下げですよ。めいめい自分の仕事ってものがあって、坊っちゃんのお世話は奥さんの仕事。それに旦那さんからも、奥さんに任せておけって言われてますからね』って。

どんな毎日だったかわからないけど、坊っちゃんはすごくいらいらして、夜も昼もうめいてたでしょうね。奥さんはほとんど休んでなかったみたい――あんな青ざめた顔で腫《は》れぼったい目をしてるのを見ればわかったわよ。途方にくれた様子で時々台所に入ってきて、助けてもらいたそうだったけど、旦那さんの言いつけにそむくようなこと、できなかったわ。そんな恐ろしいこと、とてもできませんよ、ディーンさん。ケネス先生を呼ばないのはひどいと思ったけど、あたしの知ったことじゃなし、文句をつけたり、こうしなさいと言ったりする立場じゃないもの。かかわり合いを避けてきたのよ。

みんな寝静まった時間にたまたまドアを開けたら、奥さんが階段のてっぺんにすわって泣いてたことが一、二回あったわ。あわててドアを閉めたけどね。同情してよけいなことしちゃうとまずいからさ。あの時はほんとに、かわいそうだと思ったわよ。でも、あたしだって首になりたくないもんね。

とうとうある晩に、奥さんは思いきった行動に出たのよ。あたしの部屋に入って来て、びっくり仰天させるじゃないの、こう言ったわ。

『ヒースクリフさんに言って。リントンが死にそうだって。今度は間違いないと思うわ。さあ、すぐ起きて、言ってきてよ』

それだけ言うと、奥さんは姿を消したの。あたしは十五分くらい、横になったまま震えながら耳をすましてたけど、物音一つせず、家中静まりかえっていました。

奥さんの思い違いね、持ち直したんでしょう、出て行って騒がすことはないわ——自分にそう言い聞かせてうとうとし始めたんだけど、今度は高い呼《よ》び鈴《りん》の音で、また目をさまさせられました。リントン坊っちゃんのためにつけた、家でたった一つの呼び鈴なの。どうしたのか見てこい、二度とあんなうるさい音を立てないように言っておけよ、と旦那さんのお言いつけです。

あたしがさっきの奥さんの言葉を伝えると、旦那さんは悪態をついてたけど、少しするとろうそくを持って出て来て坊っちゃんたちの部屋に向かったので、あたしもついて行きました。奥さんはベッドのそばにすわって、両手を膝の上で握りしめていたの。旦那さんは近づくと坊っちゃんの顔に明かりをかざして眺め、さわってみてから、奥さんをふり向いて訊ねました。

『さて、キャサリン、どんな気持ちかね？』

奥さんは答えません。

『どんな気持ちなんだ、キャサリン』

旦那さんはもう一度聞いたわ。

『リントンは安全なところに、わたしは自由になったのね。気分がよくていいはずだけど』奥さんは辛辣《しんらつ》にならずにいられなくて続けたの。『あまり長い間、一人きりで死と戦わせられたせいで、感じたり見たりできるのは死だけ！　自分が死んだような感じよ』

そう、ほんとにそんな感じに見えたわよ。あたし、ぶどう酒を少しあげたわ。ヘアトンとジョウゼフも、呼び鈴や足音で目をさまして、部屋の外であたしたちの話を聞いていたんだけど、その時入ってきました。坊っちゃんの亡くなったのを、ジョウゼフは喜んでたわね。ヘアトンは少し困った様子で、でも坊っちゃんのことより奥さんを見つめることのほうに気をとられてるみたいだった。でも旦那さんはヘアトンに、おまえには用はない、ベッドに戻れ、と命じました。それからジョウゼフに言いつけて遺体を自分の部屋に運ばせると、あたしにも部屋に帰れと言ったので、奥さん一人があとに残ったわけ。

朝になって、あたしは旦那さんに言われて、朝食におりてくるように って奥さんを呼びに行ったの。もう服を脱いで、寝ようとしているところだったらしく、具合が悪いって言いました。無理もないと思ったわ。旦那さんに伝えるとこういう返事よ。

『そうか、じゃ葬式が終るまでそのままにしておけ。時々のぞいて必要なものは持って行ってやるんだ。良くなったようだと思ったら、すぐおれに知らせろよ』

ジラの話では、お嬢さんは二週間のあいだ二階にこもっていたそうです。ジラは一日に二回、部屋へ様子を見に行き、もっと優しくしたかったけど、親切にしようとするとすぐにあの人、お高くとまってはねつけるんだからさ、と申しました。

リントンの遺言状を見せるために、ヒースクリフも一度だけ部屋へ行きました。リントンは、自分の動産もお嬢さんのものだった動産も、全部父親にのこしていました。うちの旦那さまが亡くなる前後、お嬢さんが一週間こちらを留守にした間に、気の毒にも脅されたか言いくるめられたかして、そんな遺言状を書いてしまったのでしょう。未成年だったので地所には力が及ばなかったのですが、ヒースクリフはそれも妻と自分の権利だと主張して、手に入れてしまいました。たぶん合法的だったのでしょうね。いずれにしても、お金も味方もないお嬢さんには、とられるのをどうすることもできなかったのでございます。

「その時を除くと、あたし以外には誰も奥さんの部屋に近づかないし、様子を聞きもしないのよ」とジラは言いました。「はじめて居間におりてきたのは日曜日の午後だったわ。お昼の食事を上へ運んだときに、こんな寒いところにはもういられない、って奥さんが言うんで、あたしは話したのよ、旦那さんはスラッシュクロスのお屋敷に行かれる予定だし、おりてこられてもヘアトンとあたしは全然かまいませんよ、ってね。そこで旦那さんの馬の蹄《ひづめ》の音が遠ざかるとすぐに、奥さん、おりてきたわけ。黒い服を着て、金色の巻き毛はクエーカー教徒みたいに地味に、耳のうしろになでつけて。綺麗にとかしきれなかったんでしょうね。

ジョウゼフとあたしは、日曜日はたいてい礼拝堂に行くんですよ。(教会にはいま牧師さんがいませんのでね、ギマートンにあるメソジストだかバプティストだかの会堂を礼拝堂と呼んでいますのよ、とここでディーンさんが説明してくれた。）で、ジョウゼフは行ったんですけど、あたしは家に残ったほうがいいと思ったの。若い人たちには年上の者の監督があるほうがいいし、ヘアトンは恥ずかしがりだけど、お行儀はとても模範的とは言えないしねえ。あたし、ヘアトンに言っておいたの——いとこのキャサリンさんがたぶんこの部屋におりてくると思うけどね、安息日を守るおうちで育ってきた人だから、ここにいる間は、あんたも鉄砲をいじったり、部屋での仕事をしたりするのは遠慮するのよ、って。

ヘアトンはこれを聞いて赤くなり、自分の服や両手に目をやっていたわ。鯨油も火薬も、見えないところにさっと片付けてしまって、どうやら自分がお相手するつもりらしくて、ちゃんとした恰好をしたいらしいのよね。だからあたし、笑いながら——旦那さんがそばにいたら、笑うなんてとてもできないんですけどね——よかったら手伝ってあげようか、って言って、どぎまぎするのを見てからかっちゃった。ヘアトンはふくれて、ちくしょう、とかなんとか言ってたわね」

そんな態度にわたしが機嫌をそこねているのを見て、ジラは続けて言いました。「ねえ、ディーンさん、そりゃあ、あんたとしては、お宅のお嬢さんはヘアトンさんなんかにはもったいないと思ってるでしょうしね。その通りかもしれませんよ。だけど正直言わせてもらえば、あの思い上がりは少し直してほしいもんだわ。学問があろうが上品だろうが、今となってはそんなこと、何の役にも立たないんじゃない？　あんたやあたしと同じくらい、いいえ、あたしたち以上に貧乏なんだもの。あんたはしっかりたくわえてるに違いないし、あたしも少しは頑張ってますしね」

ヘアトンはジラの手を借りて身なりを整え、ジラにおだてられて機嫌を直したようです。お嬢さんがおりてきたときには、前に侮辱されたことも忘れたかのように、感じよくしようとしたそうなのです。ジラはこんなふうに申しました。

「奥さんが入ってきたの。つららみたいに冷たく、王女さまみたいにお高くとまって。あたしは立って、すわっていた肘掛け椅子をすすめたんだけど、いいえ、けっこう、とばかりに、つんと上を向くのよ。せっかくの好意にさ。ヘアトンも立ち上がって、火に近いから長椅子にすわるといい、凍え死にしそうになってるだろうから、って言ったの。『ひと月以上もずっと、凍え死にしそうだったわ』ですって。凍え死にっていうところに力を入れて、徹底的に軽蔑したように返事をするのよ。

そして自分で椅子を持ってきて、あたしたちから離れたところに置いてすわりました。

身体が温まってくるとまわりを見回して、食器棚の上に本がたくさんのっているのを見つけたの。すぐ立ち上がってとろうとしたけど、高すぎて手が届かないのよね。その様子を見ていたヘアトンがやっと勇気をふるいおこして進み出て、最初にさわった何冊かをとると、奥さんが持ち上げた服の裾のところに入れてあげました。

ヘアトンにとってはずいぶん思いきった行動でしたよ。お礼も言われなかったけど、手助けさせてもらえただけで満足だったみたい。どんな本か調べ始めた奥さんのうしろに立って、おもしろそうな古い絵が出てくると、身をかがめて指さしたりさえするのよ。指さしているページを邪険にめくられたってひるまず、少しうしろにさがって、本のかわりに奥さんを眺めて満足していたりして。

奥さんは本を読み続け——いいえ、読むところをさがしていたのかしらね。その絹のようにすべすべした豊かな巻き毛に、ヘアトンの目は引き寄せられていったの。顔は見えないし、相手にもヘアトンは見えません。子供がろうそくの火にひきつけられるみたいに、たぶん自分では無意識だったんでしょうけど、見つめているものにさわりたくなって——そう、片方の手をのばして巻き毛の一つをなでたの。小鳥でもなでるようにそうっと。そのとたんに、あの人ったらまるで首すじにナイフでも突き刺されたような勢いで、ぎくっとしてふり返るの。

『離れて！　今すぐ！　さわるなんてどういうつもり？　そんなところにぐずぐずして。あなたなんか見たくもない。近づいてきたら、二階に戻りますからね』って、いかにも不快そうに大声を出してね。

ヘアトンさんはすごすごと引き下がって、おとなしく長椅子にすわり、奥さんは本のページをめくって、三十分くらいたった頃かしら、とうとうヘアトンさんがあたしのところに来て小声でこう言いました。

『本を読んで聞かせてくれるように頼んでおくれよ、ジラ。何もしないでいるのには飽き飽きした。それにあの人の読むのが聞きたいしさ。おれが言ったなんて内緒にして、あんたから頼んでほしいんだが』

『奥さん、ヘアトンさんが本を読んでいただきたいそうです。読んでいただけたらとてもありがたい、ぜひともお願いしたいとのことですよ』って、あたしはすぐさま言ったの。そしたらあの人、いやな顔をして本から目を上げて、こうよ。

『ヘアトンさん、それにほかの人にも、はっきり言っておきます。みなさんの、いかにも善人ぶった親切ごかしなんか、いっさいお断りなの。あなた方を軽蔑してるし、口をききたくもないのよ。ひとことの優しい言葉、いえ、一人でも顔を見せてくれたら命をあげてもいいと思っていたときには、誰ひとり来なかったじゃないの。今さら愚痴《ぐち》をこぼすつもりはないわ。わたしはただ、寒いからおりて来たのよ。みなさんを楽しませるためでもなければ、一緒に楽しく過ごすためでもないんですからね』

『おれが何したって言うんだい？　なぜおれが咎《とが》め立てされなきゃならないんだ？』

『ああ、あなたは別。来てほしいと思ったことさえないわ、あなたみたいな人』

この高飛車な物言いにあおられて、ヘアトンさんは思わず言いました。

『だけどおれ、あんたのかわりに通夜をさせてくれって、ヒースクリフさんに何度も頼んだんだぜ』

『黙ってて。あなたの不愉快な声を聞かされるくらいなら、外へでもどこへでも出て行くほうがましよ』

それなら地獄にでも行くがいいさ、ってヘアトンはつぶやいて、壁にかけてあった鉄砲をおろすと、もう憚《はばか》ることなく、いつもの日曜日の日課にとりかかりました。

ヘアトンの口も遠慮がとれて動くようになり、奥さんはそろそろ二階に引き上げようと思ったようでしたが、寒さが厳しくてね、ますますあたしたちといるしかなくなったわけ。いくら気位の高いあの人といってもね。だけどあたしも、お人よしをこれ以上馬鹿にされてはいられないと思って、あれ以来、負けないくらい突《つ》っけんどんにしているのよ。あの人を愛してるだとか好きだとか思う人は、うちには一人もいません。あれじゃ当然でしょ？　ちょっと何か言えば、誰にでも突っかかって、旦那さんにだって噛みつかんばかり、ぶつのならぶてば、って挑むのよ。打たれれば打たれるほどひどくなるわ」

ジラからこの話を聞いて、最初わたしは、お屋敷をやめて家を借りよう、そこでお嬢さんと二人で暮せばいい、と思ったものでございます。でも、ヒースクリフが許すはずはありません。ヘアトンに家をかまえさせるように提案するのと同じで、無理な話です。わたしには今のところ、どうしたらよいのか、何の知恵も浮かばないのです。お嬢さんが再婚でもなされば別ですが、そのような計画は、とてもわたしの手の届く範囲の事柄ではございませんもの。

ディーンさんの話はこうして終った。医者の予想に反して、ぼくの体力は急速に回復しつつある。まだ一月の二週目だが、一、二日のうちに嵐が丘へ馬で行き、家主であるヒースクリフに話をするつもりだ――これから半年間ロンドンで過ごす予定です、と。十月以降の借り手をさがしたければさがすとよい。もうひと冬ここで過ごす気にはとてもなれないからだ。

第十七章

昨日はよく晴れた穏やかな日で、凍えるほどの寒さだった。ぼくは予定通り嵐が丘に行った。お嬢さんに短い手紙を届けてほしいとディーンさんに頼まれたので、拒めなかった。善良なディーンさんが何の不都合もないと考えているなら、断る理由はない。

玄関の扉は開いていたが、門はこの前と同じように、用心深く閉じられていた。ノックをすると、ヘアトンが花壇の間から出てきて鎖をはずしてくれたので、中に入った。田舎者にしてはハンサムな青年だ。ぼくも今回はよく観察してみたが、どうやらせっかくの容姿をあえて隠そうと努力しているらしいと思えるほどだ。

ヒースクリフさんは在宅かと聞くと、今は留守だが、昼食の時間には戻るだろうとのこと。もう十一時だったので、入って待たせてもらいたい、と言ったら、ヘアトンはすぐ道具を放り出して案内してくれた。主人の代理というより、番犬役という様子だった。

一緒に入って行くと、キャサリンが部屋にいて、昼食の支度らしく野菜を切っている。

初めて会ったときより不機嫌で、元気もない。目を上げてこちらを見ることもなく、前回同様、常識的な礼儀作法を無視して仕事を続けている。ぼくが会釈して挨拶をしても、まったく知らん顔をしているのだ。

ディーンさんの話ほど気立てが良い人とは思えないな、確かに美人だが、心の優しさはないようだ、とぼくは思った。

野菜を台所に持って行けよ、とヘアトンは不機嫌そうに言った。

切り終ったキャサリンは、「自分で持って行きなさいよ」と言って、ヘアトンのほうへ押しやると、窓ぎわの腰掛けにすわって、膝においたカブの皮を小鳥や動物の形に切り始めた。

ぼくは庭を眺めに行くふりをして近づき、ディーンさんの手紙をその膝にそっと落とした。我ながらうまくやったし、ヘアトンにも気づかれなかった。それなのにキャサリンが

「これ、何ですの?」

と言って、手紙を膝から払い落としてしまったのだ。

「古いお知り合い——スラッシュクロスの家政婦さんからのお手紙ですよ」

ぼくは答えた。せっかくの親切を台なしにされて腹が立ったし、ぼくからの手紙だと思われては大変、という気持ちだった。

ディーンさんからと聞いたキャサリンは喜んで拾おうとしたが、ヘアトンのほうが早かった。手紙をつかむとチョッキにしまい、ヒースクリフさんに見せてからだ、と言う。キャサリンは黙って顔をそむけ、そっとハンカチをとり出して目にあてた。ヘアトンは、心を動かされまいとしばらく葛藤《かっとう》を続けた末に、とうとう手紙を引っぱり出し、努めて無愛想にキャサリンの足元近くに放り出した。キャサリンは拾って熱心に読んだ。そして実家の人たちについて、時には筋の通らないことも含めて、ぼくにいろいろ質問し始めた。それがすむと丘のほうを眺めながら、小声で独り言を言った。

「ミニーに乗って向こうへ行ってみたい！　あそこに登りたい！　ああ、もういやになったわ。うんざりなのよ、ヘアトン」

それから窓わくに美しい頭をつけて、あくびともため息ともつかない息をつき、ぼんやりと悲しげな表情に沈んだ。ぼくたちの視線には気づかないのか、あるいは気にかけていない様子だった。

ぼくはしばらく黙ってすわっていたあとで言った。

「奥さん、ご存じないでしょうが、ぼくはあなたをよく知っています。話しかけて下さらないのを不思議に思ってしまうくらいです。なにしろうちの家政婦は、いつもあなたのことを話して、ほめてばかりいるんです。あなたの近況も伺《うかが》わず、お返事もいただかずに帰ったら、どんなにがっかりすることか。手紙は受け取られた、お言葉は何もなしだった、という報告ではね」

キャサリンは驚いたらしく、

「エレンはあなたに好意を持っています？」と訊ねた。

「ええ、とても」とぼくは迷わず答えた。

「じゃ伝えて下さい。お返事は書きたいけれど書くものがない、ページを破いて使おうにも、一冊の本もないんだって」

「一冊も？」ぼくは声高に言ってしまった。

「失礼ですが、こんなところで本なしで、どうやって暮していらっしゃるのでしょう。スラッシュクロスにはたくさん本があるのに、ぼくはいつも退屈してるんです。もし本をとり上げられたら、きっとどうかしてしまいますよ！」

「本があった時には、わたしだっていつも読んでいました。でもヒースクリフさんは全然読まない人なので、わたしの本も始末しようと思い立ったんです。本と名のつくものを見かけなくなって何週間にもなります。一度だけジョウゼフの宗教書をあさって怒られたことがあるし、一度は、ヘアトン、あなたが部屋に隠している本を見つけたわ。ラテン語やギリシア語の本、物語や詩集——どれもわたしがよく知っている、なつかしい本よ。詩の本はここに持って来てるわ。なんでも集めたがるカササギが銀のスプーンを持ってくるみたいに、あなたはただ盗むのが楽しいからって、ああいう本を集めたのね。だってあなたには何の役にも立たないでしょ？　それとも、自分が読めないから、人にも読ませるものかっていう意地悪で隠したのかしら。ひょっとしたら、あなたが妬《ねた》み心からヒースクリフさんにそそのかしたのかも——わたしの宝物を奪うことを。でも本の中身の大部分はこの頭に書きつけ、心に印刷してあるの。それはさすがに盗めないわよ」

秘密の蔵書のことを言われてヘアトンは真っ赤になり、キャサリンの非難に憤慨して、どもりながら抗議した。

「ヘアトン君は知識をふやしたいと思っているんですよ。あなたの学識を妬んでいるのではなく、自分も負けまいと励みにしているのでしょう。何年かしたら立派に学問が身につきますよ」とぼくはヘアトンに味方して言った。

「その間にわたしをお馬鹿さんにしてしまいたいのよ」とキャサリンは答えた。「この人が一字一字拾い読みするのを聞いてると、ほんとに見事な間違いをするんだから！『チェヴィ・チェイス』をまた読んでくれない？　昨日みたいに。聞いてたのよ。とってもおかしかったわ。むずかしい言葉を辞書で調べようとして、説明が読めないからって悪態をついているのも聞こえていたわね」

無学を笑われ、勉強しようという努力まで笑われるとはあんまりだ、とヘアトンが感じているのは明らかだった。ぼくもそう思ったし、無知蒙昧《もうまい》に育てられたヘアトンが、その闇に初めて光をともそうとした時の話をディーンさんから聞かされたのも思い出したのでこう言った。

「いや、奥さん、誰だってはじめは初心者で、入口でつまずいたりよろけたりしたに決まっています。もし先生たちが助けの手を差しのべてくれずに嘲《あざけ》り笑っていたら、きっと今でもつまずいたりよろけたりしていたでしょう」

「あら、別にわたしは、勉強の邪魔をしようというわけじゃないんです。でもヘアトンだって、わたしの本を勝手に持ち出して、ひどい間違いや発音でそれをすっかり冗談にしてしまう権利はないでしょう？　お話の本も詩の本も、わたしには思い出のある神聖なものだったのに、あんな読み方をされたら、まるで冒瀆《ぼうとく》されるようでいやなの。しかも選《よ》りに選《よ》って、わたしが繰り返し読みたい、一番好きな本ばかり、わざとするみたいに持って行ったんですからね」

ヘアトンは黙ったままで、しばらくの間、胸だけを波打たせていた。激しい怒りと悔しさをおさえるのは容易なことではなかっただろう。

ヘアトンに恥ずかしい思いをさせまいという紳士的な配慮から、ぼくは立ち上がって戸口のほうへ行き、外の景色を眺めた。

ヘアトンも同じように立って、部屋を出て行ったが、まもなく戻ってきた。両手に数冊の本を抱えている。それをキャサリンの膝に投げ出すと大声で言った。

「返すよ。こんな本なんか、二度と聞くのも読むのも考えるのもごめんだ」

「わたしだっていらない！　あなたを連想するから、もう好きになれないもの」

キャサリンは、何度も読み返したのが明らかな一冊を広げ、初心者のようなたどたどしい読み方でその一節を読んでみせると、笑い声をあげて投げ捨てた。そしてさらに、

「いい？　聞いてて」と挑発的に言って、古い物語詩《バラッド》を同じように読み始めた。

　だが、ヘアトンの自尊心が耐えられる屈辱は限界にきていた。生意気な口を黙らせるための平手打ちの音が聞こえたが、それも無理はない、とぼくには思われた。教養はないにしろ感じやすいヘアトンの心を、キャサリンは意地悪く、思いきり傷つけたのだ。借りを返すための仕返しの方法として、ヘアトンは腕力に訴えるしかなかったのである。

　やがてヘアトンは、本を拾い集めて暖炉に投げ込んでしまった。しかし、その腹立ちまぎれの行為にどれほどの苦痛を感じているかは、その表情に見てとれた。灰になっていく本を眺めながら、それまでに与えてくれた喜び、この先得られたはずの達成感と、いっそう深まる喜びなどを考えていたに違いない。こっそり勉強していた理由も、ぼくにはわかるような気がした。労働と素朴な動物的快楽で満足していた毎日――そこにキャサリンが現れたのだ。キャサリンに軽蔑される恥ずかしさとほめられたい一心で、初めて向上心が芽生えたにもかかわらず、嘲笑を免れ、賞賛を得るための努力はまったく逆の結果になってしまった。

「ほうらね。あなたみたいな獣《けだもの》が本を持ったって、火にくべるぐらいが関の山よ」キャサリンは傷ついた唇をなめながら、憤慨した目で炎を見つめた。

「おとなしく黙ったほうが身のためだぞ」ヘアトンは狂暴な口調でそう答えた。そして興奮のあまり、それ以上言葉にできないまま足早に戸口のほうに近づいてきたので、ぼくは道をあけた。ところが出入口の敷石もまたがないうちに、ヘアトンはヒースクリフと鉢合わせしてしまった。ちょうど敷石道を帰ってきたヒースクリフが、ヘアトンの肩に手をかけて、声をかけたのだ。

「どうした、ヘアトン」

「いいや、別に、何でもないさ」ヘアトンはそれを振り払って立ち去った。悲しみと怒りで一杯で、一人になりたかったのだろう。

ヒースクリフはその後ろ姿を見つめて、ため息をついた。

「自分のもくろみを自分で邪魔するのも妙なものだが」ぼくがうしろにいることに気づかないで、ヒースクリフはつぶやいた。「しかし、あいつの父親の面影を見ようと思うのに、あいつの顔には日ましにはっきりと彼女が見えてくる。どうしてあんなに似てるんだ。見るのも耐えきれん」

ヒースクリフは視線を落としたまま、不機嫌な顔で入ってきた。それまで見たこともないほど落ち着きのない、不安そうな表情で、前よりやせたようだった。

キャサリンは窓ごしにヒースクリフの姿を見つけるとすぐに台所に逃げ込んでしまったので、そこにいたのはぼく一人だった。

「また外出できるようになられたようで、良かったですな、ロックウッドさん」ヒースクリフは、ぼくの挨拶に答えてそう言った。「良かったと申すのも、こちらの都合もあってのことでしてね。なにしろこんな田舎ですからね、あなたに死なれたら次の借り手はそう簡単に見つからないわけでして。だいたい、どうしてあなたがここへ来られたのか、ずっと不思議に思っていたくらいです」

「ふとした気まぐれでしょうね」とぼくは答えた。「今度、こっそりぼくが消えてしまいそうなのも、一種の気まぐれのせいでしてね。実は来週、ロンドンに発《た》とうと思います。そして今のうちに申し上げておきますが、スラッシュクロス屋敷の契約は、はじめの十二ヵ月以上、延長する気持ちはありませんので。あそこに住むことはもうないでしょう」

「ああ、そうですか。隠遁《いんとん》生活にも飽きたってわけですな？　だが、屋敷を留守にするから家賃をまけてくれ、と言いにいらしたのなら無駄骨でした。わたしはどなたからでも、いただくものはきっちりいただく主義ですから」

「まけてもらおうなんて、そんなつもりはちっともありませんよ」ぼくはかっとして言った。「もしお望みなら、たった今お支払いしようじゃありませんか」そう言いながらポケットから小切手帳を出した。

ヒースクリフは落ち着き払って答えた。

「いやいや、もし戻って来ることがなくても、こちらが損をしないだけのものはおいて行って下さるだろう。わたしはそんなに急ぐわけじゃないし、とにかくすわって、昼飯を食べて行って下さい。だいたい、二度と来るおそれのないお客は、歓迎されるものですよ。キャサリン、食事の支度だ。どこにいる？」

キャサリンは、ナイフとフォークを盆にのせて入ってきた。

「おまえはジョウゼフと食事だ。そしてこちらが帰られるまで台所にいるんだぞ」ヒースクリフはキャサリンに小声で命じた。

キャサリンはきちんとそれを守った。言いつけにそむいても顔を見たいとまで思わなかったからかもしれない。田舎者や人間嫌いと一緒に暮しているせいで、上等な人間に会っても、おそらくその価値がわからないのだろう。

厳《いか》めしく、むっつりしたヒースクリフと一言も言わないヘアトンにはさまれての陰気な食事を済ませると、ぼくは早々に引き上げることにした。できれば裏口にまわって、最後に一目キャサリンに会い、ジョウゼフを嫌がらせてやりたいと思ったが、馬をまわすようへアトンに言いつけたヒースクリフが、玄関までぼくを送ってついて来たので、その望みはかなわなかった。

「あの家では人生もどんなにわびしいことだろう」馬での帰り道にぼくは考えた。「もしディーンさんの望みどおり、キャサリンとぼくとがひかれ合って、二人でにぎやかな町に移り住むことにでもなっていたら、キャサリンにとって、おとぎ話以上にロマンチックな夢の実現だっただろうなあ」

第十八章

一八〇二年——

北部地方に住む友人に誘われ、この九月、ぼくは荒野での猟に行くことになった。そしてそこへ向かう途中で、思いがけなく、ギマートンから十五マイル足らずのところを通りかかったのである。街道沿いの宿屋で、ぼくの馬に桶《おけ》で水を飲ませていた馬丁《ばてい》が、刈ったばかりの青々とした燕麦《えんばく》を積んだ荷馬車の通るのを目にして言った。

「ギマートンから来たんだな。あそこはほかより三週間は刈り入れが遅いんだから」

「ギマートン？」あのあたりに暮した記憶は、もうぼくにとってはぼんやりして、夢のようになっていたのだ。「ああ、知ってるよ！　ここからどのくらいある？」

「丘を越えて十四マイルくらいか、ひどい道ですよ」

ぼくは急にスラッシュクロス屋敷を訪ねてみたくなった。まだやっと正午だったし、宿屋に泊まるくらいなら、自分の借りた家に行けばいい、と思ったからだ。それに、またあらためて来るよりも、ここで一日さいて、家主との交渉をすませるほうが楽ではないか。
しばらく休むと、従者に村までの道を聞きに行かせ、それから三時間ほど馬たちに苦労をかけてたどりついた。

従者を村に残すと、ぼくは一人で谷をおりて行った。灰色の教会はいっそう灰色に、寂しい墓地はますます寂しくなったように見えた。一頭の荒野の羊が、墓地の短い芝草を食《は》んでいる。暖かく、気持ちのよい陽気――旅には暑いくらいだが、あたりの素晴らしい景色を楽しむ妨げにはならなかった。もしこれが八月から間もなくの頃だったら、この静寂の地に一ヵ月ほど暮してみたくなったに違いない。まわりを丘に囲まれたこの谷間、険しい絶壁を見せる荒野――冬にはこれほどわびしい場所はないが、夏にはこれほど美しい場所はほかにない。

日暮れ前にスラッシュクロスに着くと、ぼくは戸をたたいた。家の人たちは奥にいて聞こえないらしい。青い煙が一すじ、台所の煙突から細く渦巻いて立ち上っていた。

中庭に馬で入ってみると、九歳か十歳くらいの女の子がポーチの下にすわって編み物をしていた。階段には老女が一人、じっと考えごとをしながらパイプを吸っている。

「ディーンさんはおられるかな？」ぼくは老女に聞いた。

「ディーンさん？　いいえ、ここにはおられんですよ。嵐が丘へ行かれたんでね」

「では、あなたがこの屋敷の家政婦さんなの？」

「はあ、わたしがお留守を預かっておりますですよ」

「そうか、ぼくはここの借り主のロックウッドだ。泊まれる部屋はあるだろうか。今夜泊まりたいんだがね」

「旦那さまですか！」と老女は驚いて大きな声を上げた。「まあまあ、いらっしゃると は存じませんで。お知らせ下さればよかったものを。部屋は風も通していないし、片付いておりませんですよ、どこもかしこも」

老女はパイプを投げ捨てるようにして、あわてて中に入って行き、女の子もあとに続いたので、ぼくも入った。確かに老女の言うとおりだ。それにぼくが突然現れたために、老女はすっかり気が動転してしまったようだった。

落ち着いて下さいよ、とぼくは言った。散歩に行ってきますからね、その間に居間の隅だけ片付けて、食事ができるように、そして寝る部屋を一つ用意してもらえばいい、掃《は》いたり拭《ふ》いたりなどしなくてかまわないんだ、暖かい火と乾いたシーツさえあればそれで充分ですからね、と。

老女は最善を尽くすつもりらしかったが、火かき棒とまちがえて炉辺ブラシを火格子に突っ込んだり、他の道具もでたらめに使ったりしていた。とにかくこの勢いなら、戻ってくるまでに休む場所はできるだろうと思って、ぼくは出掛けることにした。

散歩の行き先は嵐が丘だ。中庭を出たときに思いついたことがあって、ぼくは引き返すと、老女に聞いた。

「嵐が丘では皆さん元気かね？」

「はあ、そう聞いておりますけど」老女はそう答えると、赤い炭を小走りに運んでいる。

ディーンさんがスラッシュクロスを去った理由を訊ねたかったが、懸命になって働いている最中に邪魔をするわけにはいかない。ぼくは引き返して外に出ると、燃え立つような夕日を背に、穏やかな光を放ってのぼってきた月を行く手に見ながら、ゆっくり歩いて行った。一方の輝きは衰え、一方の輝きは増してくる。猟園をすぎると、ヒースクリフ氏の屋敷に続く石の多い脇道を上って行った。

まだ屋敷が見えてこないうちに、夕日の名残《なごり》は西の空をわずかに染める琥珀色《こはくいろ》だけになったが、道の小石一つ一つ、草の葉一枚一枚が見分けられるほどの、明るい月夜だった。

門を乗り越えたり、たたいたりする必要はなかった。手で押すだけで開くではないか。これは進歩だ、とぼくは思った。進歩はもう一つあってそれは鼻で感じられた。昔ながらの果樹の間から、ストックやニオイアラセイトウの花の香りが漂ってきたのだ。ドアも格子窓も開いていたが、炭鉱地方の習慣で、暖炉には火が赤々と燃えていた。火の燃える光景は気持ちが良いので、必要以上の熱さも気にしないのだ。嵐が丘の居間はとても広いから、暑いと思えば火から離れてすわることもできる。それでそのとき中にいた人たちは、一つの窓の近くにいた。入る前からその姿が見え、話し声が聞こえたので、ぼくはそれを眺め、聞き耳を立ててしまった。好奇心と羨望《せんぼう》のまじった気持ちからだったが、羨《うらや》みはその間にも募《つの》る一方だった。

「正反対《コントレアリ》ですって？　教えたようにちゃんと言いなさいよ」銀の鈴のように美しい声がした。「これで三度目じゃないの、お馬鹿さん。もう教えないから。しっかり思い出さないと、髪の毛ひっぱるわよ」

「ようし、正反対《コントラリ》、と」低い穏やかな声が答えて言った。「さあ、キスしておくれよ、よく覚えたほうびに」

「いいえ、一つも間違えずに全部正しく読めてからじゃなくちゃ」

男の声が読み始めた。きちんとした服装の若者で、テーブルに本を一冊広げてすわっている。整った顔立ちを喜びに輝かせているが、ともするとその目は本のページから、肩におかれた小さな白い手のほうへとさまよった。白い手の持ち主は、そんなふうに注意が散漫になったと気づくと、若者の頰をぴしっと打ってたしなめるのだった。

手の持ち主は若者のうしろに立って勉強を教えていたが、時々身をかがめると、そのつややかな金髪の巻き毛が、若者の茶色の髪にかかった。若者からは美しい顔が見えなくて幸い、もし見えていたらとても勉強に身が入らなかったことだろう。ぼくには見えた。みすみす逃した機会をうまくとらえていたら、この素晴らしい美しさにこうして見とれているだけでなく、もっと別の展開になっていたかもしれないのに——ぼくは思わず唇をかんだ。

朗読が終り、いくつか間違いはあったものの、若者はほうびを求めた。少なくとも五回のキスをもらい、惜しみなくお返しをすると、二人は戸口のほうに来た。話の内容からみて、荒野に散歩に行こうとしているらしい。そんなところに折悪《おりあ》しくぼくなどが姿を現そうものなら、たとえ口には出さなくてもヘアトン・アーンショーとしては心の中で、こいつ、地獄の底に落ちるがいい、とぼくを呪うに違いない。悪質で卑劣な気がしたが、ぼくはこっそりと台所に逃げた。

裏口もあいていて、その戸口に、なつかしいネリー・ディーンがすわり、歌いながら縫い物をしていた。時々その歌を邪魔するのは、中から聞こえる、およそ音楽とは無縁の狭量な雑言《ぞうごん》だった。

「おまえの歌を聞かされるくらいなら、朝から晩まで耳のそばで悪態つかれたほうがましってもんだ」ぼくには聞こえなかったネリーの言葉に対して、台所にいる者がそう言い返す声がした。「いや、ひどいもんだ。悪魔やら、この世の恐ろしい悪やらを崇《あが》めるような歌をおまえが歌うもんで、こっちは聖書も開けねえ。まったくおまえはのらくら者、あの女も同じだ。おまえたち二人にかかって、気の毒に若旦那も身の破滅よ。かわいそうに」うめきとともに言葉が続いた。「魔女のたぶらかしだ、間違いねえ。ああ、神さま、女どもを裁いて下さいまし。地上を治める者には法も正義もありませんから」

「そう、ありませんよ。あったらわたしたちは、火あぶりの刑にでもなってるところかしらね」とネリーは言い返した。「いいからあんたは黙って、キリスト教徒らしく聖書を読んでいらっしゃいよ。わたしのことなんか気にしないで。これは『妖精アニーの結婚式』っていう歌——曲も綺麗でダンスにもいいのよ」

ディーンさんがそう言ってまた歌い始めようとした時、ぼくは出て行った。ディーンさんはすぐにぼくだとわかり、とび上がって立つと大声で言った。

「あらまあ、ロックウッドさま！　こんなに突然いらっしゃって！　スラッシュクロスのお屋敷は閉めきってますのよ。前もってお知らせ下さればよかったですのに」

「今夜泊まれるように支度は頼んできたところですよ。明日また発《た》つのでね。しかし、どうしてこっちに移ったのか、聞かせてくれませんか、ディーンさん」

「ジラがやめたんで、来てほしいとヒースクリフさんに頼まれたんです。ロックウッドさまがロンドンにいらしてすぐのことでした。戻られるまで、という約束で。さあ、どうぞお入り下さいませ。今日はギマートンから歩いていらっしゃいましたの？」

「いや、スラッシュクロスからだよ。泊まる支度ができるまでの間に、ここの主人との用事を済ませたいと思ったんでね。また来る機会はしばらくなさそうだから」

「どんなご用でしょうか」ネリーはぼくを居間に案内しながら聞いた。「今出掛けておられて、すぐには戻られませんが」

「家賃のことですよ」

「ああ、それでしたら奥さまと相談なさっていただかないと。またはわたしでもよろしいんです。奥さまはまだそういう用事に慣れていらっしゃらないので、わたしが代りをつとめております。ほかに誰もおりませんもので」

ぼくは驚きを顔に出した。

「あら、まだご存じなかったようですね、ヒースクリフの死んだことを」

「ヒースクリフが死んだ？　いつのことです？」ぼくはびっくりして大声を出した。

「三ヵ月前ですわ。とにかくおすわりになって。お帽子をこちらに下さいませ。すっかりお話しいたしますから。でもその前に――まだ何も召し上がっていらっしゃらないでしょう？」

「何もいりませんよ。向こうに食事を頼んで来たしね。すわって下さい。ヒースクリフが死ぬなんて思いませんでしたよ！　どういういきさつだったか、話して聞かせて下さい。しばらくは戻ってこないのでしょう？　若い二人は」

「ええ、毎晩遅くまで外を歩きまわってくるんで、いつも叱るんですが、言うことを聞かないんですよ。じゃ、せめてうちの古いビールでも一口飲んで下さいませね。お疲れのようですもの、効き目がありますよ」

断る隙《すき》も与えずにディーンさんはビールを取りに急いで行ってしまい、ジョウゼフの声が聞こえてきた。「いい年のくせして男なぞ呼ぶとは恥ずかしくないのか。しかも旦那の酒蔵から酒まで持ち出したりして。長生きしてこんな有様を見るとは情けないこった」

ディーンさんはジョウゼフにかまわず、すぐに戻って来た。銀の大ジョッキにたっぷり入ったビールを、ぼくは心から賞賛して味わった。それからディーンさんはヒースクリフの話の続きを聞かせてくれた。その言葉によれば「奇妙な」最期をとげたという、ヒースクリフの話を。

嵐が丘に呼ばれたのは、ロックウッドさまがお発ちになって二週間もたたないうちでございました。わたしはお嬢さんのことを思って、喜んで承知いたしました。

久しぶりにお嬢さんの顔を見たときには、あまりの変わりようにショックを受け、とても悲しくなりました。なぜわたしを嵐が丘に呼ぶ気になったのか、ヒースクリフは何も説明してくれませんでした。とにかく来てほしい、キャサリンを見るのがいやになった、と言うだけです。小さい居間をおまえの部屋にして、キャサリンをそこにおいてくれ、顔を合わせるのは一日に一度か二度、どうしてものときだけで充分だ、と言うのです。

お嬢さんはこの取り決めを喜んでいるようでした。わたしはスラッシュクロスのお屋敷から、たくさんの本やその他の品物など、お嬢さんが好んでいたものをこっそり持ってきて、これで居心地よく暮せそうだわ、と心を弾ませていました。

でも、その期待は間違いでした。はじめは満足そうだったお嬢さんが、まもなくいらいらし始め、落ち着かなくなったのです。お庭から外へ出るのを禁じられていたので、春が近くなるにつれて、狭い場所に閉じ込められているのに耐えられなくなってきたのが理由の一つでしょう。またもう一つには、家の中の用事でわたしが忙しくしていると一人になってしまうことが多かったせいもあります。さびしくて仕方ない、と言われたものでした。一人ぼっちですわっているよりまし、というわけか、台所でジョウゼフと言い争ったりしていました。

ジョウゼフとの口論はかまいませんが、ヒースクリフが居間を独占したがるような時に、ヘアトンも台所に来るのが問題でした。最初のうちお嬢さんは、ヘアトンが来ると台所を出て行くか、静かにわたしの仕事を手伝うかして、ヘアトンのほうを見たり話しかけたりするのを避けていました。ヘアトンもいつもむっつりと黙りこくっていたのです。が、しばらくたつとお嬢さんの振舞《ふるま》いが変わりました。ヘアトンをそっとしておけず、何かと当てつけがましいことを言うのです。なんて怠け者のお馬鹿さんかしら、よくあんな生活に耐えられるものだわ、一晩じゅう暖炉の火をにらんで居眠りだなんてね、という調子です。

「まるで犬みたいじゃない？　エレン。でなけりゃ、荷馬車の馬？　働いて、食べて、寝る——永久にその繰り返し！　心はうつろでわびしいに違いないわ。ねえ、ヘアトン、夢を見たりする？　見るとしたらどんな夢？　わたしには話ができないのね」

そう言ってお嬢さんがじっと見ても、ヘアトンは目も向けず、口を開こうともしませんでした。

「ひょっとしたら、この人、いま夢を見ているのかも。ジュノーがするみたいに肩をぴくぴくさせてるわ。エレン、聞いてみて」

「言動に気をつけないとヘアトンさんが旦那さまに言いつけて、二階に上げられてしまいますよ」とわたしは言いました。ヘアトンは肩をぴくぴくさせているだけでなく、拳《こぶし》を固めて、殴りかかってきそうな様子だったからです。

また別の折にこんなふうに言ったこともありました。

「わたしが台所にいるとなぜヘアトンが何も言わないか、そのわけはわかるわ。わたしに笑われるんじゃないかと心配なのよ。どう思う？　エレン。一度自分で勉強を始めたのに、わたしが笑ったら本を燃やしちゃって、勉強もおしまい。馬鹿だと思わない？」

「お嬢さんも悪かったんじゃありませんか？　いかがです？」

「そうかもしれない。でも、あんな馬鹿なことをするとは思わなかったんだもの。ねえ、ヘアトン、いま本をあげると言ったら、受け取ってくれる？　試してみようっと」

それまで読んでいた本をお嬢さんがヘアトンの手にのせますと、ヘアトンはそれを投げ捨て、やめないと首をへし折るぞ、とつぶやきました。

「じゃ、ここのテーブルの引出しに入れておくわ。もう寝るから」

お嬢さんはそう言い、「本にさわるかどうか見ててね」とわたしにささやくと出て行きました。ところがヘアトンはそばに近寄ろうともしません。次の朝そのことを話すと、お嬢さんはとてもがっかりしていました。ヘアトンがずっと不機嫌なまま、勉強もしないでいるのを残念がっているのは、わたしにもわかりました。せっかくの向上心を自分がくじいたのだ、と良心がとがめていたのです。それも完璧なまでにくじいたわけですから。

けれども、それを償《つぐな》うために、お嬢さんは工夫を凝《こ》らしました。居間ではできないような、アイロンかけその他、その場を動かない仕事をわたしが台所で始めますと、おもしろそうな本を持ってきて、わたしに読んできかせるのです。ヘアトンがそばにいると、たいてい、興味をひきそうなところでやめて、本をあたりに放っておく——それを何度も繰り返しました。でも、ヘアトンときたらラバのように頑固、その餌《えさ》にはとびつきません。雨の日には、ジョウゼフと二人で暖炉の両側にまるでお人形のようにすわってたばこをふかしていました。ジョウゼフは幸い耳が遠いので、「悪のたわごと」に他ならない本の朗読は聞こえませんし、ヘアトンのほうは気にならないふうを装うのに懸命でした。お天気のよい晩だと、ヘアトンは猟に出掛けてしまいます。するとお嬢さんは、あくびをしたり、ため息をついたり、話をしてくれとわたしにせがんだり——それでいてわたしが話し始めますと、中庭やお庭に飛び出して行く始末。あげくに泣き出して、生きているのはもういや、生きていたって意味がないから、などと言うのです。

ヒースクリフはますます人を避けるようになり、ヘアトンさえほとんど遠ざけるようになっていました。それに加えて、三月はじめに事故があって、ヘアトンは数日間台所にいることになりました。一人で丘へ猟に行ったとき、猟銃が暴発して破片で腕にけがをした事件です。家に着くまでにかなり出血したので、回復までの間、どうしても暖炉のそばで安静にしていなければなりませんでした。

お嬢さんにはまさに好都合です。ともかく、それまで以上に二階をいやがり、わたしに階下での仕事を見つけさせては、自分も一緒について来ようとしました。

イースターの翌日の月曜日のことです。ジョウゼフは何頭か牛を連れてギマートンの市に出掛けたあとで、わたしは午後から台所で、洗たく物のアイロンかけに励んでおりました。ヘアトンはいつものように気むずかしい顔で暖炉の隅にすわり、お嬢さんは退屈をまぎらすために、窓ガラスに絵を描いていましたが、時々小声で歌ったり、あら、と口の中で何かつぶやいたり、あるいはいらだった目でヘアトンのほうをちらちら見たりしています。その間もヘアトンはパイプをふかし続けながら、じっと暖炉の鉄格子を見つめていました。

窓をふさがれると暗くて仕事ができませんよ、もうやめて下さい、とわたしが言ったので、お嬢さんは炉辺に移りました。その後何をしているのか、わたしはほとんど気にとめていませんでしたが、まもなくこう言う声が耳に入りました。

「ヘアトン、わたし、わかったの。あなたがそんなに不機嫌で乱暴でなかったら、いとことして大歓迎で、とても嬉しいという自分の気持ちが」

ヘアトンの返事はありません。

「ヘアトン、ヘアトン、ヘアトンったら！　聞こえないの？」

「あっちへ行ってくれ！」ヘアトンはぶっきらぼうに、怒った声を出しました。

「そのパイプをこっちに貸してごらんなさい」お嬢さんは慎重に片手をのばすと、ヘアトンの口からすっとパイプを抜き取りました。

ヘアトンが取り返す間もなく、パイプは折られて、火に投げ込まれてしまいました。ヘアトンはお嬢さんをののしると、別のパイプを手に取りました。

「待って」お嬢さんは大声で言いました。「まずわたしの言うことを聞いて。目の前が煙だらけじゃ、話ができないじゃないの」

「くたばれ！　おれをほっといてくれよ」ヘアトンは怒り狂ってどなりました。

「いいえ、そうはいかないわ」お嬢さんも譲りません。「どうしたら口をきいてくれるの？　わたしの気持ちなんか、わかろうともしてくれないし。あなたのことをお馬鹿さんと呼んだって、何の意味もないのよ。あなたを軽蔑するつもりもない。さあ、ヘアトン、無視するのをやめて。わたしのいとこでしょ？　いとこだって認めたらどう？」

「あんたなんかに用はない。偉そうにふんぞり返って、ずるい手でおれを馬鹿にしたくせに。またそんなやつの顔をちらっとでも見るくらいなら、いっそ身も心もそっくり地獄に落ちたほうがましってもんだ。さあ、たった今、どっかへ消え失せろ！」

お嬢さんは顔をしかめ、唇をかみながら窓ぎわの席に戻りました。泣き出したいのを隠そうと、奇抜な歌を口ずさんでいます。

わたしは口をはさみました。「いとこなんですから仲良くなさい、ヘアトンさん。お嬢さんは生意気だったことを後悔しているんですから。お嬢さんとお友達になれば、あなたのためにもなるでしょう。きっと別人みたいに立派になれますよ」

「友達に？　おれを嫌って、自分の靴を磨かせる価値もないと思っているやつと？　とんでもないこった！　たとえ王様にしてくれたって、あんなやつのご機嫌をとって馬鹿にされるのはごめんさ」

「わたしは嫌ってないわ。あなたが嫌ってるんじゃないの、わたしのことを！」お嬢さんは心の苦しみをもう隠そうとせず、泣き出しました。「ヒースクリフさんと同じ――いいえ、それ以上にわたしを嫌っているのよ」

「そんなの、まったくのでたらめだ。ヒースクリフを怒らせてまで、何回も味方してやったじゃないか。あんたに笑われ、軽蔑されてるのにさ。勝手におれを責めるがいいさ。おれはもうあっちに行って、台所から追い立てられたって言うよ」

「味方してくれたなんて知らなかった」お嬢さんは涙を拭きながら言いました。「とってもみじめで、みんなに腹を立てていたの。でもいま、お礼を言うわ。許してね。そうお願いするだけよ」

お嬢さんは炉辺に行くと、こだわりのない様子で、握手の手を差し出しました。

ヘアトンは雷雲のように暗い表情で顔をしかめ、左右の拳を固く握りしめたまま、じっと床を見つめていました。

こんなにかたくなな態度をとっているのは意地を張っているせいで、自分を嫌っているからではない――お嬢さんは直感でそう悟ったに違いありません。一瞬ためらった後、身をかがめると、ヘアトンの頰に軽くキスをしたのです。

わたしの目には入らなかったと思ったのでしょう、お茶目なお嬢さんはすました顔で引き返してきて、元の窓ぎわの席に戻りました。

わたしがとがめるように首を振ってみせると、赤くなり、小声でこう言うのです。

「だってエレン、ほかにどうしようもないじゃない？　握手もしてくれないし、こっちを見てもくれないんだもの。好きだから仲良くしたいってことを、何とか伝えなくちゃ」

キスでその気持ちが伝わったかどうか、わたしにはわかりません。しばらくの間ヘアトンは、自分の顔を見られまいと苦労していましたし、やっと顔を上げたときにも、かわいそうになるくらい、目のやり場に困っていました。

お嬢さんはその間に、一冊の綺麗な本を白い紙できちんと包んでリボンをかけ、「ヘアトン・アーンショーさま」と書きました。そして受取人にそれを届ける役目を、わたしに頼むと言うのです。

「ヘアトンに伝えて。もし受け取ってくれたら正しい読み方を教えてあげる、受け取ってもらえなかったら、わたしは二階に上がって、二度とうるさくしないつもりだって」

わたしは本を持って行き、伝言をそのとおりに伝えました。お嬢さんは心配そうに見守っています。ヘアトンが手を握ったまま開こうとしないので、本は膝にのせましたが、たたき落とすわけでもありません。わたしは自分の仕事に戻り、キャサリンはテーブルに両腕をのせて頭をつけていました。やがて、かさかさと包みを開く音がすると、お嬢さんはテーブルから離れて、そっとヘアトンのそばにすわりました。ヘアトンの身体は震え、顔は紅潮しています。いつもの、粗野でぶっきらぼうなところはすっかり消えて、お嬢さんから小声で何か熱心に頼まれても、答を期待するように見つめられても、返事の一言さえ口に出せないありさまでした。

「許す、と言ってよ、ヘアトン、お願いだから。その簡単な一言で、とっても幸せになれるのよ、わたし」

ヘアトンは聞きとれないような声で、何か答えました。

「そして、わたしと仲良しになってくれるわね？」お嬢さんは続けて言います。

「それはだめだ！　あんたは一生の間、毎日、おれのことを恥ずかしく思うだろうからね。知れば知るほど恥ずかしさが増す——そんなの、おれには耐えられないよ」

「じゃ、仲良くしない、って言うの？」お嬢さんは蜜のように甘い微笑を浮かべて、寄り添うようにそっと近づくのでした。

その後の話はよく聞きとれませんでしたが、次にふり返ったときには、さっきの本をのぞきこむ、嬉しそうな二人の顔が目に入りました。この様子ではどうやら条約は無事に批准《ひじゅん》され、かつての敵は同盟で結ばれた味方に変わったに違いない、と確信したものでございます。

本には豪華なさし絵がのっていましたし、仲良く寄り添って眺めるのも楽しかったとみえて、二人がずっとそうしているうちに、ジョウゼフが帰ってきました。気の毒にジョウゼフのびっくり仰天したことと言ったら！　何しろ、お嬢さんがヘアトン・アーンショーと同じ腰かけにすわって肩に手をかけていますし、お気に入りのヘアトンがそんなにお嬢さんに近寄られて平気でいるのですから、ただもう呆気《あっけ》にとられておりましたよ。あまりのことに、ジョウゼフはその晩、このことについて何も申しませんでした。心の動揺があらわれているのは、深いため息です。大きな聖書をまじめくさってテーブルに広げ、その日の取引の上がりらしい、汚ないお札を財布から出してその上に並べながら、何度もため息をつくのでした。ついにはすわったままでヘアトンを呼んで言いました。

「これを旦那に持って行って、あっちにいなさるがいい。わしも自分の部屋に引き上げますからな。この家はまっとうじゃないし、わしらにふさわしくない。退散してほかへ行かねば」

「さあ、お嬢さん、わたしたちも退散しませんとね。アイロンかけも済みました。二階に参りましょうか」

「まだ八時にもならないのに」とお嬢さんはしぶしぶ立ち上がりました。「この本はマントルピースにのせておくわね、ヘアトン。明日はもっと別なのを持ってくるわ」

「おいて行く本は全部、わしが居間へ持って行くからな。もう一度見つけられればめでたいってことになる。そのつもりでな」

そう言うジョウゼフに向かってお嬢さんは、そんなことをしたらおまえの本も同じ目にあわせるわよ、と脅しました。そしてヘアトンにほほえみながら通り過ぎ、歌いながら階段を上がって行きました。昔リントンを訪ね始めた頃をのぞけば、このお屋敷でお嬢さんがこんなに心晴れやかだったことはなかったと申してよろしいでしょう。

こうして生まれた親密さは、たちまち育っていきました。もっとも、時折の中断くらいはございましたよ。ヘアトンの教養は、望んだからといってすぐに身につくわけではないし、お嬢さんだって、悟りを開いた、忍耐のかたまりではありませんからね。でも、一人は愛し、尊敬したいと願い、もう一人は愛し、尊敬されたいと願い、心はともに同じところに向かっておりました。結局、なんとかそこに到達したわけでございます。

お嬢さんの心を射止めるのはなんでもないことでしたのよ、ロックウッドさま。ですが今となっては、そうしようとなさらなかったのを、わたしは喜んでおりますの。あの二人が結ばれることを何より願っておりますもので。二人の結婚式の日がきたら、わたしには他にうらやむ相手など一人もいないでしょうね。イングランド一番の幸せな女はわたしでしょうから。

第十九章

翌日もまだヘアトンにはいつも通りの仕事ができず、家にとどまっていました。そうなるとお嬢さんをそれまでのようにわたしのそばにとどめておくのは無理だと、わたしはすぐに悟りました。

わたしより先に下におりたお嬢さんは、お庭へ出て行きました。ヘアトンが軽い仕事をしているのが見えたのでしょう。朝食ですよ、と呼びに行ったときには、もうヘアトンを説きふせて、スグリの茂みを大幅に切り開かせ、スラッシュクロスのお屋敷から草花を取り寄せてそこに植える相談に夢中ではありませんか。

たった三十分の間に、よくこんなに荒らしたものだとあきれるほどでした。ジョウゼフが特に大事にしている黒スグリ――なのにお嬢さんは、そのまん中に花壇を作ろうというのです。

「まあまあ！　見つかったら、すぐに旦那さまに言いつけられてしまいますよ」とわたしは声を大にして申しました。「お庭にこんな勝手なことをして、何て言いわけするんですか？　絶対に大さわぎになります、間違いありません。ヘアトンさん、あなたもっと分別があってもよさそうなものじゃありませんか、お嬢さんに言われたからって、こんなことをするなんて！」

「ジョウゼフのだってこと、すっかり忘れてたんだ」とヘアトンは当惑したように答えました。「でも、おれがやったって言うよ」

食事はヒースクリフもわたしたちと一緒にとる習慣でした。お茶をいれたり、肉を切り分けたりする主婦役をつとめるのはわたしですので、食卓につかないわけにはいきません。お嬢さんはいつも隣にすわるのに、今日はそっとヘアトンに近寄っています。敵意があればそれを隠さないように、好意も隠さない性格が見てとれました。

「いいですか、あまりヘアトンさんと話をしたり、顔を見たりしてはいけませんよ。部屋に入るときにわたしが小声でこう注意したら、あなたたちに腹を立てますから」

きっとヒースクリフさんが不愉快になって、あなたたちに腹を立てますから」

「ええ、大丈夫よ」

と答えたはず。なのにもうヘアトンににじり寄って、そのお粥《かゆ》に桜草を差しているのですからね。

食卓でお嬢さんと言葉をかわすどころか、ほとんどそちらを見ることもヘアトンにはできませんでした。でもお嬢さんはからかうのをやめず、ヘアトンは二度も吹き出しそうになりました。わたしが眉をひそめると、お嬢さんはちらっとヒースクリフのほうを見ましたが、ヒースクリフはその表情から察すると、この場の人間以外のことで頭が一杯のようでした。お嬢さんは真剣にヒースクリフを眺め、ちょっと神妙になりますが、またふり向いていたずらを始めます。とうとうヘアトンは、押し殺した笑い声をもらしてしまいました。

ヒースクリフはぎくっとして、一同の顔をさっと見回しました。お嬢さんはいつもの、びくびくしながらも反抗的なまなざしで見返しました。ヒースクリフが忌《い》み嫌《きら》う目です。

「おれの手が届かんところにいてよかったな」とヒースクリフは大声を出しました。「そんないまいましい目つきで始終おれをにらみ返すとは、いったいどういう魂胆《こんたん》なんだ？　おとなしく下でも向いていろ！　おまえがいるのを思い出すようなことは二度とするな！　笑い声など立てんようにしつけてやったはずだぞ！」

「笑ったのはおれだよ」ヘアトンがぼそっとつぶやきました。

「なんだって？」

ヒースクリフが聞き返しましたが、ヘアトンは自分のお皿を見つめたままで黙っています。

ヒースクリフは少しの間ヘアトンを見ていましたが、何も言わずに食事と考えごとに戻りました。

食事もほぼ終り、二人も賢明にはなれた位置にいるし、このまま朝食は何とか無事にすみそうだわ、とわたしが安心しかかったところに、ジョウゼフが出てきたのでございますよ。戸口のところで唇をぶるぶる震わせ、怒り狂った目をしているところを見ると、大事なスグリへの凶行を発見したのでしょう。

現場に行ってみる前に、そのあたりにいるお嬢さんとヘアトンの姿を見かけていたに違いありません。反芻《はんすう》する牛のようにしきりに顎《あご》を動かすために聞きとりにくい言葉で、こんなふうに言うのです。

「給金いただいて、もう出て行きますわ。六十年勤めたこの屋敷で死にたかったがな。本も持ちものも残らず屋根裏に上げて、台所はすっかり明け渡すつもりじゃった。そうすりゃ、うまくいくだろうから。炉辺の居場所を手離すのはつらいが、我慢できるだろうとな。ところがどうだ、この女、わしの庭まで取り上げおった。旦那、わしには我慢できんです。旦那ならできるし、やっていかれると思うが、わしは慣れとらん。年寄りが新しい重荷になじむのはむずかしいことでな。いっそ道普請《みちぶしん》で食扶持《くいぶち》かせぐほうがましじゃわ」

「まてまて、この阿呆！　くどくど言うんじゃない！」とヒースクリフが言葉をさえぎりました。「いったい何が不満なんだ？　おまえとネリーのけんかなら、おれの知った事か。おまえがネリーに石炭置場へ押し込まれようが、いっこうに困らん」

「ネリーじゃないです」ジョウゼフは答えて言った。「ネリーのせいで出て行くわけはないですよ。意地の悪い、いやな女だが、ありがたいことにネリーは人の魂を盗んだりできる女じゃない。若い頃から、まぶしくて見ていられんほどの美人だったこともなし。わしが言うのは、そっちの恐ろしい、ふしだらな女王さまですわ。ずうずうしくも色気と手練手管《てれんてくだ》で若旦那をたぶらかして――ああ、もう胸がはりさけそうじゃ。おかげで若旦那は、わしの親切も何もかも全部忘れ果てて、庭一番のスグリをごっそり抜き取ってしまって！」ジョウゼフはそう言うと、あたりかまわず泣き始めました。ひどい目にあった悔しさと、恩知らずのヘアトンの危ない情況を思っての情けなさで、泣かずにはいられなかったのでしょう。

「この馬鹿、酔ってるのか？」ヒースクリフは訊ねました。「ヘアトン、こいつはおまえのことを怒ってるのか？」

「スグリを二、三本引き抜いたもんでね。でもまた植え直すよ」

「なぜ引き抜いたんだ？」

ここでお嬢さんが抜かりなく口をはさみました。

「あそこに二人でお花を植えたかったの。悪いのはわたし――わたしが頼んだのよ」

「庭の棒切れ一本だっておまえが触っていいと、いったい誰が言った？」ヒースクリフはすっかり驚いた様子でお嬢さんに言い、次にヘアトンに向かって、「誰がこいつの言うことを聞けと言った？」と言いました。

ヘアトンは黙っていましたが、答えたのはお嬢さんです。

「お花を植える少しの土地くらい、けちけちしなくてもいいと思うわ。わたしの土地を全部自分で取っておいて」

「おまえの土地だと？　生意気言うな、こいつ。そんなものはなかったんだ」

「それにわたしのお金も」お嬢さんは、怒りに満ちてにらみつけるヒースクリフの視線を見返しながら、朝食のパンの皮をかじっています。

「黙れ！　早く食ってあっちへ行け！」とヒースクリフはどなりました。

「それからヘアトンの土地とお金も取ったのよね」お嬢さんときたら大胆不敵です。「ヘアトンとわたしは、もう味方同士になったの。あなたのこと、全部話しますからね」

ヒースクリフは一瞬まごついたようでした。顔が青くなり、激しい憎悪のこもった目でお嬢さんをにらみつけながら立ち上がりました。

「もしわたしをなぐったら、ヘアトンになぐられるわ。すわっていらしたほうがいいでしょう」

「おまえをこの部屋から追い出せないようなら、ヘアトンなんぞ、おれが地獄にたたきこむさ」ヒースクリフは荒々しくどなりました。「この性悪女め、ヘアトンをそそのかしておれに反抗させようっていうつもりか？　こいつを連れて行け！　わかったか？　台所に放り込むんだ！　エレン・ディーン、おまえにも言っておく――こいつを二度とおれの目につくところへ出したら殺してしまうぞ」

ヘアトンは小声で、出て行くようにお嬢さんを説きふせようとしました。

「引きずり出せ！　まだおしゃべりか？」ヒースクリフは激しい口調で叫び、自分で引きずり出そうと近づいてきました。

「ヘアトンはもう、あなたみたいな悪者の言うことなんか聞かないから。もうすぐあなたを憎むようになるわよ、わたしと同じくらいにね！」

「しっ！　だめだよ、そんな言い方をしちゃ。もう黙って」ヘアトンはお嬢さんを叱るように小声で言いました。

「でもわたしがなぐられるのを放ってはおかないでしょ？」

「じゃ、もう黙って」ヘアトンは一生懸命ささやきました。

でも遅すぎました。ヒースクリフはお嬢さんを捕えてしまったのです。

「おまえはあっちへ行け！」ヒースクリフはヘアトンに命じました。「いまいましい女だ！　今度ばかりは、おれもどうしようもないほど怒ったぞ。一生忘れないように思い知らせてやろう」

ヒースクリフはお嬢さんの髪をつかみ、ヘアトンはその手をはなさせようとしながら、今度だけは許してやってほしい、と頼み込みました。ヒースクリフの黒い目がぎらぎら光って、いまにもお嬢さんの身体をばらばらに引きちぎりそうな勢い――わたしが思いきって助けの手を出そうとした、ちょうどその瞬間、突然ヒースクリフの指がゆるんだのです。髪の毛をはなして腕をつかみ、お嬢さんの顔をじっと見つめていましたが、やがて片手で自分の目をおおい、心を落ち着かせようとしているらしく、そこに立ったままでいました。それからあらためてお嬢さんのほうを向くと、平静を装って言いました。

「おれを怒らせないように気をつけてくれ。さもないと、いつか本当に殺してしまうだろうからな。ディーンさんとあっちに行って、一緒にいるんだ。偉そうな口をきくのはディーンさんだけにしておけよ。ヘアトンのほうだが、もしまたあいつがおまえの指図を受けているとわかったら、もうここでは養ってやらん。おまえに好かれると、あいつは宿なしの乞食になるんだぞ。さあ、ネリー、連れて行け。みんな出て行って、おれを一人にしてくれ！」

わたしはお嬢さんを連れて部屋を出ました。お嬢さんも、逃れられるのを喜んでいて、さからいませんでした。ヘアトンも来て、ヒースクリフだけが昼食まで一人で残っていたのです。

お嬢さんには二階で昼食をとるようにわたしからすすめましたが、席があいているのを見ると、ヒースクリフはすぐにわたしにお嬢さんを呼びに行かせました。誰とも話をせず、ほんの少ししか食べず、食事がすむとすぐに外出しました。暗くなるまで戻らないような口ぶりでした。

仲良くなった二人は、ヒースクリフが留守の間、居間を占領して過ごしました。ヘアトンの父親に対するヒースクリフの仕打ちをお嬢さんが暴露しようとすると、ヘアトンがきっぱりした態度でそれをとめているのが聞こえました。

ヒースクリフをけなす言葉は一言も聞きたくない、たとえ悪魔でもいいんだ、おれは味方する、あの人の悪口を聞かされるより、今までみたいにおれがののしられているほうがましだよ、と言うのです。

お嬢さんは腹を立てたようでしたが、何も言えなくなったのは、ヘアトンがこう聞いたからでした——もしおれがお父さんの悪口を言ったら、きみはどんな気がする？　それでお嬢さんには納得が行ったのです。ヒースクリフの評判をヘアトンは承知しているのだ、それでいて二人は理性では断ち切れない強い絆で結ばれ、習慣によって強固に鍛えられた、その鉄の鎖を解こうとするのはむごいことなのだ、と。

以来お嬢さんは思いやりを見せ、ヒースクリフへの不満や嫌悪を表に出さなくなりました。ヒースクリフとヘアトンとの間に、お互いへの反感を抱かせようとするなんて悪かったわ、とわたしに打ち明けたものです。ほんとうにその時以来、お嬢さんは圧制者ヒースクリフの悪口を、いっさいヘアトンの耳には入れていないと存じます。

さて、この小さな争いがおさまると二人はまた仲良しに戻りました。教えたり教えられたり、大忙しです。用事がすむとわたしもそばに行ってすわりましたが、二人の様子を見ているととても嬉しく、心が和むので、時間も忘れるほどでした。言ってみれば、二人ともわたしの子供のようなものでございましたからね。お嬢さんはずっと前から自慢のたねでしたし、ヘアトンのほうもきっとこの先、同じくらいにわたしを喜ばせてくれるに違いない、という気がしました。正直で心の温かい、賢い子です。育ちにつきまとっていた無知と零落の雲をすばやく払いのけました。お嬢さんに心から賞賛されるので、それが拍車となって勉強にも一段と力が入ります。心が明るくなったため、表情も晴れやかになり、容貌《ようぼう》に活気と品格が加わりました。昔ペニストンの岩山へ出掛けてしまったお嬢さんをさがして嵐が丘へ行った日に見た、あの若者とはとても信じられないほどでした。

二人が勉強を続け、わたしがそれを眺めているうちに夕暮れとなり、ヒースクリフが帰ってきました。表口から突然入って来て、わたしたちが気づいて顔を上げるより早く、三人の姿をしっかり見たようでした。

まあいいわ、とわたしは思いました。こんなに純粋で気持ちのよい光景があるでしょうか。叱るなどとんでもないことです。美しい二人の顔は、暖炉の赤い炎に照らされて輝いていました。子供のように熱烈な興味で生き生きしたその表情——ヘアトンは二十三、お嬢さんは十八でしたが、初めて感じ、初めて知ることがあまりに多いので、すっかり落ち着いて夢のない大人の気持ちなどは知らず、そんな顔つきになるわけはなかったのです。

二人は同時に目を上げ、そこにいたヒースクリフの姿を見ました。ロックウッドさまはお気づきでないかもしれませんが、あの二人はとてもよく似た目をしています。キャサリン・アーンショーの目なんでございますよ。娘であるお嬢さんは、目のほかはあまりお母さん似ではありません。広い額と、本人の意向とは無関係に高慢そうに見せてしまう鼻筋だけは似ていますが。むしろヘアトンのほうが似ていて、ふだんから不思議に思えるほどですが、このときはほんとうに、驚くほど似ていました。感覚が鋭敏になり、頭も常になく活発な活動をしていたからなのでしょう。

あまりにキャサリンそっくりなのを見て、ヒースクリフは勢いをそがれたようでした。明らかに気持ちを高ぶらせて暖炉のそばに歩み寄ったのに、ヘアトンを見て急に静まった、というより興奮の性格が変化した、と言うべきでしょうか。まだ興奮はしていたのですから。

ヒースクリフはヘアトンの手から本をとり、開いたページをちらっと見ると何も言わずに返しました。あっちに行け、とお嬢さんに身ぶりで命じ、ヘアトンも後を追ったので、わたしも出て行こうとしたのですが、そこにすわってくれと引きとめられました。

「つまらん結末じゃないか」いま目にした光景のことをしばらく思い返したあとで、ヒースクリフは言い出しました。「あれほど猛烈に励んだ末に、こんな馬鹿げた終局とは。二軒の家をたたきこわすために、てこやつるはしを手に入れ、ヘラクレス並みの怪力めざして自分をきたえ、さあ準備完了、すべて意のまま、という時になって、瓦一枚はがす気持ちもないんだ。昔の敵どもには負けちゃいない。今こそやつらの後継ぎに復讐するチャンス――いつでもできるし、邪魔者もいない。だが、そんなことをして何になるんだ？　かかっていく気もなければ、手を振り上げるのさえめんどうになった。これじゃまるで、寛大で立派なところを見せるだけのために、これまでずっと苦労してきたようだが、とんでもない話だ。やつらの破滅を喜ぶだけの元気をなくしたんだ。わけもなく破壊する気にはなれない。

ネリー、何か不思議な変化が近づいてきているよ。おれはもうその影の中にいるんだ。毎日の生活に関心がなくなって、飲み食いするのも忘れそうなほどだからな。いま部屋を出ていったあの二人しか、実体としてはっきり見えるものはない。しかもその姿を見れば苦しい——死にそうに苦しいんだ。あの娘のことは言いたくない。考えたくもない。あの姿が見えないでいてくれと心から願うだけだよ。そばにいると、こっちは気が狂いそうになるんでね。ヘアトンはまた違うんだが、しかし、もし気が変になったと思われずにかなうことなら、あいつの顔も二度と見たくない。いや、もう変になりかけていると思うかもしれんな、あんたにこれを話したら」ヒースクリフは微笑を浮かべてみせようとしました。「ヘアトンが呼びさまし、具体化してみせる、無数の過去の連想や考え——だが、話してもあんたなら黙っていてくれるな？　おれの心はいつも一人で引きこもってきたが、今になって誰かに打ち明けたい気持ちなんだ。

五分前のヘアトンはまるで若いときのおれの化身のようで、ただの人間とは思えなかった。実に複雑な感じがしたんで、普通に話しかけるのは、とても無理だっただろうよ。

まず第一に、驚くほどキャサリンに似ていて、恐ろしくなるほどキャサリンを思わせるんだ。その点がおれの想像に一番大きな影響を与えたとあんたは思うかもしれないがね、それどころか、取るに足りないことさ。だって、キャサリンに結びつかないようなもの、キャサリンを思い出させないものなんか、おれには一つもないんだからな。この床を見ても、敷石にキャサリンの顔が浮かぶ！　一つ一つの雲、一本一本の木に。夜は大気いっぱいに、昼はあらゆるものにちらついて、あいつの面影はおれを取り巻いている！　ごくありふれた女や男の顔、いや、おれの顔まであいつの顔に似てきて、おれを嘲るんだ。この世はすべて、かつてキャサリンが生きていたことと、おれがあいつを失ったことを記したメモの、膨大《ぼうだい》な集積だ！

そう、ヘアトンの姿は、おれの不滅の愛の亡霊だった。自分の権利を守ろうとする必死の努力、おれの凋落《ちょうらく》、誇り、幸福、苦悶——そんなものの幻だった。

しかし、こんなことをあんたに話すのは狂気の沙汰だ。ただ、これでわかるだろう——いつも一人でいるのはいやがるおれが、ヘアトンといるのを喜ばないわけが。一緒にいれば、始終おれにつきまとう苦しみが、かえって増すからな。ヘアトンがあの娘と仲良くしているのにおれが無頓着なのには、それもある。もうあいつらなんかにかまっていられないんだ」

「でも、変化ってどういうことですか、ヒースクリフさん」わたしはその様子に驚いて訊ねました。もっとも、発狂しそうだとか死にそうだとかの気配があったわけではありません。わたしの見たところでは、健康で体力もありました。正気かどうかという点についても、暗いことを考えたり変な空想にひたったりするのが、子供の頃から好きな人ですからね。亡くした偶像のことに関しては偏執狂《へんしゅうきょう》的傾向があったかもしれませんが、それ以外の点ではわたしと同じくらいまともでございましたよ。

「変化なんて、来てみなくてはわからんな。いまはなんとなく意識しているだけだから」

「気分が悪いということは?」

「いや、ネリー、そんなことはない」

「では、死ぬのを恐れているのでもありませんよね?」

「恐れる! とんでもないさ! 死ぬのが心配だとか、死にそうだとか、死にたいとか、そんなことは思ってもいないよ。あたりまえじゃないか。この頑丈な身体、節制ある生活、危険のない仕事——この分なら頭に黒い髪が一本もなくなるまで長生きするはずだし、きっとそうなるだろう。しかし、今の状態では無理だ。息をするのも心臓の鼓動も、意識しないと忘れるほどだからな。硬いバネを曲げるみたいなものだよ。ある一つの考えに後押しされない限り、どんな些細なことでも努力なしにはできないし、ある一つの普遍的観念に結びつかない限り、生者も死者もわからない。おれの願いは一つ――その実現を心身の全機能で、全存在で求めている。こんなに長く、一途に願ってきたんだから、実現すると信じているんだ、それもまもなく。おれのすべては食いつくされ、実現への期待にのみこまれているよ。

こうして打ち明けて話しても、気持ちは楽にならないものだ。わけのわからぬおれの機嫌がいくらかわかったかもしれないがな。まったく、実に長い戦いだ。終ってほしいものだよ！」

ヒースクリフは恐ろしいことを一人でつぶやきながら、部屋の中を歩きまわり始めました。良心の呵責《かしやく》がおれの心をこの世の地獄に変えたんだとジョウゼフのやつ、信じているんだぜ、とヒースクリフから聞かされたことがありましたが、この時はわたしまでそう信じそうになりました。最後にはどうなるのだろう、と心配にもなりました。

それまでヒースクリフは、顔色にさえ胸中を出したためしはありませんでしたが、いつもそんな思いだったのでしょう。自分でもそう言っていましたしね。でもふだんの態度からは、誰にも想像できませんでした。ロックウッドさまもお会いになって、こんなことを推測などなさいませんでしたでしょう。いまお話しした頃のヒースクリフは、お会いになった頃と変わりありません。違いと言えば、一人でいるのをより好むようになり、人前でいっそう口数が少なくなったことくらいでしょうか。

第二十章

その後の数日間、ヒースクリフは食卓でわたしたちと顔を合わせるのを避けていました。ヘアトンとお嬢さんにテーブルにつくなと命じたりはしません。そこまで感情に負けるのを潔《いさぎよ》しとしなかったようで、むしろ自分が食事に出ないのです。二十四時間に一度の食事で充分なようでした。

ある夜、家族が床についてから、階段をおりて玄関から出て行くヒースクリフの足音が聞こえました。帰ってきた様子はなく、朝になってもまだ戻っていません。

四月のことで、暖かなよい季節、雨と太陽のおかげで草は青々としています。南側の塀のそばの二本の小さなリンゴの木は満開の花をつけていました。

朝食後、お嬢さんはわたしに、椅子を持ってくるように言いました。建物の端にある樅《もみ》の木の下に、仕事を持ってきてすわれと言うのです。けがのなおったヘアトンもお嬢さんの頼みで、土を掘って花壇作りです。ジョウゼフの申し立てによって、場所はお庭の隅になったのでした。

まわりの春の香りと頭上に広がる、美しく穏やかな青空を楽しみながら気持ち良く過ごしているところへ、お嬢さんが戻ってきました。花壇の縁に植える桜草を門の近くまで取りに行っていたのですが、まだ少ししか手に持っていません。ヒースクリフさんが戻ってきたと告げ、

「わたしに話しかけたのよ」

と当惑顔でつけ加えました。

「何て言った？」とヘアトンが聞きます。

「さっさとあっちへ行け、って。だけど、いつもと全然様子が違ったから、わたし、思わず顔を見ちゃった」

「どう違うんだい？」

「そうね、ほとんど明るくほがらかって言っていいくらい――いえ、ほとんど、なんてものじゃないわ。とても興奮して、嬉しくてたまらないみたいなの！」

「夜歩きが楽しいんでしょうね」わたしはわざとさりげないふうを装って、そう言いました。でも本当のところ、お嬢さんと同じくらい驚き、自分の目で確かめたくてたま

りませんでした。ヒースクリフの嬉しそうな顔なんて、そう見られるものじゃありません。口実を設けて中に入りました。

ヒースクリフは開いたドアのところに立っていました。顔は青く、身体は震えていますが、確かに不思議な喜びで目が輝き、そのために顔全体がいつもとは違って見えました。

「朝ごはんを召し上がりますか？　一晩じゅう歩きまわって、おなかがすいたでしょう」

どこへ行っていたのか知りたいと思いましたが、単刀直入に聞くのはいやだったので、わたしはそう言いました。

「いや、すいてない」ヒースクリフは顔をそむけ、軽蔑するように答えました。機嫌の良い理由を探ろうとするわたしの心を見抜いたかのようでした。

わたしは当惑しました。一言お説教をしたものかどうか迷ったのです。

「ベッドでお休みになる時間に外を歩きまわるのはいかがなものでしょうか。それもこんなに湿気の多い季節ですよ。風邪か熱病にかかってしまいます。もうどこか具合が悪いみたいじゃありませんか！」

「大丈夫さ。放っておいてくれたら最高だよ。いいから入って、うるさくしないでくれ」

その言葉に従って入ろうとしたとき、わたしはヒースクリフの、猫のような荒い息づかいに気づきました。

「ほうらね、やっぱり病気になるわ。いったい何をしていたのかしら」

その日のお昼には、ヒースクリフも一緒に食卓につきました。そして、それまで食べなかった分を取り戻そうとするかのように、山盛りに盛ったお皿をわたしの手から受け取りました。

「風邪にも熱病にもならなかったぞ、ネリー」ヒースクリフは、わたしが朝言ったことを受けてそう言いました。「さあ、あんたの料理をたっぷりいただくよ」

ナイフとフォークをとり、いざ食べ始めようとした瞬間、食欲は突然消えてしまったようでした。ヒースクリフはテーブルにそれらを置くと、じっと窓のほうを眺め、立ち上がって出て行きました。

食事をしている間じゅう、お庭を行ったり来たりするその姿が見えていました。どうして食べないのか、行って聞いてくる、とヘアトンが言い出しました。何か気にさわることでもわたしたちがしたかとヘアトンは考えたのです。

「どう? 来るって?」お嬢さんは、戻ってきたヘアトンに訊ねました。

「来ないそうだ。でも、怒ってはいないよ。すごく嬉しそうだった。ただ、二度も話しかけたら腹を立てて、きみのところへ行け、だって。話し相手など他にいらんだろう、って言うんだ」

わたしはヒースクリフのお皿がさめないように、暖炉の前の炉格子にのせておきました。一、二時間して部屋には他に誰もいなくなってからヒースクリフが戻ってきましたが、興奮はまださめていないようでした。黒い眉の下には、あいかわらず不自然な——ええ、ええ、不自然ですとも——喜びの表情を浮かべ、血の気のない顔のまま、微笑なのか時々歯を見せます。全身が震えているのは怯《おび》えや寒さのためでなく、張りつめた綱が揺れる、強い振動のようなものでした。

どうしたのか聞いてみよう、他に聞く人はいないんだし、とわたしは思いました。

「何かよい知らせでもありましたか、ヒースクリフさん。いつになく元気はつらつのようですが」

「おれにいい知らせなんて、いったいどこから来る? 腹がへって元気はつらつなのさ。どうも食ってはいかんらしい」

「ここにお食事はとってあるんですよ。なぜ食べないんです？」

「今はいらん」ヒースクリフは急いで答えました。「夕飯まで待つとしよう。それからネリー、はっきり言っておく――ヘアトンとあの娘がおれに近寄らないように頼む。誰にも邪魔されたくない。一人でいたいんだ」

「そんなふうに二人を遠ざけるのには、何か新しい理由があるんですか？　どうしてそんな妙な振舞《ふるま》いをするのか、聞かせて下さいな、ヒースクリフさん。昨夜はどこにいたんです？　つまらない好奇心で聞いているわけじゃありませんが……」

「いいや、実につまらん好奇心から聞いているぞ」ヒースクリフは笑い声を立てて、わたしの言葉をさえぎりました。「しかし、教えてやろう。ゆうべは地獄の入口にいた。今日は天国を望むところ――そう、三フィートと離れていない、すぐそこに見える。さあ、あっちへ行ったほうが身のためだ。詮索《せんさく》をつつしめば、恐ろしいものを見たり聞いたりせずにすむからな」

炉辺を掃き、テーブルを拭くと、わたしは部屋を出ました。混乱は深まるばかりでした。

ヒースクリフは午後じゅうずっと居間から出ず、邪魔する者もありませんでした。八時になり、何も言われませんでしたが、運んだほうがよいだろうと思って、わたしはろうそくと夕食を持って行きました。

ヒースクリフは開いた格子窓の枠に寄りかかっていましたが、外を眺めているのではなく、暗い室内に顔を向けていました。暖炉の火はすでに灰になり、曇った晩の、おだやかに湿った空気が部屋を満たしています。とても静かで、ギマートンを流れて行く小川の音が、かすかな水音としてではなく、小石の浅瀬にさざ波を立て、大きな石の間をぬって流れる、その気配まで聞き分けられるほどでした。

まあ、こんなに燃えつきた暖炉のままで、と文句を言い、窓を一つ一つ閉めながら、わたしはヒースクリフのところまで来ました。

「これも閉めますか?」身動きもしないヒースクリフに刺激を与えようと思って、わたしはそう訊ねました。

同時に、ろうそくの光がヒースクリフの顔にあたったのですが、あの瞬間に見た顔のおそろしさときたら、まあ、ロックウッドさま、とても口では言い表せませんわ! あのくぼんだ黒い目! あの微笑! あのものすごい青白さ! ヒースクリフには見えません。鬼でした。恐怖のあまり、わたしはろうそくを壁のほうに傾けて押しつけてしまいました。あたりは真っ暗になりました。

「ああ、閉めてくれ」ヒースクリフのいつもの声がしました。「しかし、なんて要領の悪いやつだ。ろうそくを横にするとは。早く別のを持ってこい」

わたしはすっかり怯えて走り出ると、ジョウゼフに言いました。

「ろうそくを持って来て、暖炉の火をおこしてくれ、とお言いつけよ」

もう一度自分であの部屋にはとても行けなかったのです。

ジョウゼフはガラガラと音を立ててシャベルに火種を乗せ、運んで行きましたが、すぐに持ったままで戻ってきました。もう一方の手には夕食のお盆を持っています。旦那はもう寝るから、朝まで食べ物はいらないそうだ、と言います。

まもなく、ヒースクリフが階段を上がるのが聞こえました。いつもの寝室ではなく、鏡板が引き戸になっているベッドのある部屋に入って行くようです。前に申しましたとおり、あの部屋の窓は大きくて、誰でも出入りできます。わたしたちに知られないように、また真夜中に外に出るつもりね、とわたしはそのとき思いました。

「食屍鬼《グール》？　それとも吸血鬼かしら？」人間の姿をした、そういうおそろしい鬼の話を読んだことのあるわたしは考えました。でもまたよく考えると、子供の頃に面倒をみて以来、成長を見守り、これまでの半生をずっと知っているヒースクリフです。そんな恐怖にとらわれるなんて馬鹿なこと、とも感じました。

「だけど、どこから来たのかしら――親切に拾われ、わざわいのもとになった、あの色黒の子は」うとうとと眠りに落ちるわたしの耳に、迷信深い気持ちがそっとささやきました。そして夢うつつで、ヒースクリフの両親はどんな人か、想像をめぐらせ、さらには眠る前の黙想の繰り返しで、ああでもあったか、こうでもあったかと、ヒースクリフのこれまでの暗い過去を思い起こしてみました。最後には、死んで葬られる場面まで思い描いたのですが、今思い出せるのは、墓石に彫る字に困って寺男に相談したことだけです。名字もないし、歳もわからないので、「ヒースクリフ」とだけ彫るしかなかった――その夢は現実になりました。墓地にいらっしゃれば、その名前一つと、亡くなった日付だけが刻まれたお墓がございますよ。

夜明けとともに、思慮分別も戻って参りました。わたしは起きると、明るくなるのを待ってお庭に出て、ヒースクリフの部屋の窓の下を調べました。足跡はありません。

「ゆうべは出掛けなかったのね。それなら今日は大丈夫でしょう」そう思いました。

いつものように家中の者の朝食を支度し、ヒースクリフさんはゆうべ遅かったから、先にお上がりなさい、とヘアトンとお嬢さんに言いました。二人は外の木陰で食べたいと言い出したので、小さいテーブルを一つ出してやりました。

それで中へ戻ってみると、ヒースクリフはおりて来ていて、ジョウゼフと何か農場のことを話していました。細かい指示をはっきりと与えていましたが、早口で、頻繁によそ見をしています。興奮の様子は変わらず、いっそうひどくなっているようでした。

ジョウゼフが部屋を出て行くと、ヒースクリフはいつもの席にすわりました。わたしがコーヒーを出すと、それを引き寄せ、両腕をテーブルにのせたまま、向かい側の壁に目をやっています。ある箇所だけを上から下へと調べるように見ているらしく、落ち着かない目を光らせ、熱中するあまり、三十秒ほど息もしないのでした。

「さあさあ、冷めないうちに召し上がって下さいな。一時間前から支度してあるんですからね」

手にパンを押しつけながら声を大にして言いましたが、ヒースクリフは気づきませんでした。でも微笑を浮かべるのです。あんな笑いより、歯ぎしりのほうがましでございますよ。

「ヒースクリフさん！　旦那さま！　お願いですからやめて下さい、この世ならぬ幻でも見るような、そんな目つきは」とわたしは叫ぶように言いました。

「お願いだからそう大きな声を出さんでくれよ。いいか、まわりを見てくれ。おれたちのほかに誰もいないか？」

「もちろんですとも。いるわけないじゃありませんか」

わたしはそう答えながらも、なんだか不安になって、思わず部屋を見まわしました。ヒースクリフは手をのばして、朝食の食器を遠くに寄せ、テーブルに楽に寄りかかれるようにして前を見続けています。

気がついたのですが、ヒースクリフは壁を見ているのではありませんでした。本人に注目してよく見ると、二ヤードほど先にある何かを凝視しているようで、何であるにしろ、それはヒースクリフに、激しい喜びと苦痛の両方を与えている様子です。苦悩に満ちながらうっとりするような表情から、とにかくそれが読み取れました。

幻もじっとしていないようで、ヒースクリフの目はどこまでもそれを追い続けます。わたしにものを言うときにも絶対に目をはなさないのです。

そろそろ召し上がっていただかないと、と催促しても無駄でした。わたしの頼みをきいて何かに手をつけようとしかかっても――たとえばパンをとろうと手をのばしたとしても――届かないうちに手を握りしめてテーブルに置いてしまいます。何のために手をのばしたかも忘れてしまうのでしょう。

わたしは忍耐というもののお手本のようにじっとすわったまま、心を奪われた状態のヒースクリフの注意を引こうとしました。とうとうヒースクリフは腹を立てて立ち上がると、飯くらいゆっくり食わせてくれてもよさそうなもんだ、今度から給仕はしなくていい、出すだけ出したら消えてくれ、と言いました。

そして居間を出て、お庭の小道をゆっくり歩き、門から姿を消しました。

不安のうちに時が進み、また夜がきました。わたしは遅くまで起きていて、寝室に入ってても眠れませんでした。ヒースクリフは真夜中過ぎに帰ってきて、寝る様子もなく、下の部屋に閉じこもりました。わたしは聞き耳を立てては寝返りを打っていましたが、ついに服を着て下へ降りて行くことにしました。そうして横になって、あれこれと不安にさいなまれているのに耐えられなかったからです。

せわしなく歩きまわり、時折うめくように深く息を吸い込んでいるヒースクリフの気配がわかりました。きれぎれに何かつぶやいている中で聞きとれたのは、キャサリンの名前だけでした。いとしげに、また苦しそうに呼びかけ、目の前にいる人に話すような調子で、声は真剣で低く、魂の底からしぼり出されるようでした。

わたしには部屋にまっすぐ入って行く勇気は出ませんでしたが、幻の世界から引き戻したいとは思いましたので、台所の暖炉の火をいじることにしました。燃え殻をかきまわし、残り火をかきたてていると、効果は思ったより早くあらわれました。すぐにヒースクリフがドアを開けてこう言ったのです。

「ネリー、来てくれ。もう朝か？　明かりを持って来てくれ」

「四時を打っていますよ。二階に持って上がるろうそくがいるんですね。こちらの火でつけられましたのに」

「いや、二階へは行きたくないんだ。来て、こっちにも火をおこしてくれ。この部屋ですることがあったら、何でもするといい」

「持って行くにも、まず石炭を真っ赤におこしませんとね」わたしは椅子とふいごを用意しました。

その間ヒースクリフは、気でも狂ったように行ったり来たり歩きまわり、重いため息ばかりつくので、普通の呼吸をする暇もないくらいでした。

「夜が明けたらグリーンを呼びにやるとしよう。考える余裕があって、冷静に行動できる今のうちに、法律上の問題で聞いておきたいことがあるんだ。遺言状もまだ書いてないし、財産の処分の仕方も決めてないしな。いっそ財産なんぞ、地上から消してしまいたいよ」

「そんなお話、やめてください、ヒースクリフさん」わたしはさえぎって言いました。「遺言状なんか、まだ先でいいでしょう。まだ生き長らえて、これまでのたくさんの悪事を悔い改める時間があるでしょうからね。あなたのような人の神経が変になろうとは思いもよりませんでしたけど、今は不思議なくらいに参ってしまわれて。でも、自分のせいですよ。この三日間のような過ごし方をすれば、どんなに強い巨人だって倒れてしまいます。さあ、何か食べて休んでください。どうしたってその必要があるってこと、鏡を見るだけでわかるはずですよ。頰はこけているし、目は真っ赤に血走っているし、まるで飢え死に寸前、不眠で目も見えなくなりそうな様子じゃありませんか」

「食えず眠れずでいるのはおれのせいじゃない。わざとやってるわけじゃないからな。できさえしたら、すぐに食って寝るさ。しかし、いますぐそうしろと言うのは、必死で泳いできて岸まであと一歩、という人間に向かって、そこで休めと言うようなものだ。

まず岸に着かないとな。それから休むんだ。まあとにかく、グリーン弁護士はやめるとしよう。それから、悔い改めるとかいう話だが、おれは悪事なんか働いた覚えはないから、悔い改めることはないぞ。幸せすぎるくらいだが、まだ充分じゃない。おれの魂の喜びは、肉体を滅ぼしてもまだ足りないようだ」

「幸せ、ですって?」わたしは大声で聞き返しました。「ずいぶんおかしな幸せですわねえ。怒らずに聞いて下さるなら、もっと幸せになれる方法を教えますけど」

「どんな方法だ? 教えてくれ」

「自分でもわかっていると思いますがね、ヒースクリフさん。あなたは十三のときから自分本位の、キリスト教徒らしくない生き方をしてきましたね。その間、聖書を手にとったことも一度もなかったでしょう。聖書に書いてあることなどとっくに忘れたに違いないし、思い出そうにも、今はその余裕もないかもしれません。ですからこうしたらどうでしょう――どこの宗派でもかまいませんから誰か牧師さんを呼んできて、聖書のことを説明してもらうんです。聖書の教えからあなたがどんなに遠ざかってしまったか、死ぬ前に改めない限り、聖書にある天国に迎えられるのがいかにむずかしいか、きっと聞かせてもらえるでしょう」

「怒るどころか感謝するよ、ネリー。おかげで、おれの望む埋葬の仕方のことを思い出した。おれが死んだら、遺体は夕暮れに教会墓地に運んでくれ。おまえとヘアトンに付き添ってほしい。特に気をつけてもらいたいのは、二つの棺についておれが指図してあることを寺男が守るようにすることだ。牧師はいらんし、祈りの言葉もいらん。まったくのところ、おれはもうほとんど、おれの天国を手に入れた。ほかの連中の天国なんか、ありがたくもなけりゃ、行きたくもないのさ」

「でも、そんなに頑固に絶食を続けて死んで、教会の墓地への埋葬を断られたら？そこのところはどうなんです？」ヒースクリフの、神をもおそれぬ平然とした口ぶりにショックを受けて、わたしはそう訊ねました。

「断ったりはしないよ。もし断られたら、おまえがこっそりと教会墓地に運ばせるんだ。そうしないと、死人は消えてなくなるわけじゃないってことを、おまえに思い知らせてやるからな」

他の者が起き出してくる気配を聞きつけると、ヒースクリフはすぐに居間に引き上げたので、わたしもほっとしましたが、午後になってジョウゼフとヘアトンが仕事にかかりますと、また台所にやってきました。居間に来てすわっていてくれ、誰かにそばにいてほしいんだ、と狂気じみた顔で言うのです。

わたしはいやだと断りました。お話も振舞いも普通でないからおそろしくて、一人でお相手する勇気が出ないし、したくもない、とはっきり言ったのです。

「おれを鬼だと思っているな——まともな家にはおけない、恐ろしいものと」

ヒースクリフは陰気な声で笑い、お嬢さんのほうを向きました。ちょうど台所にいて、ヒースクリフが来たのでわたしのうしろに引っ込んでいたのです。ヒースクリフはせせら笑うように声をかけました。

「お嬢ちゃん、あんたが来てくれるかね？　痛い目にあわせたりしない。いやいや、あんたには悪魔よりひどい仕打ちをしてきた。ともかくも、おれにびくつかないやつが一人はいるってわけだ。ちっ、薄情だな、ちきしょう！　生きた人間にはとても耐えられん。さすがのおれにだって」

それ以上、誰にも来てくれと頼まず、たそがれ時になるとヒースクリフは自分の部屋に行きました。朝までずっと一晩じゅう、うめいたり、一人で何かつぶやいたりする声が聞こえました。ヘアトンは様子を見に行きたがりましたが、わたしはケネス先生にみてもらうほうがいいですよ、と言って、ヘアトンに呼びに行かせました。

先生がみえると、わたしは行って、入れて下さい、と声をかけ、ドアを開けようとしましたが鍵がかかっていました。ヒースクリフはわたしたちをののしり、よくなってきたからかまわんでくれ、と言います。先生は帰って行かれました。

翌晩は雨、それも夜明けまで続く土砂降りでした。朝になってお屋敷のまわりをまわってみますと、ヒースクリフの部屋の窓が開けっ放しで揺れていて、雨が吹き込んでいるのに気がつきました。

ベッドにいるはずはないわ、この雨ではずぶ濡《ぬ》れになってしまうもの、とわたしは思いました。起きているか、外出したかに決まっているけど、もう騒ぎ立てずに思いきって自分で見に行こう！

合い鍵で入ってみると誰もいないので、わたしは走って、寝台の鏡板を開けに行きました。すばやく戸を引いてのぞくと――ヒースクリフはいました。あおむけに横たわって。鋭く恐ろしいその目と目が合って、わたしはぎくっとしました。ヒースクリフが笑ったような気がしましたよ。

死んでいるとは思えませんでした。でも、顔ものども雨に洗われ、寝具はしずくが滴《したた》るほどぐっしょり濡れているのに、身動きひとつしないのです。ばたばたと開いたり閉まったりしている窓格子で、敷居に置いた片手にかすり傷ができていましたが、傷口から血も出ていませんでした。その手に指でふれたとき、もう間違いはない、と悟ったのです。ヒースクリフは息絶えて、硬直していました。

わたしは窓の掛け金をかけると、額にかかった長くて黒い髪をとかし、開いたままの両眼を閉じようとしました。その恐ろしい、まるで生きているように見開いた歓喜のまなざしを、できることなら他の人の目にふれないうちに消したかったのです。けれども、その目は閉じようとせず、わたしの努力をあざ笑っているように思えますし、開いた唇も、白く鋭い歯も、冷笑しているようではありませんか！　わたしは急にまた恐ろしくなり、大声でジョウゼフを呼びました。ジョウゼフは足を引きずって上がって来て、大騒ぎしましたが、遺体には断固として手を出そうとしませんでした。

「悪魔が魂をさらって行ったかね。ついでに死骸も持ってってかまわんのによ。ちっ、死んでもにやにや笑って、たいした悪党じゃねえか！」ジョウゼフは叫んで、罰当りにも同じようににやにや笑ってみせました。

寝台のまわりを跳ねまわるつもりかと思いましたが、ジョウゼフは急に心を落ち着け、ひざまずくと、両手をさし上げて感謝の祈りをささげました。正当な主人と古くからの家柄が当然の権利を取り戻したことへの感謝です。

わたしはこのおそろしい出来事に呆然とし、昔のことが思い出されて、重苦しい悲しみに包まれました。でもヘアトンはかわいそうに、一番残酷な仕打ちを受けたにもかかわらず、ただひとり、ヒースクリフの死を本当に深く悲しんでいました。一晩じゅう、遺体の脇にすわって、さめざめと泣いていたのです。その手をとって握りしめ、見ることさえ皆が尻ごみする、残忍で皮肉な表情の浮かぶ顔にキスをして、死を嘆きました。鍛えた鉄のように硬いだけでなく広さも備えた心から、自然に生まれ出る、深い悲しみでした。

ケネス先生はヒースクリフの死因を特定するのに困っていました。面倒なことになるといけないと思って、四日間何も口にしなかったことは話しませんでした。わざと絶食したのではないという言葉に納得しておりますもの。奇妙な病気の結果だったわけで、病気を招いた原因ではなかったのですよ。

近隣中の物議をかもしましたが、わたしたちはヒースクリフを、生前の希望どおりに埋葬しました。ヘアトン、わたし、寺男、棺をかつぐ六人の男——参列者はそれだけでした。

六人の男たちは、棺を墓穴におろし終えると帰って行き、わたしたちは棺が土でおおわれるまで見届けました。ヘアトンは涙に濡れた顔で緑の芝土を掘りおこし、お墓の茶色の土にのせました。今ではそれも、横に並ぶ二つの塚と同じように、なめらかな緑の草におおわれています。その下に眠る人も、同じように安らかであってほしいものです。けれども、このへんの人たちに聞けば、幽霊は出る、と聖書に誓って断言しますでしょうね。教会近くで出会ったとか、荒野だったとか、この家の中で見たという者さえおります。馬鹿げたたわごとを、とおっしゃるでしょうね。わたしもそう思います。でも、台所の火のそばの爺や、ジョウゼフも、あれ以来雨の晩にはヒースクリフの窓から人影が二つ、必ずのぞいている、ときっぱり言いますし、実はわたしにも、一ヵ月ほど前におかしなことがありました。

スラッシュクロスのお屋敷に向かう、ある晩のことです。雷の鳴り出しそうな暗い夜でした。ちょうど嵐が丘の曲がり角で、一人の男の子に会いました。羊を一頭、子羊を二頭連れていて、ひどく泣いています。子羊が言うことを聞かなくて困っているのだろうと思って、声をかけました。

「坊や、どうしたの?」

「あそこにヒースクリフと女の人がいるんだ、あの崖の下のところに。こわくて通れない」子供は泣きながら言いました。

わたしの目には何も見えませんでしたが、羊もその子も進もうとしないので、それなら下の方の道を通りなさいね、と言ってやりました。

たぶん荒野を一人で歩いて行くうちに、親や仲間から一度ならず聞かされた、くだらない噂《うわさ》の類を思い出して、幽霊を見たと思ってしまったのでしょう。ただし、わたしだって近頃は、暗くなってから外に出るのはいやですし、この不気味な家に一人でいるのは好みません。この気持ちはどうにもねえ。二人が早くここを引き払ってスラッシュクロスに移ってくれればと——。

「じゃ、二人はスラッシュクロスに引っ越すんですね？」とぼくは聞いた。

「はい。婚礼が済み次第ということですのよ。式は元日の予定で」

「それで、ここには誰が住むんです？」

「もちろんジョウゼフが預かりますでしょう。若い者を一人くらいおくかもしれませんがね。台所だけ使って、あとは締めきりになると思います」

「住みたい幽霊が自由に使えるように、ってことかな」

「まあ、ロックウッドさま、亡くなった人たちは安らかに眠っていると思います。軽々しくそんなことをおっしゃってはいけませんよ」

その時、庭の門がぎーっと回ってしまる音がした。散歩の二人が戻ってきたのだ。

「あの二人には恐れるものはないね。二人一緒なら、大軍を率いた魔王にも平気で立ち向かって行きそうだ」二人が近づいてくるのを窓越しに見ながら、ぼくは思わずそうぼやいた。

二人が玄関の入口に来て足を止め、もう一度月を眺める、というより、月の光でお互いを見つめ合おうとしたとき、またぼくは逃げ出したくてたまらなくなった。そこでディーンさんの手に心付けを押しつけ、こんなことなさっちゃいけません、という言葉をふりきって台所から逃げた。ちょうど二人が居間のドアを開けたのと同時だった。これではネリーの浮気相手かとジョウゼフに思われかねないところだったが、足元に投げてやった一ポンド金貨の甘美な音で、立派な紳士と認めてもらえたようだった。

帰りにぼくは遠回りをして、教会のほうに行ってみた。塀の下まで来ると、わずか七ヵ月の間にも荒廃が進んだのがわかった。たくさんの窓のガラスが割れて黒々とした穴になっているし、瓦《かわら》も屋根の線からあちこち突き出して、秋の嵐が来たら落ちてしまいそうだった。

さがすとすぐに墓は見つかった。荒野に近い斜面に並ぶ三つの墓石——中央のは灰色で、半ばヒースに埋もれている。エドガー・リントンのは、根元まではい上がった苔と芝草で落ち着きを見せ始め、ヒースクリフの墓石はまだむき出しの状態だった。

穏やかな空のもと、ぼくは墓のまわりを歩きながら、ヒースや釣鐘草《つりがねそう》の間を飛ぶ蛾を眺め、草にそよ吹くかすかな風に耳をすませた。そして、こんな静かな大地の下に休む人の眠りが安らかでないかもしれないなどと、誰が考えつくだろう、と思うのだった。

解　説

本書はエミリー・ブロンテ作『嵐が丘』*Wuthering Heights* (1847) の全訳である。『嵐が丘』といえば、サマセット・モームによる『世界の十大小説』の中の一冊に選ばれていることは言うまでもなく、英文学史上の名作であるばかりか、世界文学史上に輝く古典である。世界中の言語に訳され、映画や舞台でも繰り返しとりあげられ、研究書も無数に書かれている。

そのような、いわば「名作中の名作」について、いまさらどんな解説が必要か、という声があるのも当然であるし、まして作品自体となるとあまりに有名すぎて、読んでみようという意欲が弱まる恐れさえあるかもしれない。

ところが、実際に読み始めるとどうだろう。「『嵐が丘』ならストーリーは知っている」「映画を見た」「舞台を見た」「ずっと昔に読んだことがある」——そんな読者でも一網打尽に、有無を言わせず引き込み、夢中にさせ、あっという間に結末まで読み通さずにはいられなくする力を、小説『嵐が丘』は内に秘めているのだ。その不思議な魅力の秘密を解き明かそうと、これまで多くの人々が、作品の構造や登場人物、作者の伝記など、あらゆる点からこの小説を分析してきた。それについては後に述べたいと思うが、縁あってこの本を手にとられた方には、とにかく理屈は抜きにして、まず『嵐が丘』そのものを、一つの物語として堪能して下さいますように、と申し上げたい。おもしろい物語を聞きたい、という欲求を満たすのに、これほど巧みな小説もまれだからである。

小説は「一八〇一年——家主をたずねて、いま戻ったところだ。厄介《やっかい》な近所づきあいもあそこだけですむ」という、語り手ロックウッドの言葉に始まる。そして家主ヒースクリフと、その屋敷である嵐が丘でロックウッドが会ってきたばかりの、少し変わった住人たちの様子が語られるわけだが、そこに至るまでの長い歴史を実際に知っているのは家政婦のネリー・ディーンである。波瀾に富んだ長い物語は、彼女の口から詳しく語られることになる。

物語を楽しんだ後に、これまで試みられてきた解釈を知るのもまた、一つの楽しみである。さまざまの解釈に耳を傾けてみると、作品への興味がいっそうかきたてられるのは事実である。しかし、それらはすべて、エミリー・ブロンテの書いた一冊の小説に端を発する、無数の流れなのである。その源泉にあたる『嵐が丘』を創作したエミリー・ブロンテとはどんな女性だったのか、という読者の疑問に答えるべく、伝記も多く書かれてきたが、あまり詳しいことはわかっていない。

エミリー・ブロンテは一八一八年七月三十日、ヨークシャーのソーントンに生まれた。父パトリックはケンブリッジ大学を卒業した牧師で、一八一二年にマリアと結婚、一男五女に恵まれた。エミリーはその四女にあたる。三歳の時に母を亡くし、六人きょうだいのうちの姉二人が、やはり病気で亡くなった。残されたのは、姉のシャーロット、兄ブランウェル、それにエミリーと妹のアンの四人である。ハワースの牧師館で寄り添って過ごす長い時間を、四人は一緒に想像力を駆使する遊びで楽しむようになった。父の買ってくれた木製の兵隊人形での遊びから思いついた、創作の人形劇、さらにはそれを発展させた長篇物語、「アングリア物語」「ゴンダル物語」がそれである。

空想をはたらかせるのが得意なことでは共通だった四人も、性格はそれぞれ違っていた。兄のブランウェルは画家や文筆家をめざしたが、うまくゆかず、麻薬と飲酒に溺《おぼ》れるようになる。姉のシャーロットは責任感が強く、積極的に外へと出て行くタイプだったが、下の二人、エミリーとアンは口数が少なく、おとなしかった。エミリーはその生涯を、ほとんど家から離れずに過ごしている。

一八四五年の秋のある日、シャーロットは妹エミリーの詩をこっそり読んで、その出来に感動する。それを発端に、三姉妹の詩を一冊にまとめて自費出版する相談がまとまった。男性名のようなペンネームを用い、『カラー、エリス、アクトン・ベル詩集』として一八四六年五月に出版されたのがそれである。詩集はほとんど売れなかったが、三人それぞれが小説も書き始めていたので、完成した原稿は次々に出版社に送られている。その中で、シャーロットの『ジェイン・エア』がまず一八四七年十月に本となって評判を呼び、エミリーの『嵐が丘』、アンの『アグネス・グレイ』の出版もそれに続くことができた。ちなみにこの初版は、エリス・ベル作『嵐が丘』を第一部及び第二部、アクトン・ベル作『アグネス・グレイ』を第三部として出版された。作者以外の手による後の改変のない初版を尊重し、当時のまま二部に分けているペンギンクラシックス版を底本とする本書も、この二分冊形式を踏襲している。著者に関しては、三人が同一人物だと出版社が発表して混乱したこともあったが、結局シャーロットとアンがロンドンに出向き、三人はそれぞれ別人であると説明して納得してもらった、というエピソードも残っている。

『嵐が丘』出版後、エミリーは健康が衰える。風邪がもとで容態が悪化、それでも医師の診察を拒んだという。執筆した小説は『嵐が丘』一作のみ、他に二百近い詩を残して、一八四八年十二月十九日、エミリー・ブロンテはわずか三十歳で世を去った。

エミリーと前後してブランウェルとアンも死去、きょうだいの中で一人残ったシャーロットは、一八五〇年、妹の『嵐が丘』再版にあたって序文を書いた。弁解的な調子を持つ、このシャーロットの序文が、実はその後の『嵐が丘』批評に大きな影響を残すことになる。

そもそも『嵐が丘』が初めて出版された時の世の反響は、異様な物語に大きな衝撃を受け、当惑する一方で、その力強さや独創性は認めるというものだった。「ページを繰るのももどかしいほどのおもしろさ」という印象は、早くも発表直後から述べられていたのである。だが、シャーロットは『嵐が丘』が粗削りだという批判を気にしたようで、それを作者エミリーの荒野育ちのためだとし、道徳的に問題があるとしてもエミリーが意図したことではない、妹は自分にコントロールできない何かに動かされて書いたのだ、とその序文で述べた。

その後はその流れを汲んで、『嵐が丘』に影響を与えたと思われる文学や風土を論じ、作中人物のモデルになった実在の人物を探る試みなど、作品の内容、及び作者エミリーの生い立ちや人物像に注目する批評が十九世紀終りまで続く。ことに、作者を生んだ英国ヨークシャー地方は作品の舞台になっていることもあって、美しい写真集などが今も出版され、ブロンテ姉妹の故郷「ブロンテ・カントリー」として、世界中の観光客の訪問を受けている。作者と作品と風土が密接に結びついた、幸せな例の一つであろう。

やがて二十世紀に入ると、『嵐が丘』に関しても、興味深い発見が生まれた。批評の焦点が道徳的観点を離れ始めたのである。重要な論文として、やはり次の二つを挙げてみよう。

その一つが、C・P・サンガーによる、整然とした構成の発見であった。物語中に散在する年号の情報を拾うと、時には日付まで添えた両家の家系図ができるだけでなく、実に見事な対称性が見られるということ、地理や動植物、法律に関する記述なども正確だということが明らかになった。エミリーは、それまで考えられてきたように天才的な閃《ひらめ》きに頼って物語を綴ったのではなく、緻密な構想を練って『嵐が丘』を書き上げたのだとわかったのである。

また内容に関しても、道徳的な価値判断ではなく、新しい視点から見るべきだとする主張が現れた。デイヴィッド・セシルの論文である。セシルは、『嵐が丘』の世界を構成しているのが嵐と凪《なぎ》であるとし、両者が結びついて「宇宙的調和」の世界ができあがる、と述べた。そして『嵐が丘』は「形式と内容が手袋のようにぴったりと調和した作品である」と評している。

作品の解釈は作品そのものによるべきだと主張するニュー・クリティシズムの台頭は、形式や技法への注目をいっそう押し進めた。物語中に見られるさまざまなイメージ――たとえば火、風、水など、あるいは窓や屋敷に注目する分析など、興味深いものがある。その後は、神話批評、精神分析的批評、マルクス主義批評、フェミニズム批評、構造主義批評など、実に多くの方法が続出するが、詳しくはそれぞれの批評家の著作にあたっていただきたい。

ここでは、一九二〇年代以来論じられてきた『嵐が丘』の二重の語り、それを支える語り手の役割と性格について、少し触れておきたい。はじめにも述べたように、『嵐が丘』には二人の語り手がいる。ロックウッドとネリー(エレン・ディーン)である。優れた文学作品には、個性的な主役に加えて、必ず素晴らしい脇役がひかえているものだが、

『嵐が丘』もその例にもれない。ロックウッドとネリーの登場しない『嵐が丘』がもし想像できたとしても、それはかなり精彩を欠く小説になるに違いない。

まずロックウッドだが、彼は煩わしい世間付き合いから解放されることを夢見てスラッシュクロス屋敷を借りた、「人間嫌い」を自称する男である。何も知らずにやってきて、初対面のヒースクリフを「なんと素敵な男だ」と賞賛したり、二代目キャサリンのことをヒースクリフの妻だと思ったり、次にはヘアトンの妻だと思ったりする。キャサリンに魅力を感じ、その魅惑に警戒心を持つ一方で、彼女が自分にひかれて、こんな田舎者との結婚を後悔するようになったら気の毒だ、と考える。「うぬぼれに聞えるかもしれないが、そうではない」というロックウッドの言葉を読むとき、読者は「いいえ、それはやはりうぬぼれでしょう」と、思わず笑みをもらすことだろう。新参者が見当違いなことを考えるのも無理はない、と言えばそれまでだが、これから聞くことになる物語とは本質的に無縁の存在であることを読者に強く印象付けるために、作者はロックウッドにわざととんでもない勘違いをさせているようにさえ見受けられる。

彼の自称「人間嫌い」にしても、第四章の初めで早くも音《ね》をあげ、十二ヵ月の予定を早々に切り上げてロンドンに帰るところを見ると、都会の人間の気まぐれ、あるいは一種のポーズとしか思えない。実際にロックウッドは、作中でヒースクリフにもそう言われているくらいである。嵐が丘の飼い犬にしかめっ面をして見せて数頭で襲いかかられ、大騒ぎを演じる場面、ジョウゼフの手からランプを奪って逃げ出す場面など、滑稽味のにじむ行動も見られる。

ロックウッドは読者に対しての直接の語り手であるが、同時にネリーの話を聞く際の聞き手でもある。読者に代わってネリーから話を聞き出し、自分の見聞きしたこととあわせて読者に語るのが役目であるから、強烈な個性は必要ない。特にネリーの話に登場する中心人物たちが強烈すぎるほどの個性の持ち主なのであるから、聞き手にはむしろ、どこにでもいそうな、常識と同時に矛盾も持ち合わせていて、人間的で親しめる人物が望ましい。それがロックウッドであるといえよう。

ロックウッドに比較すると、ネリーはもう少し複雑な存在である。主人公たちの身近にいて、それぞれをよく知っているばかりか、奉公人としてずっとかかわり続けてきた人であり、適度の教養と常識を備えた働き者である。語り手ではあるが、まったくの傍観者ではない。主人公たちにかかわった例はたくさんあり、たとえばエドガーとの婚約をキャサリンから打ち明けられた台所で、ヒースクリフが話の一部を聞いていたのに途中で気づきながら黙っていたこと、キャサリンの病気をエドガーに知らせなかったこと、ヒースクリフが病床のキャサリンのもとに忍び込むのを許したこと、また、娘のキャサリンのひたむきさに負けて、リントンとの接近に手を貸したことなどがあげられる。もし彼女が別の行動をとっていたら物語の結末は異なっていたはずだとして、ネリーを悪者とする批評家さえいるが、ネリーとしては、家政婦である自分の常識を働かせ、そのときどきに一番良いと思える行動をとったにすぎない。彼女自身が語りの中でもそう言っている通りである。ネリーは悪者どころか、むしろ、物語中の主要人物の誰に対しても敵意を抱いていない人物、誰からも敵意を抱かれていない人物なのである。愛憎ともに激しく渦巻く『嵐が丘』の世界の中心近くに位置しながら風雨の渦に巻き込まれないネリーは、あたかも台風の目のようである。

嵐が丘で育ったネリーは、アーンショー家の長男ヒンドリーとは乳姉弟《ちきょうだい》で、幼馴染《おさななじみ》のよしみがあり、人の道を踏みはずした男だと思いながらも、死去の知らせを聞いてたちまち涙にくれる。自分より何歳か年下のヒースクリフとキャサリンを見守り、悪者ヒースクリフ、わがままなキャサリンと一度ならず繰り返し、時には小さな意地悪をしたりしながらも、それぞれその最期《さいご》まで世話をし、看取《みと》っている。特に、孤独を好むヒースクリフが心を打ち明けて話した相手は、ネリー一人ではなかっただろうか。スラッシュクロスのイザベラ・リントンからは、駆け落ち後に長い手紙を受け取ることになる。イザベラの兄エドガーにいたっては、少年時代からその気弱な性格を知っており、時に批判めいたことを述べながらも、キャサリンとの結婚に際してスラッシュクロスに来るように頼まれ、勤めるようになってからは、信頼できる立派で優しい旦那さまとして敬愛している。また次の世代を見ても、赤ん坊だったヘアトンと二代目キャサリンを心から可愛がって育てたのがネリーである。

結局ネリーがどうしても好きになれなかったのは、大事なお嬢さんである二代目キャサリンを苦しめたリントンと、長年の仇敵《きゆうてき》ジョウゼフの二人であろう。ただし、リントンに対しては軽蔑と哀れみが、ジョウゼフに対しては嘲笑が憎悪に勝っているため、口調は鋭くともそこには相手への許しが感じられる。そんなネリーの口から語られるからこそ、ヒースクリフとキャサリンをはじめとする主人公たちは、ほかに選びようもない自分の運命を自分で選びとり、それぞれの生き方で生きて生涯を終えたのだ、という印象を読者に残すのである。読者にとって、それは一種の救いにも似た読後感である。

小説の最後にロックウッドが三人の眠る墓を訪れる、印象的な場面がある。キャサリンの、ヒースに埋もれかかった灰色の墓石を中にして、苔と芝草で落ち着きを見せ始めたエドガーの墓、まだむき出しのままのヒースクリフの墓——三人の生を象徴するような光景である。それを見つめるロックウッドの感慨は、ネリーの目を通して見られ、ネリーの口から語られた物語によって生まれたものなのである。

一夜の宿を借りた客が夜中に幽霊に驚かされるところを幕開《まくあ》けに、激しい言葉の嵐、すさまじい暴力、尋常でない行為などに満ちた、異様な世界を描く物語『嵐が丘』——それがこれほど長く、これほど多くの読者に読みつがれてきた秘密の一つは、狂気とそれを観察、叙述する平凡な常識との間に保たれた、見事なバランスにあるのかもしれない。

恩師行方昭夫先生を介して岩波書店からお話を頂き、本書の翻訳に着手してからちょうど三年の月日がたつ。お世話になった岩波書店編集部の平田賢一氏、塩尻親雄氏に心よりお礼を申し上げたい。

二〇〇四年一月

河島弘美

嵐《あらし》が丘《おか》（下）〔全2冊〕
エミリー・ブロンテ作

2004年3月16日　第1刷発行
2024年4月15日　第21刷発行

訳　者　河島弘美《かわしまひろみ》

発行者　坂本政謙

発行所　株式会社 岩波書店
〒101-8002 東京都千代田区一ツ橋2-5-5

案内 03-5210-4000　営業部 03-5210-4111
文庫編集部 03-5210-4051
https://www.iwanami.co.jp/

印刷・三陽社　カバー・精興社　製本・中永製本

ISBN 978-4-00-322332-1　　Printed in Japan

読書子に寄す

——岩波文庫発刊に際して——

岩波茂雄

真理は万人によって求められることを自ら欲し、芸術は万人によって愛されることを自ら望む。かつては民を愚昧ならしめるために学芸が最も狭き堂宇に閉鎖されたことがあった。今や知識と美とを特権階級の独占より奪い返すことはつねに進取的なる民衆の切実なる要求である。岩波文庫はこの要求に応じそれに励まされて生まれた。それは生命ある不朽の書を少数者の書斎と研究室とより解放して街頭にくまなく立たしめ民衆に伍せしめるであろう。近時大量生産予約出版の流行を見る。その広告宣伝の狂態はしばらくおくも、後代にのこすと誇称する全集がその編集に万全の用意をなしたるか。千古の典籍の翻訳企図に敬虔の態度を欠かざりしか。さらに分売を許さず読者を繫縛して数十冊を強うるがごとき、はたしてその揚言する学芸解放のゆえんなりや。吾人は天下の名士の声に和してこれを推挙するに躊躇するものである。このときにあたって、岩波書店は自己の責務のいよいよ重大なるを思い、従来の方針の徹底を期するため、すでに十数年以前より志して来た計画を慎重審議この際断然実行することにした。吾人は範をかのレクラム文庫にとり、古今東西にわたって文芸・哲学・社会科学・自然科学等種類のいかんを問わず、いやしくも万人の必読すべき真に古典的価値ある書をきわめて簡易なる形式において逐次刊行し、あらゆる人間に須要なる生活向上の資料、生活批判の原理を提供せんと欲する。この文庫は予約出版の方法を排したるがゆえに、読者は自己の欲する時に自己の欲する書物を各個に自由に選択することができる。携帯に便にして価格の低きを最主とするがゆえに、外観を顧みざるも内容に至っては厳選最も力を尽くし、従来の岩波出版物の特色をますます発揮せしめようとする。この計画たるや世間の一時の投機的なるものと異なり、永遠の事業として吾人は微力を傾倒し、あらゆる犠牲を忍んで今後永久に継続発展せしめ、もって文庫の使命を遺憾なく果たさしめることを期する。芸術を愛し知識を求むる士の自ら進んでこの挙に参加し、希望と忠言とを寄せられることは吾人の熱望するところである。その性質上経済的には最も困難多きこの事業にあえて当たらんとする吾人の志を諒として、その達成のため世の読書子とのうるわしき共同を期待する。

昭和二年七月

《イギリス文学》〔赤〕

- ユートピア　トマス・モア　平井正穂訳
- 完訳カンタベリー物語 全三冊　チョーサー　桝井迪夫訳
- ヴェニスの商人　シェイクスピア　中野好夫訳
- 十二夜　シェイクスピア　小津次郎訳
- ハムレット　シェイクスピア　野島秀勝訳
- オセロウ　シェイクスピア　菅泰男訳
- リア王　シェイクスピア　野島秀勝訳
- マクベス　シェイクスピア　木下順二訳
- ソネット集　シェイクスピア　高松雄一訳
- ロミオとジューリエット　シェイクスピア　平井正穂訳
- リチャード三世　シェイクスピア　木下順二訳
- 対訳シェイクスピア詩集 —イギリス詩人選(1)　柴田稔彦編
- から騒ぎ　シェイクスピア　喜志哲雄訳
- 冬物語　シェイクスピア　桒山智成訳
- 言論・出版の自由 —アレオパジティカ 他一篇　ミルトン　原田純訳
- 失楽園 全二冊　ミルトン　平井正穂訳

- 奴婢訓 他一篇　スウィフト　深町弘三訳
- ガリヴァー旅行記　スウィフト　平井正穂訳
- ジョウゼフ・アンドルーズ 全二冊　フィールディング　朱牟田夏雄訳
- トリストラム・シャンディ 全三冊　ロレンス・スターン　朱牟田夏雄訳
- ウェイクフィールドの牧師 —むだばなし　ゴールドスミス　小野寺健訳
- 幸福の探求 —アビシニアの王子ラセラスの物語　サミュエル・ジョンソン　朱牟田夏雄訳
- 対訳ブレイク詩集 —イギリス詩人選(4)　松島正一編
- 対訳ワーズワス詩集 —イギリス詩人選(3)　山内久明編
- 湖の麗人　スコット　入江直祐訳
- キプリング短篇集　橋本槙矩編訳
- 高慢と偏見 全二冊　ジェーン・オースティン　富田彬訳
- ジェイン・オースティンの手紙　新井潤美編訳
- マンスフィールド・パーク 全二冊　ジェイン・オースティン　新井潤美・宮丸裕二訳
- エリア随筆抄　チャールズ・ラム　南條竹則編訳
- デイヴィッド・コパフィールド 全五冊　ディケンズ　石塚裕子訳
- 炉辺のこほろぎ　ディケンズ　本多顕彰訳
- ボズのスケッチ 短篇小説篇 全二冊　ディケンズ　藤岡啓介訳

- アメリカ紀行 全二冊　ディケンズ　伊藤弘之・下笠徳次・隈元貞広訳
- イタリアのおもかげ　ディケンズ　伊藤弘之・下笠徳次・隈元貞広訳
- 大いなる遺産 全二冊　ディケンズ　石塚裕子訳
- 荒涼館 全四冊　ディケンズ　佐々木徹訳
- ジェイン・エア 全二冊　シャーロット・ブロンテ　河島弘美訳
- サイラス・マーナー　ジョージ・エリオット　土井治訳
- 嵐が丘 全二冊　エミリー・ブロンテ　河島弘美訳
- アルプス登攀記 全二冊　ウィンパー　浦松佐美太郎訳
- アンデス登攀記 全二冊　ウィンパー　大貫良夫訳
- ジーキル博士とハイド氏　スティーヴンスン　海保眞夫訳
- 南海千一夜物語　スティーヴンスン　中村徳三郎訳
- 若い人々のために 他十一篇　スティーヴンスン　岩田良吉訳
- 怪談 —不思議なことの物語と研究　ラフカディオ・ハーン　平井呈一訳
- ドリアン・グレイの肖像　オスカー・ワイルド　富士川義之訳
- サロメ　ワイルド　福田恆存訳
- 嘘から出た誠　ワイルド　岸本一郎訳
- 童話集幸福な王子 他八篇　オスカー・ワイルド　富士川義之訳

分らぬもんですよ　バアナード・ショウ　市川又彦訳
ヘンリ・ライクロフトの私記　ギッシング　平井正穂訳
南イタリア周遊記　ギッシング　小池滋訳
闇の奥　コンラッド　中野好夫訳
密偵　コンラッド　土岐恒二訳
対訳イエイツ詩集　高松雄一編
月と六ペンス　モーム　行方昭夫訳
人間の絆　全三冊　モーム　行方昭夫訳
サミング・アップ　モーム　行方昭夫訳
モーム短篇選　全二冊　行方昭夫編訳
アシェンデン　―英国情報部員のファイル　モーム　中島賢二・岡田久雄訳
お菓子とビール　モーム　行方昭夫訳
ダブリンの市民　ジョイス　結城英雄訳
荒地　T・S・エリオット　岩崎宗治訳
悪口学校　シェリダン　菅泰男訳
サキ傑作集　河田智雄訳
オーウェル評論集　小野寺健編訳

パリ・ロンドン放浪記　ジョージ・オーウェル　小野寺健訳
動物農場　―おとぎばなし　ジョージ・オーウェル　川端康雄訳
対訳キーツ詩集　―イギリス詩人選(10)　宮崎雄行編
キーツ詩集　中村健二訳
阿片常用者の告白　ド・クインシー　野島秀勝訳
オルノーコ 美しい浮気女　アフラ・ベイン　土井治訳
解放された世界　H・G・ウェルズ　浜野輝訳
大転落　イーヴリン・ウォー　富山太佳夫訳
回想のブライズヘッド　全二冊　イーヴリン・ウォー　小野寺健訳
愛されたもの　イーヴリン・ウォー　中村健二・出淵博訳
対訳ジョン・ダン詩集　―イギリス詩人選(2)　湯浅信之編
フォースター評論集　小野寺健編訳
白衣の女　全三冊　ウィルキー・コリンズ　中島賢二訳
アイルランド短篇選　橋本槙矩編訳
灯台へ　ヴァージニア・ウルフ　御輿哲也訳
狐になった奥様　ガーネット　安藤貞雄訳
フランク・オコナー短篇集　阿部公彦訳

たいした問題じゃないが　―イギリス・コラム傑作選　行方昭夫編訳
英国ルネサンス恋愛ソネット集　岩崎宗治編訳
文学とは何か　―現代批評理論への招待　全二冊　テリー・イーグルトン　大橋洋一訳
D・G・ロセッティ作品集　南條竹則・松村伸一編訳
真夜中の子供たち　全二冊　サルマン・ラシュディ　寺門泰彦訳

岩波文庫の最新刊

カント著／熊野純彦訳

人倫の形而上学

第一部　法論の形而上学的原理

カントがおよそ三十年間その執筆を追求し続けた、最晩年の大著。第一部にあたる本書では、行為の「適法性」を主題とする。新訳による初めての文庫化。

〔青六二六-四〕　**定価一四三〇円**

オクタビオ・パス作／野谷文昭訳

鷲か太陽か？

「私のイメージを解き放ち、飛翔させた」シュルレアリスム体験が色濃い散文詩と夢のような味わいをもつ短篇。ノーベル賞詩人初期の代表作。一九五一年刊。

〔赤七九七-二〕　**定価七九二円**

クライスト作／山口裕之訳

ミヒャエル・コールハース　チリの地震 他一篇

領主の横暴に対し馬商人コールハースが正義の回復のために立ち上がる。日常の崩壊とそこで露わになる人間本性を描いた三作品。重層的文体に挑んだ新訳。

〔赤四一六-六〕　**定価一〇〇一円**

マックス・ウェーバー著／野口雅弘訳

支配について

II　カリスマ・教権制

カリスマなきあとも支配は続く。何が支配を支えるのか。支配の諸構造を経済との関連で論じたテクスト群。関連論文や訳註、用語解説を付す。（全二冊）

〔白二一〇-二〕　**定価一四三〇円**

……今月の重版再開……

エウリーピデース作／松平千秋訳

ヒッポリュトス

―パイドラーの恋―

〔赤一〇六-一〕　**定価五五〇円**

W・S・モーム著／西川正身訳

読書案内

―世界文学―

〔赤二五四-三〕　**定価七一五円**

岩波文庫の最新刊

網野善彦著
日本中世の非農業民と天皇（上）
山野河海という境界領域に生きた中世の「職人」たちの姿を通じて、天皇制の本質と根深さ、そして人間の本源的自由を問う、著者の代表的著作。（全二冊）
〔青N四〇二-二〕　定価一六五〇円

エーリヒ・ケストナー作／酒寄進一訳
独裁者の学校
大統領の替え玉を使い捨てにして権力を握る大臣たち。政変が起きるが、その行方は…。痛烈な皮肉で独裁体制の本質を暴いた、作者渾身の戯曲。
〔赤四七一-三〕　定価七一五円

ラインホールド・ニーバー著／千葉 眞訳
道徳的人間と非道徳的社会
個人がより善くなることで、社会の問題は解決できるのか。二〇世紀アメリカを代表する神学者が人間の本性を見つめ、政治と倫理の相克に迫った代表作。
〔青N六〇九-一〕　定価一四三〇円

トマス・アクィナス著／稲垣良典・山本芳久編／稲垣良典訳
精選 神学大全2 法論
トマス・アクィナス（一二二五頃-一二七四）の集大成『神学大全』から精選。2は人間論から「法論」、「恩寵論」を収録する。解説＝山本芳久、索引＝上遠野翔。（全四冊）
〔青六二一-四〕　定価一七一六円

……今月の重版再開……

高浜虚子著
立子へ抄
―虚子より娘へのことば―
定価一二二一円
〔緑二八-九〕

喜安 朗訳
フランス二月革命の日々
―トクヴィル回想録―
定価一五七三円
〔白九-一〕